ちくま文庫

星の文学館

銀河も彗星も

和田博文 編

筑摩書房

もくじ

1 天の川と七夕

2 ハレー彗星と日蝕

3 太陽系の惑星

4 天体観測と星座

5　宇宙の深淵

星の文学館　銀河も彗星も

・本書は文庫オリジナル・アンソロジーです。
・各作品の文字づかいは底本の表記に従いましたが、正字は新字にしています。
・また、ところどころルビを補いました。
・一部に今日の人権意識に照らして不適切と思われる語句や表現がありますが、作者（故人を含む）が差別を助長する意図で使用していないこと、時代背景、作品の歴史的価値を考慮し、初出のままとしました。
・掲載にあたり、著作権者の方と連絡が取れなかったものがありました。お心当たりの方は恐れ入りますが、編集部までご一報いただきますようお願いいたします。

1　天の川と七夕

星空をながめて

山口誓子

ことしの梅雨はとりわけ雨が多かった。それでも六月の末には晴れた日がすこしつづき、伊勢へ行って帰って来た日など奈良から生駒の尾根につらなる灯が一粒一粒はっきり見えた。緑がかった美しいその灯は遠目にも水銀灯であることがわかった。

そのとき生駒山脈の右手に低く大きな光体がかかっていた。それは地上から揚げたタコのように見え、星よりも大きく、星より明るかった。生駒山上の水銀灯は地上のものとしては明るい灯であるのに、尾根につらなる灯をすべて集めてもこの一つの光体にかなわないようだった。

しかしその光体は星にちがいなかった。星とすれば宵の明星となった金星である。梅雨の晴間に見るゆえに金星はそんなに大きく、そんなに明るく見えたのだ。

宇宙時代には星も化けて出るようになったのか。こんな星なら地上からすぐ行けそうに思われる。

その後また雨天がつづいて星を仰ぐことはほとんどなかった。晴れていれば冠座が頭の真上にのぼっているはずである。

昭和二十二年六月二十五日、まだ伊勢の海岸に住んでいた私は、保保《ほぼ》村の国保家を訪ね、その家の子女とホタル狩をした。

夜空は幸いに晴れわたり蠍《さそり》座が尾を曲げて立っていたし、真上には冠座が私たちの頭にかぶさっていた。放水路の上や荒鋤田《すきだ》の上をとんでいたホタルが急に高く昇って星の中に入って行ったりした。

その夜、私は

冠座の真下にゐたり螢狩
螢獲て少年の指みどりなり
脂粉なき少女とともに螢狩

という句を作った。

こないだ知らぬ女名の手紙が来たので、いぶかしんで読んで見ると、それは「脂粉なき少女」と句によんだその少女がいまは結婚して二人の女児の親となって、私に俳句の教えをこうて来た手紙であった。

すでに十数年も経つというのに、句にうたいこめたその冠座や少年少女は昨日見たように鮮やかによみがえって来た。

それから私は赤穂へ行った。赤穂の漁師たちは宵の明星を「大星様」と呼んでいるそうだ。忠臣蔵の星である。私が生駒山脈に見た金星はまさに「大星様」と呼ぶに値する星であった。

都会では新暦で七夕を祭るところがある。ことしもその日が来れば、七夕竹に五色の色紙短冊や紙の網などをつるして織女星と牽《けん》牛星との契りに思いを寄せるだろう。しかし新暦の七月七日は梅雨がまだ明けきらず、晴れたとしても、七夕竹を立てる宵のうちは、天の川はまだ北に低く、その西岸にある織女星は姿を見せているが、東岸の牽牛星はやっと出たばかりだ。

二星の天頂に達してまたたきあうのは夜半を過ぎてからのことである。

二星相思のことは『斎諧記』に出ているという。

「天の河の東に織女有り、すなはち天帝の子、機《き》梭《さ》労役して容《かたち》を理《おさ》むるに暇《いとま》あらず。天帝其の独居を憐《あはれ》みて将《まさ》に嫁せんとして河西の牽牛を夫に与ふ、嫁して後竟《つひ》に女工を廃す、天帝怒り責めて河東に帰らしめ、唯一年一会」

天の川に並ぶ鵲《かささぎ》の背の上を織女の方から渡って行くのである。

かくの如き次第であるから、宵に七夕竹を手向けるには、天の川が頭上に流れ、その両岸より織女星と牽牛星とがまたたきあう時季を待たねばならぬ。二星のために粋道方式をととのえなければならぬのである。

それは八月を待つがよい、七夕は旧暦の七月七日に祭るがよい。
俳句の世界で七夕を秋の季題とするは、うべなるかな。

山口誓子（やまぐち・せいし）一九〇一～一九九四（明治三四～平成六）年。俳人。京都生まれ。水原秋桜子と共に、一九三〇年代の新興俳句運動の中心人物として活躍し、戦後は『天狼』を主宰して現代俳句をリードした。代表的句集に『凍港』がある。「星空をながめて」は一九六二年七月七日に『朝日新聞』に発表された。底本には『山口誓子全集』第五巻（一九七七年、明治書院）を用いている。天体を描いた他の作品に、「火星のことなど」「二つの星夜」「星」がある。

天の河

川端康成

「雪が凍《し》みてるから気をつけてね。滑る。」と、駒子は島村を振り向いたが、その拍子に立ち止まつて、

「でも、さうよ。あんたはいいのよ、いらつしやらなくて。私は村の人が心配よ。」

言はれてみればさうだつた。島村は拍子抜けがすると、足もとに線路が見えた。踏切の前まで来てゐた。

「天《あま》の河。きれいねえ。」

駒子はつぶやくと、その空を見上げたまま、また走り出した。

ああ、天の河と、島村も振り仰いだとたんに、天の河のなかへ体がすつと浮き上つてゆくやうだつた。天の河の明るさが島村を掬ひ上げさうに近かつた。旅の芭蕉が荒海の上に見たのは、このやうにあざやかな天の河の大きさであつたか。裸の天の河は夜の大地を素肌で巻かうとして、直ぐそこに降りて来てゐる。恐ろしい艶めかしさだ。

島村は自分の小さい影が地上から逆に天の河へ写つてゐさうに感じた。天の河にいつぱいの星は一つ一つ見え、ところどころ光雲の銀砂子も一粒一粒見えるほどで、しかも天の河の底なしの深さまで見えた。

「おうい。おうい。」

島村は駒子を呼んだ。

大きい声のつもりだが、凍えさうだつた。

「おうい。」

「ほうい。来てちやうだあい。」

天の河が垂れさがる暗い山の方へ駒子は走つてゐた。

褄《つま》を取つてゐるらしく、その腕を振るたびに赤い裾が多く出たり縮まつたりした。星明りの雪の上に、赤い色だとわかつた。

島村は一散に追つかけた。

駒子は足をゆるめると、褄を放して島村の手を握つた。

「行くの、あんたも？」

「うん。」

「物好きねえ。」と、駒子は雪の上に落ちてゐる裾をつまみ上げて、

「私が笑はれるから、帰つて頂戴。」

「うん、そこまで。」

「悪いぢやないの？　火事場まであんたを連れて行くなんて、村の人に悪いわ。さうでせう？」

島村はうなづいて立ち止まつたのに、今度は駒子が島村の袖に軽くつかまりながらゆつくり歩き出した。

「どこかで待つてゐて頂戴。直ぐ戻つて来ます。どこがいい。」

「どこでもいいよ。」

「もう少し向う？」と、駒子は島村の顔をのぞきこんだが、子供のやうに首を振つて、

「いやだ、もう。」

どんと駒子のからだがぶつつかつて来て、島村は一足よろけた。道端の雪のなかに青い葱の列が立つてゐた。

「なさけないわ。」

さうして駒子は尚早口に挑みか〔か〕つた。

「ねえ、あんた私をいい女だつて言つたわね。行つちやふ人がなぜそんなこと言つて、教へとくの？　馬鹿。」

女のあたたかい哀しみが島村を絞めつけた。

「泣いたわ。離れるのこはいわ。だけどもう早く行きなさい。言はれて泣いたこと、

私忘れないから。」

俄かに火事場の人声が聞えて来た。新しい炎から火の子を噴き上げた。

「あら、また、あんなに燃えて、燃えてるわ。」と、駒子の勢ひづいた叫びで、二人はなにか救はれたやうに、走り出した。

駒子はよく走つた。凍りついた雪を下駄で軽く掠めて飛ぶかと見え、腕も前後に振るといふよりも両脇に張つてゐた。固く力をこめた胸のあたりに一心な健康があつた。案外小柄だと島村は思つた。

駒子の姿を見ながら走つてゐるので島村は先きに苦しくなつた。しかし、駒子も急に息切れして島村によろけかかつた。

「眼玉が寒くて、涙が出るわ。」

頰がほてつて眼ばかり冷たい。島村も瞼が濡れた。瞬くと、また天の河が眼に満ちた。

駒子も誘はれるやうに空を見上げた。

「風はないのね。」

「うん。」

「天の河？　天の河を見てんの？」と、仰向いて無心に言ふ駒子の声が子供じみたので、島村は不意に涙が落ちさうなのをこらへて、

「毎晩、こんな天の河かい。」

「きれいね。毎晩ぢやないでせう。よく晴れたわ。」

天の河は駒子の顔を照らした。しかし、薄月夜よりも淡い星明りで、細く高い鼻の形もはつきりしないし、小さい脣の色も消えてゐた。空いつぱいの天の河がこんなに暗いのかと島村は不思議だつた。でも、地上になんの影もない割には明るかつた。そのほのかななかに駒子の顔は古い面のやうに浮んで、島村は傍に女の匂ひのすることが奇怪だつた。またしても、天の河はこの大地を抱かうとしておりて来ると思へる。

島村は天の河の外の星へ眼を移した。無論星は冴えて多いが、それらの独立した星は天の河のなかの星よりも生き生きと強く光つてゐた。音がしさうに瞬いてゐた。北方の冬の鋭さだつた。しかし、一種の極光のやうな天の河は島村の胸を流れて、地の果てに立つてゐるかと感じさせる。その艶めかしい驚きは、しんしんと悲しかつた。

「あんたが行つたら、私は真面目に暮すの。」と、駒子は言つて歩き出した。なぜか首まで赤らめたやうだつた。五六歩行つて振り返つた。

「どうしたの。いやよ。」

島村は立つたまま後姿を見送つてゐた。

「待つてて、天の河を見て。」と、駒子はちよつと左手を振り上げてから走つた。

天の河が山の上に流れる方へ走つてゐるわけだつた。

天の河は山波の線で切れて尚花やかな大きさに天へひろがつたが、駒子は暗い山の底に消えて行くやうに見えた。

島村が歩き出すと間もなく駒子の姿は街道の人家でかくれた。

「やつしよ、やつしよ、やつしよ。」と、駈声が聞えてポンプをひいて行くのが見えた。街道は後から後から人が走つてゐるらしい。島村も急いで街道に出た。またポンプが来た。やり過して、その後について走つた。

古い手押型の木のポンプだつた。綱をつけて先びきする人達のほかに、ポンプのまはりも消防が取り巻いてゐて、をかしいほど小さかつた。

そのポンプの来るのを、駒子が道端によけてゐた。島村を見ていつしよに走つた。今は二人とも火事場へ駈けつける人の群に過ぎなかつた。

「いらしたの？　物好きに。」

「うん。心細いポンプだね。」

「さうよ。田舎でせう。」といふやうな会話も人々の騒ぎ声と足音のなかに消えた。

もう眼の前に火の手が立つと、あたりの家の屋根が明るくなつた。炎の音が聞えた。

「こはいわ。」と、駒子は島村の手をつかんだ。ポンプの水が道に流れて来た。

繭倉は大方半分焼けてゐた。

映画のフイルムから火が出たとか、見物の子供などは二階からぽんぽん投げおろしたとか、怪我人はなかつたとか、今は村の繭も米も入つてゐなくてよかつたとか、人々はあちらこちらで似たことを声高に話し合つてゐたが、みな火に向つて黙つてゐるやうな、一つの静かさが火事場を支配してゐた。ポンプの音と火の音を聞いてゐるといふ風だつた。時々、おくれて駈けつけた村人が肉身の名を呼びまはる。答へる者があつて無事を喜ぶ。その声だけが生き生きと通つた。

島村はそつと駒子と離れて一かたまりの子供のうしろに立つてゐた。火照りで子供は後ずさりした。足もとの雪が解けて来さうなほど近づいて見てゐるのだつた。

火は入口の方から出たらしく、繭倉の三分の二ほどはもう屋根も壁も抜け落ちてゐたが、柱や梁などの骨組はいぶりながら立つてゐた。屋内には煙も巻いてゐないし、どこが燃えてゐるのかわからぬのに、ところどころから思ひがけない炎が出た。三台のポンプの水があわてて消しに向ふと、どつと火の子を噴き上げた。汚い煙が立つた。

島村も新しい火の手に眼を誘はれて、その上に横たはる天の河を見た。天の河は静かに冴え渡つてゐた。豊かなやさしさもこめて、天に広々と流れてゐた。

川端康成（かわばた・やすなり）一八九九～一九七二（明治三二～昭和四七）年。小説家。大阪生まれ。新感覚派の作家として登場し、戦後は日本美に傾倒した。代表作に「伊豆の踊子」「山の音」がある。一九六八年にノーベル文学賞を受賞。「天の河」は一九四一年八月に『文藝春秋』に発表され、一九四八年に刊行される完結版『雪国』(創元社)に改稿して織り込まれた。底本には『川端康成全集』第二四巻(一九八二年、新潮社)を用いている。天体を描いた他の作品に、「月」や「明月」(『月の文学館』所収)などがある。

ようか月の晩

宮本百合子

夜、銀座などを歩いていると、賑やかに明るい店の直ぐ傍から、いきなり真闇《まつくら》なこわい横丁が見えることがあるでしょう。これから話すお婆さんは、ああいう横町を、どこ迄もどこ迄も真直に行って、曲ってもう一つ角を曲ったような隅っこに住んでいました。それは貧乏で、居る横町も穢なければ家もぼろでした。天井も張ってない三角の屋根の下には、お婆さんと、古綿の巣を持つ三匹の鼠と、五匹のげじげじがいるばかりです。

朝眼を覚ますと、お婆さんは先ず坊主になった箒で床を掃き、欠けた瀬戸物鉢で、赤鼻の顔を洗いました。それから、小さな木鉢に御飯を出し、八粒の飯を床に撒いてから、朝の食事を始めます。八粒の米は、三匹の鼠と五匹のげじげじの分でした。さっきから眼を覚まし、むき出しの梁の上で巣を片づけていた鼠やげじげじは、木鉢に箸の鳴る音を聞くと、揃って床に降りて来て、お婆さんの御招伴をするのでした。

お婆さんも鼠達も、食べるものは沢山持っていません。食事はすぐ済んでしまいます。皆が行儀よくまた元の梁の巣に戻って行くと、お婆さんは、「やれやれ」と立ち上って、毎日の仕事にとりかかりました。仕事というのは、繡《ぬい》とりです。大きな眼鏡を赤鼻の先に掛け、布の張った枠に向うと、お婆さんは、飽きるの疲れるのということを知らず、夜までチカチカと一本の針を光らせて、いろいろ綺麗な模様を繡い出して行くのでした。

下絵などというものはどこにもないのに、お婆さんの繡ったものは、皆ほんとに生きているようでした。彼女の繡った小鳥なら吹く朝風にさっと舞い立って、瑠璃色の翼で野原を翔けそうです。彼女の繡った草ならば、布の上でも静かに育って、秋には赤い実でもこぼしそうです。

町では誰一人、お婆さんの繡とり上手を知らないものはありませんでした。また、誰一人、彼女を「一本針の婆さん」と呼んでこわがらない者もありませんでした。

何故なら、お婆さんは、どんな模様の繡をするにも、決して一本の針しか使いません。その上、如何程見事な繡いとりを仕ようが、それがちゃんと出来上ってしまう迄は、たとい頼んだ人にでも、仕事の有様は見せませんでした。そして、あんな貧乏だのに御礼に金はどうしても貰わず、ただ、よい布と美しい絹糸を下さいというばかりなのです。お婆さんの家へ行くと、いつも鼠やげじげじが、まるで人間のように遊んでいるのも、皆には気味が悪かったのでしょう。

一本針の婆さんの処では、滅多によその人の声がしませんでした。けれども、目の覚めるような色の布と糸とで、燈光《あかり》をつけないでも夜部屋の隅々がぽうと明るい程でした。

赤鼻の、大眼鏡の、青頭巾の婆さんは、朝から晩までその裡《うち》で繍をしているのです。ところが或る時のこと、町じゅうの人を喫驚《びっくり》させることが起りました。それはほかでもない、春の朗かな或る朝、人々が朝の挨拶を交しながら元気よく表の戸や窓を開けていると、遥か向うの山の城の方から、白馬に騎り、緋の旗を翻した一隊の人々が町に入って来、家もあろうに、一本針の婆さんの処へ止ったというのです。

頭に鳥毛飾りの帽子をかぶり、錦のマンテルを着た人は、王様の使者でなくて誰でしょう。

風邪をひいた七面鳥のような蒼い顔になったお婆さんに、使者は恭々しく礼をして云いました。

「お婆さん、ちっとも驚くことはありません。私共は王様の姫君からよこされた使です。今度王女様が隣りの国の王子と御婚礼遊ばすについて、どうか、朝着る着物を、貴女に繍って貰いたいとおっしゃいます。夜のお召は、宝石という宝石を鏤《ちりば》めて降誕祭《クリスマス》の晩のように立派に出来ました。朝のお召は、何とかして、夜明けから昼迄の日の色、草木の様子を、そのまま見るように拵えて貰いたいとおっしゃるのです」

人さし指と親指で暫く顎を撫でながら考えた後、お婆さんは、

「よろしゅうございます」

と答えました。

「拵えて差上げましょう。どうぞ直ぐ糸と布とを下さいませ」

お城の倉からは、早速三巻の七色の絹糸と、真珠のような色をした白絹《すずし》の布とが運ばれました。それを受取るとお婆さんは、いつもの通り「九十日目に来て下さい」と云って、ぴったり家の扉をしめてしまいました。

九十日目に来た使者は、決して途中で開けないという約束で、一つの小さい茶色の紙包みを渡されました。中に、どんなお召が入っていたでしょう。翌朝、暗いうちに鏡に向って、初めてそれを着て見た時は、流石《さすが》の王女も、暫くは息もつけない程でした。

着たまま、人魚にでもなってしまうのではないでしょうか。着物の裾には、睡い、深い、海の底の様子が一面に浮上りました。銀の珠でも溶かしたように重く、鈍く輝く水の中では、微かに藻が揺れ、泡沫《あわ》が立ちのぼります。肩にたれた髪から潮の薫りが流れ出して、足許には渚の桜貝が散りそうです。

次第にお城の柱に朝日が差して来る頃になると、鏡の前に立ったまま、王女の着物

は、ほっそりした若木の林が、朝の太陽に射とおされる模様に変りました。海底の有様は柔かい霧の下に沈み、輝く薔薇色の光線の裡に、葉をそよがせる若い樹が、鮮やかな黒線で現れます。昼頃になると、王女の体全体はまるで天降った太陽そのままに燃え輝きました。胸といわず裾といわず、歓びを告げる平和な焔色にきらめき渡る頂に、澄んだ彼女の碧い二つの瞳ばかりが、気高い天の守りのように見えるのでした。

　この着物を身につけさえすると、王女はたといどんな泣き度《た》いことがあっても、それを忘れることが出来ました。つきない泉のような悦ばしさ、照る日のような望みが糸の繍いめをくぐり出て、日々新たに王女の魂を満すのです。

　不思議なことに、一本針の婆さんは、着物を王女に差上げると、そのまま姿を隠してしまいました。家の扉の錠前は赤く銹つき、低い窓には蜘蛛が網を張りました。部屋の中には、唯一枚、大きな黒天鵞絨《ビロード》の垂幕が遺っているばかりです。然し、その垂幕には、此世でまたと見られそうもない程素晴らしい繍がどっしりとしてありました。

　そよりともしない黒地の闇の上には、右から左へ薄白く夢のような天の河が流れています。光った藁のような金星銀星その他無数の星屑が緑や青に閃きあっている中程に、山の峰や深い谿の有様を唐草模様のように彫り出した月が、鈍く光りを吸う鏡のように浮んでいます。白鳥だの孔雀だのという星座さえそこにはありました。凝っと視ていると、ひとは、自分が穢い婆さんの部屋にいるのか、一つの星となって秋の大空に瞬いているのか、区別のつかない心持になるのでした。

　お婆さんを見かけたものはありません。

　併し、毎月、八日の月が丁度眼鏡の半かけのような形で、蜘蛛の巣越しにお婆さんの窓を照す夜になると、黒天鵞絨の垂幕の面は、さも嬉しそうに活気づきました。

　赤や黄色の星どもは、布の上からこぼれ落ちそうに燦きます。仮睡《まどろ》んでいた月は静かに一廻りして皎々と照り出します。いつか出て来たお婆さんはその中で、楽しそうに美しい絹糸を巻き始めました。三匹の鼠は三つの処に分れて立ち、糸車のように体の囲りでクルクルかせを走らせながら、お婆さんの手伝いをします。そんな時、金剛石《ダイヤモンド》のような光りの尾を引いた流星達は、窓の外まで突ぬけそうな勢で、垂幕の端から端へと滑りました。

　けれども誰一人これを知っている者はありませんでした。お婆さんが糸を巻くのは、もう風見の雞さえ、羽交に首を突こんで一本脚で立ったまま、ぐっすり眠っている刻限でしたもの。


宮本百合子（みやもと・ゆりこ）一八九九～一九五一（明治三二～昭和二六）年。小説家。東京生まれ。アメリカ留学やソ連遊学を経て、プロレタリア文学運動の作家として活躍した。代表作に『伸子』『道標』『播州平野』などがある。

「ようか月の晩」は一九二三年九月に『女性改造』に発表された。月齢の一日は新月で、月齢の一五日は満月となる。したがって「八日月」はほぼ半月である。底本には『宮本百合子全集』第一七巻(一九八一年、新日本出版社)を用いている。

七夕祭

鷹野つぎ

裏の瀬戸の茄子《なす》や胡瓜《きうり》の花盛りの頃になりますと、七夕《たなばた》まつりが来ます。此の日には朝早く、まだ陽《ひ》の光りのさし初めたころに私たちは起き出して、裏の畑の方へ行くのでした。

姉も私も手に手にコップを持つてをります。里芋《さといも》の葉の露をあつめるためでした。七夕まつりの笹竹に結びつける色紙は、里芋の葉の露で磨《す》つた墨《すみ》で書くものだ、との云ひ慣《なら》はしに従つたものでした。

瀬戸の畑には畝を揃へて里芋の茎《くき》が、大きなのは一尺にものびて、艶消《つやけ》しの水々しい淡緑色の葉をひろげてゐました。それらの葉のお猪口《ちよこ》型《がた》の凹《くぼ》みにはいづれも水晶の玉のやうな朝露を溜《た》めて、微かな風に揺《ゆ》られてゐるのでした。

私たちは気をつけて葉の一枚一枚を傾けながら、コロコロと露の玉を、コップの中へころげ落しました。失敗《しくじ》つて、惜しくも玉は思ひがけない方向へ、ころげ落ちて了ふ

ことも ありました。

此の露あつめは非常に楽しくて、時の経つのも忘れるほどでした。私たちは学校へ行かねばなりませんでしたから、墨を磨るに充分な水ができますと、朝の食卓の方へ急ぐのでした。

学校から帰つてきますと、かねて用意してあつた笹竹を二本、座敷の縁近《えんぢか》い、坪の内に樹《た》ててもらひます。そこで机を持ち出して、私たちはせつせと、朝がた採集して置いた里芋の露で墨を磨つて、色とりどりの短冊へ、思ひ思ひの文句を書くのでした。

次兄《あに》も加入《はい》つてきまして、むづかしい本字を書きました。

『牽牛星』だの、『織女星』だのと聴かされても、なんのことかもわかりませんでした。よくわけをたづねましたら、『今夜暗くなつたら実物で教へてあげるがね、ケンギユウセイと云つてね農業を護る牛を曳《ひ》いた男星様と、シユクジヨセイと云つて産業を護る機織《はたお》りの女星様とが、年にいつぺんだけ天の川を東と西にはさんで出会ふ時があるのだ。それが今夜にあたるのだ。今夜は空が晴れてるからさぞよく見えるだらう。』などと、次兄《あに》は話してくれました。ほんとにさういふ二人のお星様が夜の空を歩いてゐて、だんだん近寄つてゐるのだらうかと、私はふしぎな気がしました。

姉は、

天の川、銀河、星まつり、などと書きました。

母も何か傍らで姉に書く文句を話してゐるやうでありました。むすびかたむるたなばたのいと――といふ和歌の下の句の一つだけが、なんだか面白く私の耳にのこりました。

さて私は何を書いてよいか、さつぱり見当がつきません。どういふものか、兄や姉の書いた文句に誰れも禁《と》めもしないのに、書いてはならないやうに私には思はれ、私はひとりで考へ込んでゐました。

そしてたうとう自分の名前と年とを書きました。

岸次子、八才。

元城校尋常一年生。それから、静岡県浜名郡浜松町下垂十九番地と本字ばかりで住所をいれたのも書きました。

次兄《あに》はそれを見て、『なんだ、是れではまるで次子まつりみたいだ』と、笑ひました。姉の字は褒《ほ》められましたが、私の字は短冊《たんざく》のそとへ出て欠けたやうなのもあるのでした。

それらの短冊は、それぞれ片端に紙捻《こより》を通して、笹竹にびつしりと結びつけられました。

夜空にキラキラと星が輝《かが》やき出すころ、東から西にかけて少し斜《なな》めに、箒《はうき》で掃いたやうな光つた白い雲の流れが見えました。それが銀河だと次兄《あに》は指して教へてくれました。今度は位置をかへて次兄の指すところには、ひときは光りの美しい二つの星が斜《なな》めに向ひ合つてゐました。

あの今夜まつられてゐる二人のお星様が、いま下を見おろしながら、私の名前や住所の書いてある短冊をも、眼にとめてゐられるのかしらと、ふと私は思ふのでした。

鷹野つぎ（たかの・つぎ）一八九〇～一九四三（明治二三～昭和一八）年。小説家。静岡生まれ。島崎藤村の影響下に、自然主義的な作風の短篇小説を執筆し、一九二二年に『悲しき配分』（新潮社）をまとめた。平塚らいてう・高群逸枝らと交流があり、女性解放運動に関心を示している。「七夕祭」は『四季と子供』（一九四〇年、古今書院）に収録された。底本には『鷹野つぎ著作集』第二巻（一九七九年、谷島屋）を用いている。天体を描いた他の作品に、「お月見」「月夜」「月よみさま」「星」がある。

たなばたさま

野上弥生子

ささやささ。――たなばたのささ。――

七月《ぐわつ》七日《か》の　お祭のまへの日あたりから、ゐせいのよい声で　笹売りがやつて来ます。すると　どの家も一本づつ　その笹を買ひ、赤や、緑や、黄いろや、白や、黒の紙に、いろいろな歌をかいて笹の枝にむすびつけ、お庭や、ものほしの上に　たかだかと立てます。風が吹くと、まつ青な笹のはといつしよに、五色《ごしき》のかみがゆさゆさして、それはそれは　きれいです。小さいわたしたちは、お祭の着物をきて、家家の美しい笹を見てあるきながら、どうか今夜だけは　雨がふりませんように、とそればかり心配したものでした。もし一としづくでも　雨がふると、天の川の水が　いつぱいになつて、一年にたつた一度しか逢へない　たなばたさまが、川をわたれなくなるのですから。――

さう云へばみなさまは、この美しい男の星と　女の星の神さまのお話を、知つていらつしやいますか。たなばたさまのお祭も、むかしほどはいたさないやうですが、この七月七日にはぜひみなさんのおうちでも笹をかざり、お母さまかお姉さまにそのおもしろいお話をうかがつて御らんなさい。さうしてその晩美しい笹のかげからぢつと空をながめてゐると、おふたりのたなばたさまのおすがたが見られるかも知れませんよ。

野上弥生子（のがみ・やえこ）一八八五～一九八五（明治一八～昭和六〇）年。小説家。大分生まれ。野上豊一郎と結婚して、共に夏目漱石の影響を受け、大正教養主義が色濃いリアリズム作品を執筆する。代表作に『真知子』がある。『迷路』で読売文学賞を、『秀吉と利休』で女流文学賞を受賞している。「たなばたさま」は一九三五年七月に『コドモアサヒ』に発表された。底本には『野上弥生子全集』別巻三（一九八二年、岩波書店）を用いている。天体を描いた他の作品に、「七夕さま」「明月」がある。

七夕幻想

安東次男

子供のころ、毎年誕生日がくると、いつも不思議に思うことがあった。私の家では盆・正月の行事を陽暦でとり行っていたから、いきおい七夕もそれにならったが、まつるのは七日ではなく六日の宵であった。七日の朝になると、供物や竹を川へ流しに行った。これは、七月七日生れの少年にとっては、せっかくの誕生日の祝を事前に流されるようなもので、大いに不満であった。姉たちは気の毒がりながらも、それがしきたりなのだからと言った。そのうちやっと、送りを七日の夜までのばしてもらって一応納得したが、子供心に釈然とはしなかったことを覚えている。

七夕は、中国流の考えでは七月七日であるが、日本では六日の宵にまつっているところはいまでも多いらしい。「憶《ヒ》得《タリ》　少年長《ク》乞巧《セシコトヲ》、竹竿頭上願糸多《シ》」とは、「和漢朗詠集」に採集する伝白楽天の詩句である。この乞《き》巧《こう》奠《でん》の都ぶりの風習とは別に、日本には古くから農事にまつわる乙棚機の信仰がある。棚機女が一夜水辺の機屋にこもり迎えた神に、翌朝村人たちの穢れを持ち帰ってもらう、という信仰は祓いであるから、神を迎える行事よりも送る行事の方がむしろ重要なわけで、その意味でなら七夕は七日でよい。星合伝説とは意味が違う。だから日本の農村では、七夕流しの夜には雨が降るのがよいとする信仰も付帯されてくる。これは神が穢れを無事に持ち帰ってくれなくてはこまるからでもあるが、一方では農作祈願のための雨乞の意味もあるだろう。

中国流に考えればわずかでも雨が降れば願いが適わぬとされる夜に、わざわざ雨を乞うわけだから、辻褄の合わぬことになるが、水から神を迎え水に神を送る日本の七夕行事には、星祭とはおのずから違った独特の考え方がある。「おくのほそ道」越後路のくだりにしるされた、

文月や六日も常の夜には似ず

という芭蕉の句は、七夕についてのそうした二筋を念頭に置かなければ、理解できまい。通常この句は、七夕の前夜だからどことなくいつもの夜とは気配が違う、と解されているらしいが、そうではあるまい。曾良の「随行日記」によれば、この日は今町、現在の直江津泊り、夕方から雨だった。芭蕉は、都会流の七夕行事とは違う辺土のそれに目を留めて、星合を祈るにしろ、祓い行事のための神迎えにしろ、六日が雨夜と

いうことは具合がわるいと眺めているらしい。たぶん無意識だったろうが、中国流の七夕伝説と日本の乙棚機信仰とが芭蕉の中で微妙な混淆を生んで、あれを思いこれを思ってるらしいさまが窺われる。周知のように芭蕉は、続けて例の「荒海や」の句をしるしている。「文月や」の句が宵七夕じつは七夕の句だと気がつけば、それを「荒海や」の句の導入部とした心もおのずと見えてくる。流人の島を中心にして、乾坤に銀河と荒海とを虚実見合に配した、この句の雄大な趣向は、年に一度の流人の恋路は雨夜の荒海を漕ぎ渡るしかない、と言っているように読める。じじつ「随行日記」は、七日も「夜中風雨甚シ」としるしている。それとも、荒海を渡るすべもない流人たちにむかって、一夜の銀河を渡れとか。いずれとも解することができるが、これは一嘱目の句などではあるまい。芭蕉の使嗾あるいは共犯参加の句だろう。佐渡という怨念の島の名もそこに活きてくる。

安東次男（あんどう・つぐお）　一九一九〜二〇〇二（大正八〜平成一四）年。詩人・批評家。岡山生まれ。詩集『六月のみどりの夜わ』『蘭』で戦後詩人としての地位を確立する。フランス現代文学・日本古典文学など視野が広く、翻訳や評論で活躍した。『澱河歌の周辺』で読売文学賞、『風狂余韻』で芸術選奨文部大臣賞を受賞。「七夕幻想」は『安東次男著作集』第六巻（一九七六年、青土社）に収録された。底本には同書を用いている。天体を描いた他の作品に、「小説家の月」「月と花」「月もたのまじ」がある。

七夕竹

石田波郷

狭い庭にやたらと木が植込んである。私が三回の手術を挾む二年間の療養所生活をきりあげて帰つてくると、この江東の工場町の荒涼蕭殺たるながめは病人の目にはつらからうといふので、妻の父がまず梧桐ともちのかなり大きいのを二本づつ馬車で運びこんだと思ふと、つぎの日にはオート三輪に二台、樫、石榴、山茶花、椿、梅、木犀、青木、卯木など、つつじを十余株買つてきたのである。それでもなほ焼跡が見透かせるやうなたたずまひであつたが、その後も植足して行つたので、三年目のこの夏はすつかり小庭を緑に埋めてしまつた。

梅雨の上つた朝の窓によつて茶を飲みながら、この目茶苦茶の庭をながめてゐる一刻は私にはやはり今の暮しでは最も手近で、かつ最上のたのしみである。私は病人だから、遠く旅の山河に遊ぶこともできず、金がないから近郊の緑地を求めて移住することもできない。してみればこの工場町の片隅の小天地に、ほしいままのながめを試みる他はないのである。それでもこの一、二年全く健康にはなれなくてもほとんど病苦がないのは、天が私に許し賜はつた幸といふべきである。

桃と桜に毛虫が増えてゐる。青空に浮んだ葉に赤いからだに銀毛をかがやかしてゐる毛虫は美しくないこともないが、この分だと大分荒されることだらうと二、三日思つてゐたのだが、今朝は長男が友達をつれてきて、椅子を庭にもちだすので何をするのかとみてゐると、毛虫を手づかみにとりだした。なかに尻込みしてゐる子がゐたが、弱虫扱ひされるものだから敢然と小さうなのに手をのべてつまみ、急いで捨てた。

母親に髪を整へて貰つてゐた長女が、窓にきて、

「兄ちゃん、七夕竹を切つて頂戴」

「駄目だい。去年お父ちゃんにしかられたぢやないか」

「だつてお母ちゃんが、少しならいいつていつたんだもん」

二人とも私の顔を見ながら話してゐる。さうか、もう七夕のわけだ。樫のそばに寒竹があるが、去年は細い三、四本の姿だつたのが今年は三倍にもなつてゐる。療養所にゐるときは患者が近所から竹を伐つてきて各病室毎に七夕竹を飾つてゐた。療養所を出てからはお互ひに生活に追はれて逢ふこともなく、なほ療養所に残つてゐる者を見舞ふことも怠つてゐる。療養所にゐるときはどんなに妻子を思つたことだらう。なかには、

星祭サナトリユームに妻は来ず

とうたつたN君のやうな場合もありはしたが――家に帰ると、その心情に変りはないのだが、いつのまにか表面はわがままで冷い父親になつてゐるやうだ。

私は長女の髪に手を置いていつた。

「七夕竹か。よしお父さんが伐つてあげる。少し残しとくとね、来年の七夕までにはまたいつぱいふえるんだよ」

七夕竹惜命の文字かくれなし

石田波郷（いしだ・はきょう）一九一三～一九六九（大正二～昭和四四）年。俳人。愛媛生まれ。戦前は人間探究派の俳人と目された。戦地で胸を病み、戦後に清瀬村の国立東京療養所で手術を受けている。『定本石田波郷全句集』で読売文学賞、句集『酒中花』で芸術選奨文部大臣賞を受賞。「七夕竹」は一九五二年一一月に『清瀬村』に発表された。底本には『石田波郷全集』第八巻（一九七一年、角川書店）を用いている。天体を描いた他の作品に、「月」「月見」「月夜」がある。

2 ハレー彗星と日蝕

星を造る人

稲垣足穂

スターメーカー！　人々は、その紳士をこう呼んでいました。本当はシクハード氏と云うのですが、本名よりはいまのように呼ぶ方が、遥かにふさわしかったからです。というのは、シクハード氏は世にもおどろくべき魔術家なのです。「アラビアンナイト」に出てくる金箔のついた怪奇なよそおいをした妖術者をはじめ、各国のおとぎばなしにあるいろんな魔法をつかう巨人やこびとや、さらにそんな物語の中ではなく、わたしたちの眼前にふしぎな演技を見せてくれるモーラス氏や、オウドン嬢や、きらびやかな中世の衣裳と大々的な電気光線を使用することで有名なラインハルト卿や、それから、つい先日来日して、有楽座の舞台に突然大きな岩をおッぽり出してあなたの眼を三角にした、あの燕尾服に真白い胸を見せたおなじみのゾロモニオ氏にいたるまで、世界には実にかぞえ切れぬ魔術家がいたことでしょう。だが、このシクハード氏ほどに神変不可思議の腕を持った者はなかった、と云ってよいでしょう。――この地球上に、しかも自動車が街を走り空には飛行機が唸りを立てている現代に、散歩の折にひょいとレンガ塀の上に飛びあがって、差し出した巻タバコをその上に光っている星の火でもって点《つ》ける人がいる、と云ったら、あなたはそれを本当にするでしょうか？　また、トルコの旗やエジプト国旗の中から三日月を切り抜いてそれを高層建築の上で光らせたり、トランプのカードから星を抜き取って、これらをもってあなたのお姉様の夜会服の裾に、クラブやハートやスペードやダイヤが入りまじった模様をこしらえるのだと云ったら、――しかもそれらを仕掛のある舞台上でなく、プラタナスが立ちならんでいる街上で、白い皮手袋をはめた手のひらをほんの二、三回ひるがえすだけのことでやってのけるのだと云ったら、こんどはあなたは笑い出すことでしょう。が、わたしはこう申します。「あなたの知らないことを笑ってはいけません。それは夢でも映画でもなく、み月ほど前まで毎晩その街で行われていたのです」――するとあなたのひとみは急にかがやいて、あなたは問い返すことでしょう。「それは本当か？」と。わたしはうなずきます。「本当ですとも！　それがために、あの街は一時大騒動でした」「じゃ、きかせてくれ」とあなたは云うでしょう。よろしい！　そこまであなたの興味がわいてきたのであれば、話してみましょう――

☆

北に紫色の山々がつらなり、そこから碧《あお》い海の方へ一帯にひろがっている斜面にある都市、それはあなたがよく承知の、あなたのお兄様がいらっしゃる神戸市です。そういえばあなたはいつか汽車で通った時、山ノ手の高い所にならんでいる赤やみどりや白の家々を車窓からながめて、まるでおもちゃの街のようだ、と云ったことがありましたね。それから、あの港から旅行に出かけた折、汽船の甲板から見るその都会の夜景が、全体きらきらとまばたく燈火にイルミネートされて、それがどんなにきれいであったかについても、あなたはかつて語りました。ここで、この神戸の街で、わたしがあの魔術家のことを初めて耳にしたのは、四月の或る夜、にぎやかな元町通りのショーウインドウの前を歩いていた時でした。

「夕方、東遊園地のうすら明りの中で非常な不思議を行う紳士の話」というのをきいた時、わたしは辺りの人もはばからずに高笑いをしました。なぜっておききなさい。その紳士のステッキの先に虹色の輪ができるガスが点《とも》ったり、シルクハットの中からこうもりが飛び出して、しかもこれを追っかけて行ってつかまえると、ブリキ製のおもちゃだというのです。ねえ、こんなことは、このたび来日した空中曲馬団は人間を大砲仕掛で射ち上げて、高空で炸裂したタマの中からパラシュートを負うて人が降りてくるなどいううわさ話と同様、いやそれより、まるでおとぎばなしだというくらいはたれにだって判ります。それに相手の友人というのが変り者で、真暗な晩に電車の屋根に匍い上ってポールの先からこぼれる火花でタバコの火をつけるだの、山ノ手のどこかに、屋根裏の部屋にろうそくを三本立て紫のマスクをつけた人物が集まる赤色《レッド》彗星倶楽部《コメットクラブ》というのがあるとか、そんなことばかり話している男でしたから、この時もせいぜいコクテルのほろ酔いきげんに生れたかれの口先の魔術だ、とわたしは受け取ったのでした。

ところがそれから三日目の朝、開けッぱなしになった窓から吹きこむ風にまくれている枕べの朝刊に、「魔術……」という大きな活字が見えました。手に取ってひろげてみると、先夜友人からきいたこととそっくりの記事が出ているではありませんか！　近来毎夜の如く午後七時より八時の刻限において不可思議な一外国紳士が東遊園地界隈に出没し、現代科学と人智をもって測るべからざる奇怪事を演ずるとの風説が専《もっぱ》らである。この近時稀《まれ》な怪聞は最初は単なる巷説《こうせつ》にすぎなかったが、其事実を親しく目撃したと称する者が続出して、今や轟々として全市に喧伝されるに至った……

よんでゆきましたが、なんだかこんな新聞記事までが作り事のような気がしました。といって、労働問題や軍備縮小の記事もいっしょに載っているところを見ると、やはり拠りどころがあることに相違ありません。それにまた、天文台できいた抽象的なお話や、事実にしたところでどうにもならぬ事柄ではなく、現に、毎晩、この街の一角に起っているというではありませんか？「こいつは面白い。火のない所に煙は立たぬ」わたしの心はひとりでに躍って、きゅうに夕方が待ちどおしくなってきたのでした。

やがて、海岸区の高い建物の側面を桃色に染めていた夕日の影もうすれ、街じゅうが一様に青いぼやけた景色に変ってきた時、わたしは友だちをさそって、いっしょに遊園地の方へ出向いてみました。そしてチカチカと涼しいガス燈がならんでいる明町から、オリエンタルホテル前の芝生あたりまで、元居留地の一帯にわたって、二時間近くもうろつき廻ったのです。ところで二人は、高所に一つだけ燈火に縁取られている窓やぴったりとざされた商館の鉄の扉や、ガス燈に照らされて浮き出した立木や、暗い港の向うにある緑色の碇泊燈や、そんないつもの散歩の折に眼にとめるところと少しも変らないものを見ただけで、しかも只こんなことのために、まるで遠足に行ってきたかのように、帽子のふちや肩先に白いほこりをあびて帰ってきたのです。

南京街の入口にあるビアホールに飛びこんで、紅いランターンの下に腰をおろした時、わたしたちは、むしろこの夜の人出におどろいていました。遊園地はさておいて、ふだんなら日が暮れるとひっそりして、ぎらぎら目玉の自動車が行き交うばかりで、碇泊船の汽笛が響き渡る、がらんとした、石造館が立ちならんだ街区一帯に、歩くにもじゃまなくらい人々が集まっているのです。いくら新聞に出たとはいえ、こんなに評判になっているとは思いもかけませんでした。が、それと同時に、なぜもっと早くから気づかなかったのだろうと、それがいまさら残念に思われ、よしッ！　これからひとつ毎夜出かけてこの事件の解決に当ってみようでないか？　とわたしたちは生ビールの杯を重ねて相談したのでした。

そして次の晩も、その次の晩も、夕方になるとわたしたちは遊園地に出向きました。が、いずれの晩も疲労と埃《ほこり》を背負っては帰るほかに何の変ったことにも出くわしません。マジックのマの字さえ見つからないのです。そういえば、遊園地界隈と一口にいえるものの、あの広い元居留地の全体にかけて、それもその周りだけを薄ぼんやりと照らしている街燈の光をたよりに、謎の人物をつかまえようとするのですから、仕事は困難に相違ありません。が、それだけに好奇心もそそられるわけで、いわば青ダイヤの行方を探索する名探偵にでもなったつもりのわたしたちは、なおも宵ごとにレンガの歩道を駈けずり廻ることを止さなかったのです。

或る晩、ただ探しているだけではらちは開かぬと気づいたわたしは、ちょうどホテルの横手を通りかかっていた折だったので、植込の向うへはいって行って、ギャレジの前で休息していた運転手に問いかけました。問題の魔法を見るにはどんな手段を採ればよいか、とわたしは質問したのです。

「さあ、そこですよ」と中年男は向きなおりました。「毎晩何千という眼玉がみみずくのように光っていても、相手を見つけたというのが、そのうちの六、八箇だから、ひょっくり行きあわせるよりほかはありませんね。それもハッというまにすべてが終っているというのだから、この煙をつかまえるよりはむずかしい話でさあ」

運転手はいっこう笑おうとしないで、タバコの煙を輪に吐いて、吸いさしを車庫の反対側へ投げやりました。

こんな要領を得ないことでホテルの庭を出たわたしたちが、税関の前から折れて、明石町三丁目のあたりまで歩を運んできた時でした。バタバタと眼の前をよこぎって人々が走りました。過敏になっている神経がピリッとふるえて、わたしたちは息を呑んでその方へ駆け寄りました。ワイマール商館の横丁が黒山です。近づくといまのさっき、ここにある鈴懸の梢に、トランプのカードが花のように咲きみだれて、見返そうとするうちに消えてしまったというのです。覚悟はしていたものの、運転手の話があった矢先にこんな始末にぶッつかったわたしたちは、なんだかへんてこな気持におそわれました。ガヤガヤさわいでいる人声も尋常ではなく、わたしは、ガスの光を受けて造花のように見えるプラタナスに近寄って、いつに変らぬ白い埃をあびたその一葉を、何ともつかぬ、宙に浮いた心持で、いじってみたのをよく憶えています。

こんなことから、運が向いてきたというのでしょうか。その翌晩にも同様な事件に出くわせました。こんどはグラウンド前で、あそこの楕円形の芝生のぐるりにあるガス燈の列が、アレアレというまに、順々に消えて行って、パッと一度に点りなおしたというのです。かたえのアスファルトの上にたまげて立ちつくしていた人からこの次第をきいた時、一足ちがいに見のがしたわたしたちは、今夜こそ見つけようと意気ごんでいたわたしは、「チェッ！」と云って帽子を地面にたたきつけました。

こうなると一生懸命にならないわけにはいきません。他の連中だって同様で、みんなが、「今晩こそは」と思って遊園地に押しかけるために、あの辺りは昼日なかの相生橋の上のように人々が行きちがい出しました。或る晩などは、広場の中央に立っているアーク燈がぼんやりと紫色にかすみましたが、これは、涼み季節のようにその下を埋めた人々によって起された埃のせいでした。というのも、前夜このわきの砂利道で、次のようなことが起ったからなのです。

山本通りに居住しているそれがしというフランス紳士が、かれもまた居留地の現代奇蹟に夢中になっている一人だといいますが、その夜もかれは夕刻から散歩に出かけて、遊園地界隈をあちらこちらと歩いているうちに時刻が移り、うるさいほどの人影も追々とまばらになって、ひっそりとした木立ごしにガスの眼がチラチラしているだけになったのです。

「今夜あたりは何か起りそうだったのに」とかれはつぶやいて、倶楽部の前に出る芝生のあいだをぶらぶらやってきました。夕方に見事な月の出であった月はもう空のなかほどに差しかかって、その青い水のような光が砂利道の上に一面に降りそそいでいます。と、かたえの樅の樹の下から、オペラハットをあみだ冠りにした燕尾服姿の人物がひょっくり現われて、「今晩は！」とかれに云いかけました。

そこは外人劇場の近くだったので、こちらも、ボンソアール！　と気軽に返事を交しながら、ふと見ると、相手が差し伸べた手のひらの上に、シャンパングラスが一つ載っているのです。白い胸の人は笑いかけて、「ひとつやりませんか」と早口に云うなり、その手を月の方へ向けて高く、あたかもこぼれてくる光を受け取ろうとでもするかのように差し上げました。すると、たしかに空ッポだったはずのグラスの中には、水のようなものがはいっています。ところでこのグラスが次のしゅんかん、紙を剝《は》がすように二箇に引き分けられました。

「ムーンライトコックテイル！」と相手は、一方のグラスをこちらに渡しながら云いました。「ア、ヴォートルサンテ！」と差し上げたのに合わして、自分もグーッと飲んでしまったが、液体は歯の根までしみわたるように冷たくて、カルシュームみたいなへんな味がした、と次の日新聞記者に向って洩らされています。――とたん、自分の手にはグラスの影も形もなかった。眼前にいた人物も、これまたキネマのフィルムが切断したように、どこにも見出すことができなかったと。

さて、こんな話があって一週間もたたぬうちに、こんどは現にわたしたちの前に、次のようなおどろくべきことが起りました。

次の木曜日の夜、ちょうど英国領事館の近くを歩いていると、先刻、もうだいぶおくれた月の出前を、これ幸いとばかりにいばり散らしているたくさんな星屑を見たと思ったのに、やにわな雨がパラパラとやってきました。さっそくかたえの石段の上ににげこんだものの、不意を打たれた人々のあわてようったらありません。きらきらと雨粒が光りながら落ちている街燈の下を、男や女や子供らの影絵が馳せちがって、それがおかしいやら気の毒やらで笑いもできずに見ていると、すぐ横の道路にあたって、一発の銃声がとどろきました。

雨宿りしていた連中がかおを見合わすより早く、わたしは飛び出しました。ところがこの時、ざあざあ降りの中を走った筈のわたしのからだに、ひとしずくも雨がかからなかったといえばどういうことになるでしょう？　つまり俄雨《にわかあめ》は銃声がひびいたとたんに完全に止んだのです。なぜなら、もう頭の上は残りくまなく晴れた星空になっていましたから。雨雲はどこへ行ったか？　鉄砲に射たれてたぶん海上へ落ちたのです。しかしむろんわたしはそのことに気がつきません。わたしばかりでなく、銃声をきいて駆けつけた者は、だれも自身が星空の下を走ったことを知りませんでした。——そこに突立っていた少年からきかされるまでは。かれは、いまの鉄砲の音は雨を射ったのだと告げました。ええ雨です。空から降っている水の雨を。——雨が降り出してみんなが走っているのを見ていると、辻むこうの歩道のかどへ、シルクハットをかむった人がひょっくり現われた。その人物だけがいやにゆっくりしているのでへんだなと思っていると、ズボンのうしろからピストルのようなものを取り出し、左手で上から垂れている綱のようなものを引く身振をして、その上方へねらいをつけたと思ったら、ズドン！　と街じゅうにひびき渡って、同時に、花屋の如露《じょうろ》のように雨を撒《ま》いていた真黒な空が、目ざめるばかりの米国星条旗《スタースパングルドバナー》に一変した！

　話をきいて眼の玉を六角にしたお巡りさんはむろんのこと、これを輪に取りかこんだわたしたちも、みんな一様に、長いあいだ、ばかにされたような面持で、雨に濡れて光っているアスファルトと、その上にきらめく青い星屑とを見くらべていました。

　この、常識で判断がつかぬことが三千に近い公衆の前に出来《しゅったい》してから、いまのシルクハットの紳士は、三ノ宮警察の重大問題として取り扱われるようになりました。そして毎晩、本物の探偵や刑事がわたしたちのあいだにまじっている、ということがきこえましたが、それも一つに、魔術についての賭事を取り締まるためだそうでした。お次の事件がやがて持ち上りました。或る夜、そんな特高課の一人が、比較的人通りのないムサボーイ商会の倉庫の蔭に張番していると、うわさにきく通りの人物が通りかかりました。出てみると、相手の姿は、もう百メートルも先のガス燈の光を背にうけて、向うの闇に紛れようとしています。呼子の笛がピリピリと鳴らされました。どこにかくれていたのか、十名ばかりの警官隊が飛び出して、オートバイにまたがって包囲形を取りながら、追跡を始めました。魔のような紳士は、かくべつ走っているとも見えないのに、先へ先へと飛ぶように進んで、広場をよこぎり、電車道をこえ、鉄道の踏切を抜けて、海岸の明石町から山ノ手へつづいている坂路をどんどんと登ってゆくのです。それを追ッ取りこめようとする自動自転車隊は、やっきとなって、けたたましい爆音に夜の街をおどろかせて迫りましたが、突きあたりのトアホテルの芝生の所へくると、ついに相手の行方を見失ってしまいました。そして三方へ分れて捜索した組が空しく引き返して、元の場所に落ち合った時、そこの円形の芝生の上には、白い、何もかいてないアートペーパーの名刺が、蒔《ま》きちらしたようにたくさん落ちていました。これらは、その後、物好きな連中のあいだでたいへんなねだんにせり上って、売買されたそうです。

こんなわけで、その人とはいったいガス燈のマントルの中に住んでいるのか、夜になるとあの撮影所のセットめく界隈をつつむ霧にまぎれてやってくるのか、さっぱり手がかりがつきません。海上から流れてくるミルク色の靄があの辺を立ちこめて、ホテルの窓やガス燈がぼやけている夜など、アークライトに半面を照らされている倉庫や、がらんとした商館の石段の上に顫えている電球や、その前をぞろぞろ左右に流れている人影を見ていると、わたしにはなんだか表現派映画のことが思い出されました。そしてそんな魔術家なんて実在しているのでなく、或る人々が一様な幻覚病に罹っているのを、他からさわぐ者があり、そのことからして何か金もうけをやろうとする連中が加わって、こんな騒ぎになったのでなかろうか——このあいだにもしかし、奇怪なうわさはしきりに立ちます。メリケン波止場の夕空を一冊のブックが鳥のように羽ばたきながら沖の方へ消えて行ったの、夜中に、鯉川すじのパシフィックサロンの前にたくさんなウイスキびんがメリーゴーラウンドのように廻転していたの、レンガ建の倉庫の高いひさしにろうそくが一本さかさまに点っていたの、また、西方の盛り場にまで不可思議は起って、栄町からまがってきて市立図書館前に停った電車の中が、色とりどりな花束に詰っていて、それらが運転台からこぼれ落ちると同時に人間に変ってちらばって行ったとか、聚楽館の前をすぎた赤電車のポールの尖端から火花がしきりにこぼれて、レールの上に緑色の光の花を咲かせたとか、さてはまたトアホテルの舞踏会で、みんなの衣裳やワイシャツやハンカチ類に知らぬまにハートやクラブの星模様が織り出され、その代り、ホテルにあったすべてのカードが白紙になっていたとか……

或る朝でした。まだ寝床にいたわたしの許へ、友だちがあわただしく飛びこんでくるなり、「判った！」と叫びました。

眼をこすりながら、差しつけられた朝刊面を見ると、「昨秋九月頃から北野町トアホテルに滞在して怪奇な古代印度の偶像や古文書や天文機械や、その他宝石細工のついた器物にうもれて何事かの記述に余念なきシクハード・ハインツェル・フォンナジーと名乗る紳士があった。普通の逗留客に見かけぬ風采によって一同の眼を惹いていた折柄、測らずも十九日夜、同ホテルにおいて開催された慈善仮装舞踏会席上に発生した……」こんなかき出しの下に、次のような事柄が、三面をうずめて掲載されているのでした。

仮装舞踏会に深紅色のマスクをつけたピエロが現われて、カードの星や絵本にある花や風物を抜き取って、お望みのものに貼りつけるという余興が行われた後、仮面を脱したピエロがシクハード氏であり、この紳士というのがたれあろう、吾人の思議を絶した魔術をもって全神戸を幻惑の渦中に投じていた当の人物であったことが判明した。その時シクハード氏は、事の意想外に眼を見張るばかりな列席者一同を前に、変幻きわまりない演技のように人を魅するまなざしと、少年のごとき含羞の口調をもって、初めて自己の素性を明かし、長いあいだ市民をさわがせた罪を謝するところがあった。語るところによれば、——ハインツェルその人は、あの伝説に有名な南ドイツのハルツ山麓にあるフォールハングブルグという小都会に生れた。幼児から世の常ならぬものにたいする情熱を抱いていたが、のちにオランダの魔術の大家、ヨハン・ジンの高弟になった。大戦勃発の前年、つとに注目していた東洋の妖術を研究する目的をもってインドに渡り、最初はゴンバトネとサレムの間「鬼神アイエナルの町」に居を定めたが、やがてラホール近郊の廃寺に籠って一意専心に究めたアブラカブストラと称する妖術教の奥儀から、測らずも奇蹟的な新魔術の原理を発見するに至った。その残りの研究をつづけるために、かつはパンジャブ高原の空気に傷められた心身に英気を恢復すべく、この風光明媚な東邦の海港にきていたのであるが、今回一応の整理がついたので、本国に立ち帰って新創案の魔術を世界に発表する段取になったというのである。たまたま座にあったのが青薔薇の栽培家、南方熊楠氏である。氏は、神秘の人がこのままに去ることを惜んで、神戸市民の前にうわさにきいた前代未聞の驚異を公開してくれるためにはいかなる報酬をも辞さないことを申し入れた筆頭であったが、ハインツェル氏は、すべては試験的なたわむれだったので、責任あることは帰国の上でないと決められないと断った。けれども一同の懇願を聞き容れ、此国を去る記念に、魔法の代りとして、煙火術の世界的権威として知られたスマトラのカスミイ・プルバグ氏直伝の花火を紹介しようと云った。それは、同氏の手によって、諏訪山金星台の上空一帯に、宝玉のごとく光り輝く星のイルミネーションを造ろうというのである。久しく風聞のみあって、ついにその実演に接することができなかったのは吾人の共に遺憾とするところであるが、取り逃した魔術に勝るとも劣らぬ有史以来の大壮観が稀代の魔術王の手によって展開される二十八日の夜こそ、刮目《かつもく》して待つべきであろう。……

ここに一言の要をみとめますが、「プルバグ氏の星造りの花火」とは、千九百二十年にマルセイユのポロという人が発明したふしぎな打上花火を、さらに拡張した神秘な技術なのです。これはとても尋常一様の花火とは受け取れない、人間わざでこんなことができるのかと瞳を張るほかはない物凄いものである、といわれています。わたしは以前、「ポピュラーサイエンス」誌でその写真を見たことがあるし、東京の新聞にも数年前に「廿世紀の奇蹟」という見出しで簡単な紹介が載っていたようですが、このスターメーキングについて、今回は次のような記事が当地の新聞に出ました。

——「星造りの花火」は尋常の煙火術とはみとめがたい不可思議な技術であって、欧米科学界に論議の花を咲かしたことがあるが、いまだにその星々を造り出す怖るべき熱と光を発生する円筒の原理が判らない。この天空の怪異の展開者は、ただ発明者のポロ大佐と、アリゾナ辺域のクリビーズニスキイ博士、スマトラのプルバグ氏、全地球上に三人をかぞえるのみである。したがって方法も三種類に分れているが、今回新らたに加入したシクハード氏によって試みられるところのプルバグ式が最も斬新であり、かつ出来上った星の色も美麗である。その上、シクハード氏は自家の創案をこれに加え、いまだ前記の何人も危険のゆえをもって手をつけない彗星《すいせい》まで製造することになっている。記者はその方法、すなわちオリヴァ・ロッヂ卿のいわゆる「鬼神の円筒」の内容について質問したところ、シクハード氏はただこうべを横に振るばかりであった。が、大要を洩《も》らしたところによると、その片手に持ちうるほどの簡単な円筒の中に、或る特殊な技術を用いて抽出されたファンタシューム、カーバイト、その他二、三の薬物の混合液を入れておくと、一定の時間をへて該円筒の上方にあるヴァルヴから星々が射ち出されて、それぞれの性質によって定められる高度を保持しながら、約一時間かがやいているのであると。――その他、雨を射撃したのは本当であるか、との質問にたいするシクハード氏の返答や、同氏によって親しく目撃された、インドの奥地にあっていまだに神秘的な「行」をしている妖術者の群や、かれらヨーギたちは果して岩の内部を通り抜けたり、空中を歩くことができるかということや、また全世界にきこえているロープトリック（綱を空中に投げ、童子がそれをつたわって雲の中までよじ登ってゆく、やがて呪文《じゅもん》をとなえると墜《お》ちてきて灰になってしまうが、再び灰から子供がよみがえる魔術）の実際や、――これはぜひともあなたにおきかせしたい、少年時代のハインツェル氏があなたと同様どんなに不思議な物語の本をあさり、雲の色彩や星の運行を見てどんな空想に耽っていたかということや、トランスヒマラヤの秘境、二十世紀の文明とは絶縁した一廓にある、高さの知れない断崖の中間を切り開いて造られた石の街や、そこに数千年の昔から燃えつづけている青緑色の焔《ほのお》と、全世界の秘密を封じこめた黄銅の小函があるということや、この、鳥でなければ行くことができない修練場に集まるうちの一人、ハッサン・カンが得意とする「須弥《しゅみ》山《せん》めぐり」の幻術のことや、しかしこれらは、わたしが他にもしらべたところと合わせて、いつかの折にお話することにして、こうしていまのような記事が人々をおどろかせ、他の人々には奇異な思いを抱かせているうちに、二日たち三日はすぎて、新版アラビアンナイトの当日がやってきました。

「神戸の空の清らかな色と秀麗な山の姿を見て、フォールハングブルグの少年時代を偲ぶと云って眼に涙をにじませて懐しがった若い魔術王は、今宵をお名残りとして思出多いこの東洋の国を去ろうとしている。吾人は、故国に立ち帰ったシクハード氏が驚天動地の使命を荷って、かれの飛行絨毯《じゅうたん》を再び此国に飛ばせる日の近きことをかたく期してはいるが、それは何時とは測り知りがたい。そして吾人は何をもって親愛なるシクハード・ハインツエル・フォンナジー氏を送ろうとするのであるか？　それはひとり今夜の奇絶怪絶の前に瞳を張り、ここに適用すべき言辞を未だ人類が有せざることを恨む以外にはないのである……」

　こんな夕刊を見てわたしが家を出たのは、陽がやっと山の端に隠れたばかりの時刻でした。わたしはやがて眼前に拡げられるであろう千変万化をえがいて胸を躍らせていましたが、一方、こんな大さわぎを引き起してすぐに去ろうというシクハード氏の上に思いいたると、いまさらながら、友だちといっしょに、ついに観られずに終った魔術を見るために、白いほこりを浴びに出かけた夜々がまるでゆうべのことのように思われて、なんとなく悲しい気持になってくるのでした。中山手通りの青年会館の前まできた時、わたしは立ちどまりました。何という大評判になっていたことでしょう！　この辻から下方の鉄道をこえて波止場にまで一直線に続いている広い坂路が、その遥《はる》か下の方から、一帯に霜降模様に塗りつぶされて、そのまま巨きなベルトのようにこちらへゆっくりとせり上ってくるのでした。自分もその帯の中に巻きこまれて、トアホテルの下までやってくると、もう先は一歩も進めなくなりました。どこかで友人を待ちあわすなんて、めっそうもない話です。わたしは麦藁帽子を脱いで、折から眼下のひろびろした海の方から吹いてくる夕風に、ほっと一息ついて、四辺に眼をくばりました。

集まったも集まったり、夕方の明りに見渡す坂路はいうまでもなく、会下山から諏訪山にかけての高い所がみんな人です。大倉山の上に突立っている伊藤公の銅像や記念碑の中程まで、貝がらみたいに黒い人がくッついています。アート・スミスの冒険飛行の夜はおろかなこと、ベーブ・ルースのホームランを待ちかまえるポログランドの群衆だって、こうもぎっしりと詰りはしないであろうその見事さに、わたしは思わず知らずに会心の笑《えみ》を浮べたのでした。

山上に残っていたトワイライトの影もうすれてゆくと、港内の碇泊船や下町の燈火がいよいよきらめきを増します。そして頭の上は深い海のような青藍色がだんだんと紫がかってきて、やがてアーサ・ムーアの「七都物語」の大詰を想わせるような、清朗な星の夜に変りました。暗くなったせいか、一帯に騒々しくざわめく声が或る静けさをともなった、リズミカルな、一つの大きな響きになって、それをきいていると、おのずから夢心地にさそわれてゆくようです。遠い遠い昔、いまは沙漠に埋まっている石の柱がまだ青藍色の大空の下にそそり立っていた頃、街の広場につどい寄った市民たちが、ちょうどこんな星空を打ち仰いで、音にきこえた妖術者の演技を待ちかまえていたことがあったのであるまいか？　こんな考えがふと頭の片すみに浮ぶと、今晩、二十世紀の都会である神戸の街に、星の製造を見物しようとする人々がこんなに大勢集まっているということが、まるでうそのようでありました。プラタナスの梢に咲いた星は奇術だと解釈してよかろう。けれども、こんなおびただしい群衆を前に、実際の天空へもって行って、果してそんなことができるのだろうか？　それにしてもいま少しらくな場所を見つけようと気がついて、わたしは人ごみをかき分けて進もうとしました。とたん、激しい、貫くような白光が街燈や家々の窓の灯をねじ伏せました――

――プルッープルッープルッーという機関銃のような、しかし一種音楽的な連続音がどこかに起っていました。港内の船からは一せいに汽笛が鳴って、はやてのような喚声が上りました。

どこだろうと首をめぐらすより早く、諏訪山から、真紅色の、まだどこにも知らなかったような透き通った美しい紅玉が、追っかけッこをするように昇り出したのが見えました。つづいて澄み切った緑色の光の玉が会下山の方から、何と云ってよいか判らぬ紫色のタマが気象台の横から。青、白、赤、藍、乳白、おぼろ銀、海緑、薔薇紅、オレンジ――なかには恐ろしくまぶしい化物めくものがまじって、かなたこなたからめちゃくちゃに昇り出しました。大地の支え棒が外れて奈落へ沈み出したと覚えるうち、神戸市の天空は途方途轍もない蛍合戦になっていました。プルッープルッープルルル……マグネシヤの火竜が飛び出す、流星の群が狂い獅子になる、弧線をひいて舞い上ってきたのがドカン！　山々にこだまして木葉《こっぱ》微塵《みじん》となる、ピカッ！　ピカッ！　ヒューッ――ズードーン！　――ズードーン！　――ヒューッ――ズードーン！　――ズードーン！　――ヒューッ――ズードーン！　――ズードーン！　――裏山の斜面のひだやその辺の小屋や赤松の木は、指先で剝がせそうな陰影をつけて舞踏を開始しています。物皆が空間をはぎ取られて平べったく圧しつけられたこの真昼間を――万華鏡になった天蓋の下を――めちゃくちゃな切紙細工の只中を――くるめく群衆や家屋の影絵踊りのまんなかをかき分けて――「シクハード万歳！」「シクハード万歳！」と叫びながら、うれしいのか怖いのか、わたしは逃げるように走り廻りました。

次の朝、山ノ手一帯の屋根や敷石の上には、あの芝生に落ちていたのと同様の白いカードが、隙間もなく散りしいていました。そして新聞記者らがいち早くトアホテルの受付を叩き起した時、ねぼけまなこのギャルソンが顔を出して、ハインツェル氏はすでにきのうの午後二時解纜《かいらん》の天洋丸に乗って帰国の途に出発した、ということを告げたそうです。

☆

稲垣足穂（いながき・たるほ）一九〇〇～一九七七（明治三三～昭和五二）年。小説家。大阪生まれ。一九二〇年代に前衛芸術に関心を抱き、未来派美術協会展や三科インディペンデント展に出品する。「星を造る人」は一九二二年一〇月に『婦人公論』に発表された。底本には『稲垣足穂全集』第二巻（二〇〇〇年、筑摩書房）を用いている。天体を描いた他の作品に、「月光騎手」「月光密輸入」（いずれも『月の文学館』所収）の他に、「イカルス」「彗星倶楽部」「星澄む郷」などがある。

ハレー彗星

森繁久彌

私の家の屋根に物干しがある。

私どもはそこをムルコス天文台と呼んでいた。三十年ほど前、彗星が一つ地球に近づいた。ムルコスという人が発見したのであろう、その彗星をムルコスと呼んだ。私ども父子は何とかそのほうき星を見ようと小さな望遠鏡を買い求め、毎夜のごとく物干しから西の空を見て探したが、とうとう見つからなかった。私たちはその後いささかヤケも手伝って屋根の上のスキヤキはどうかと、子供たちに相談した。

「父さんが『屋根の上のヴァイオリン弾き』をやってるんだから大賛成だ」

一も二もなく親子は屋根に七輪や肉やネギを運んで始めた。当時は父子だけで作った物干しだから、おっかなびっくりであったのを思い出す。時々屋根の瓦が割れるのか、バリッ！　といやな音がしたが、八方の夜の眺めは素晴らしく、鳩か雀になったように高いところを賛歌して肉をたき、ギターをかき鳴らした。

すでにその倅も四十幾つだが、今度は自分の倅に望遠鏡を買って、ハレー彗星を毎夜探していたが、あまりの寒さに親の方が風邪を引き天文台は幕を下ろした。

ハレー彗星が江戸の末期現れた時は、伊勢のお札が空から降ってきて、人々は

ええやないか
ええやないか
淀川の水に流したら
ええやないか

と、浮かれた歌をうたって踊ったが、先夜のテレビの明治四十三年のハレー彗星の時の話は笑えぬものであった。自動車のタイヤに空気を一杯詰めて売ったとあるが、あの彗星の尾が悪いガスを含んでいるとか、あの怪《け》にあてられると病気になるとデマが飛び、頭上を通る間、そのチューブの空気を吸っていろ――という次第だ。洗面器に水を入れ顔をつっこみ、その間、我慢するのもおかしかったが、何かハレー彗星の周期には、どうもよくないことが多い。

日航機の墜落とか、まだ生々しいスペースシャトルの爆発とか、それ以外にも方々で飛行機が落ちるし、火山が爆発したり、地震で大勢が死ぬし、気学をやる人など、今年は空で何かあります、出来るだけ電車に乗りなさいともっとも顔で言う。ハレー彗星など、いかにも新しい感覚で若手のホープがニューミュージックの一つも出来よ

うと思うが、どうやら巷間ではあんまり縁起のいいものではないらしい。

そういえば魔法使いもほうき星にまたがっている。徳川末期の絵など、大蛇が空でのたうち回るような絵がかいてあるが、まもなく維新の大混乱が起きたのだ。うちのバアさんに言わせると、地球のバイオリズムが一番悪い時だという。

金星のことを中国では太白《たいはく》という。それも美しい言いまわしだが、あけの明星とか、ひこぼしなど、昴《すばる》とともに皆歌になる。が、ハレー彗星はそこへゆくと、もう一つ美しい歌ができない。

ほうき星　天にのたうち人は死に
国もようやく　闇に入る
魚もとれず　米もなし
わが家も哀し　末世の夢

なんてのは笑い話にもならないか。

森繁久彌（もりしげ・ひさや）　一九一三〜二〇〇九（大正二〜平成二一）年。俳優・コメディアン・エッセイスト・歌手と、幅広い分野で活躍した。大阪生まれ。戦前はＮＨＫアナウンサーとして「満洲国」に赴任している。『さすらいの唄――私の履歴書』『夜光虫』『青春の地はるか――五十年目の旧満州への旅』など、多くの著書がある。菊池寛賞・毎日芸術賞・文化勲章・国民栄誉賞など、華やかな受賞歴を持つ。「ハレー彗星」は『あの日あの夜』（一九八六年、東京新聞出版局、後に中公文庫）に収録された。底本には東京新聞出版局版を用いている。

箒星

内田百閒

郷里の町の淋しい道が西に延びて、それから左に曲がつてゐる。道の曲がつた辺を「曲り」と云つた。曲りの突当りにある米問屋の屋根の棟のうしろから、大きな銀杏の頂が聳え立つて、夕暮れの空に闇を振り撒く様にゆさりゆさりと揺れることがあつた。米屋の裏には土手があつて、大銀杏はその下の空川《からかは》を隔てた向うの藪の中にあるのだけれど、それだけ離れた所から私の町にかぶさつてゐる様に思はれた。

ハレー彗星は銀杏の右寄りの空に現はれた。日が暮れて間もない闇の奥から、きらきらする見馴れない星が、うしろに長い光の尾を引いて、こちらに迫つて来る様であつた。尾の尖の薄くなつた辺は、ぼんやり広がつて、白い霧を吹き散らした様に消えてゐる。私は尾の長さを自分の目で計つて、一丈よりもつと伸びてゐると思つた。

毎晩毎晩同じ姿が西の空に無気味な光を散らした。風の吹く夜は銀杏の頭が暗い空に黒い陰を仕切つて、少しづつ動き廻つた。その方に気を取られて、うつかり箒星の方に目を移すと、急に頭の星が光りを増して、暗い銀杏の樹冠に飛びかからうとしてゐる様に思はれた。

私は高等学校の三年生であつた。当時は夏休みが学年の変り目になつてゐたので、ハレー彗星の出たのは卒業する少し前であつた。昼は何事もないから、いつもの通り学校に行つてゐるけれども、いろいろ無気味な話を聞くので、どうかすると急に息が苦しくなつたやうに思つたりした。今にハレー彗星は地球にぶつかるだらうと云ふ噂があつて、さうなれば何もかもおしまひである。大地が割れて、海の水はざあざあ流れ落ちてしまふだらうと人人が話し合つた。船頭町ではひとり者の婆さんがその話を考へ過ぎて、生き長らへても恐ろしい目を見るばかりだと思つたのであらう、噂の高かつた最中に、首をくつて死んでしまつた。

何事もなく幾晩か過ぎると、今度は、衝突はしないがあの尾の中に地球が這入る時があるだらう、それは天文の計算によると、来る何日の夜十一時ごろである。地球が彗星の尾に包まれてから起こるかも知れない大気の異変は、予見することが出来ないと云ふ噂がひろまつた。

私共はさう云ふ事を聞いたり、新聞の記事を読んでも、半信半疑で、人と話し合ふ折には、大丈夫にきまつてゐる様な事を云ひながら、腹の底では矢つ張りその時になつて見なければ解らないと云ふ、あやふやな気持もあつた。

丁度その尻尾に包まれると云ふ晩に、同級の友達数人と西中島の表通にある西洋料理屋で会食する事になつてゐた。いくらか不安心なところもあるが、私一人だけ行かないのも彗星の尾を恐れてゐる様で工合がわるく、またそれ程はつきりした心配をしてゐるわけでもない。日暮の遅い夕方のまだ明かるい内に私が出かけようとすると、祖母が裏から声をかけて変事《へんごと》があつたらすぐに帰つて来いと云つた。

一皿食べ終ると、この次は何にしようかと、みんなで相談してお代りを誂へるのだから、食卓の時間はいくらでも長くなつた。下の料理場でとんとんと肉を叩き伸ばしてゐる音を聞きながら、大して飲めもしない麦酒を大袈裟に注ぎ合つて、談論した。幾皿かを食つてしまつて、食卓の上に空皿ばかり列んだ時、中の一人が両手に肉叉《フオーク》と小刀《ナイフ》を持ち、口で楽隊の真似をしながら、当時のちらちらする活動写真の人物の様にひくひくと両手を動かして、なんにもないお皿から、何か食ふやうな恰好を始めたので、みんな笑ひ合つてゐる時、外の一人が「あつ十一時だ」と云つた。それと同時に一座は笑ひを止めて起ち上がり、空がどうなつてゐるかを見るために、押し合つて二階の窓から屋根の上の物干台に駆け上がつた。

内田百閒（うちだ・ひゃっけん）一八八九〜一九七一（明治二二〜昭和四六）年。小説家。岡山生まれ。夏目漱石門下の一人で、不安に満ちた幻想的な作風で出発する。ユーモア溢れるエッセイが人気を博した。『冥途』『百鬼園随筆』などで知られる。「箒星」は『凸凹道』（一九三五年、三笠書房）に収録されている。底本には『新輯内田百閒全集』第四巻（一九八七年、福武書店）を用いた。天体を描いた他の作品に、「新月随筆」「ハーレー彗星あと二十年」「また出た月が」「名月」がある。

箒星

金子光晴

むかし、柳暗花明の地では、
やたらに妓をあさりあるく客を、
『はうき』とよんだ。
箒星は空の無頼で、薄なさけ。

箒星が近づく歳《とし》には、
凶事、大変があると言った。
天文官は、朝に奏し、
帝《みかど》はその身をつつしんだ。

箒星は天の運行の攪乱者《かうらん》。

常軌を反《そ》れたバガボンド。
われら星に住みついた生物共は、
世の終る日が近づいたと、

金も、いのちもなにものだと、
のみ食ひ、をどり、泣喊《なきわめ》き、
人の性のあささをさらけ出して、
干割《ひわ》れた地上を這ひまはる。

かつて僕が少年の頃あらはれた星を
ハレー彗星と名をつけたが、
ことしまたみえてゐる星を人は
コホテク彗星と称《よ》んでゐる。

薔薇いろの頬のわか星も
がい骨になった星も
カビの生えた星も、

夜空の星はどれも胴ぶるひ。

日本列島が沈没するとか、
世界もいっしょになくなるとか、
取越し苦労もめしになる世だ。
もともと世界はあづかりもので

生れる時もらったおしきせとともに、
死ぬときは返済せねばならない。
生きとし生きる命の数だけ、
世界は、ともったり消えたりして、

とんだり跳ねたりするのが花だ！
君。にぎやかにやりませうや。
魔法使ひの婆さんが跨《またが》って、
飛廻ったといふその箒が、

要らなくなって星になったといふ
尾のながいのも、短いのも
いっしょになって、仲間になって、
コーヒーポットも、小鍋も、皿も、

石油ランプも、パンダも、鰐も、
よごれたおしりも、つけ髯、ヤカンも
終りもはじめも忘れてしまへ。
どうせやるなら、がんがらどんちゃかやりな。

金子光晴（かねこ・みつはる）一八九五～一九七五（明治二八～昭和五〇）年。詩人。愛知生まれ。代表的な詩集に『こがね虫』『鮫』などがあり、『人間の悲劇』は読売文学賞を受賞している。「箒星」は『塵芥』（一九七五年、いんなあとりっぷ社）に収録された。底本には『金子光晴全集』第五巻（一九七六年、中央公論社）を用いている。天体を描いた他の作品に、「隕星」「月光不老」「太陽」「太陽が三つ」「月」「月が出る」「月とあきビン」などがある。

コメット・イケヤ *Comet-Ikeya*

寺山修司

●人物
盲の少女
男
その妻
池谷彗星の発見者

●ノート

一九六二年一月三日午前二時、静岡県浜名郡舞阪町三三二九、河合楽器舞阪工場で働くピアノ鍵盤工員池谷薫さん（一九歳）は、星座表にないひとつの星を発見しました。その星は翌々日の一月五日、コペンハーゲンの国際天文台で正式に確認され、全世界に報道されました。

彗星は発見者の名前を命名されて〝池谷彗星〞Comet-Ikeyaと発表されました。

この作品は〝池谷彗星〞（Comet Ikeya）の発見と、同じ日に新聞の片隅に載った失踪したサラリーマンの記事とのあいだに因果関係をもとめた作者の空想です。

「私たちが何かを発見したときには、同じ世界の中に何かを失なわねばならないのではあるまいか」

というのが最初の疑問でした。

作品を作るにあたっては、ステレオの空間を現実と非現実（内容的にはフィクションの世界とドキュメント、技術的にはモノラルとステレオ）が立体交差しながら心の迷路をさぐりあててゆく手法を考えました。

コメット・イケヤ
Comet Ikeya

はじめに音の暗黒のなかを男性による天体表現のヴォーカリーズがひろがってゆく。それはシリウスをあらわし、時にアンドロメダをあらわし、時に何億光年も彼方の名もない小さな星をあらわす。声による星座の表現。そのはてしない荒漠とした空の下、ひとりの盲目の少女が日記を読んでいる。

盲目の少女の日記
あたしはやぎを知った
つくえにさわりながらはなした
うしがいた
そらもいた
こむぎもあった
あたしは手でさわりながら

うたをした
あたしは全盲です
全盲とはぜんぜん目が見えないことです

あたしはケフェウスと
ペガサスのゆめがみたいです
それはほしです
一かいほしのゆめをみました
しらないほしでした

さわると
きえました。

● 1

誰かが口笛を吹きながら階段を下りて行く音。（誰かとは階上の男のこと）
この音は独立したものとして扱かわれる。

階段を下りて戸外へ出たところで街音。

それがあるパースペクティヴを持ってひろがりすぐ風のように吹きすぎて行く。


少女　あたしは点字のしんぶんを読みました。点字の新聞にはあたしの知らない出来事がいっぱいあります。

あたしはその出来事に、さわりながら、いろんなことを知るのです。

新聞を手でさわりながら、ひとつひとつ確かめるようによんでゆく。


一九六三年一月五日××曜日。

浜松市のピアノ工場で働いている少年工員が去る一月三日の明け方、手製の望遠鏡で新らしい彗星を発見しました。

この少年は、静岡県浜松市、カワイ楽器ピアノ鍵盤工員の池谷薫さん19才で、新彗星は発見者池谷さんの名前をとって池谷彗星、コメットイケヤと呼ばれることになりました。

東京天文台とコペンハーゲンの国際天文台で新彗星と確認され、五日正式に発表されました。

池谷彗星はいま、南の空に輝いている乙女座の主星スピカから20度位東南にあり、南々東へ移動しながらお正月の夜空を色どっています。

盲目の少女　点字のしんぶんを読んでいるうちに、
あたしの心は
ふしぎでいっぱいになりました。
新しい星が一つあらわれたのは、なぜでしょうか？
もしかしたら、そのかわりに
古いなにかがこの世から姿を消したのかも知れない。

あたしはいもうとにたずねました。

「古い消しゴムを失くしたんじゃないの？」

するといもうとは
口をとがらせて言いました。

「カバンの中にちゃんと持ってるわ」

そこであたしは母にも、叔母にも
なじみの牛乳屋のおじさんにも、みんなにたずねました。
「最近、なにか失くしたものはありませんか？」
だけど、誰もなにひとつ、失くしたものはありませんでした。
（きっぱりと）
でもそんなことはない
きっと何かが、失くなっている筈だ。
（ふいにやさしく）
だれか……だれか教えてください、ほんとに失くなったものは何もないのですか？
いきなりクラシック音楽ながれこんでくる。
ドラッグストアの中。

男　えっ？　今、何か言った？

（以下リアクション全てアドリブで）
声１　何も云はねえよ。
声２　そら耳だろう。

声3　ね、珈琲注いで、あつぃの。
(パラパラと新聞をめくりながら)
大した事件もねえやな
全く昨日と同じだ。
声4　(遠くで)ジャイアンツ勝ってる？
声3　昨日と同じスコアでな。
(又、パラリパラリとめくりながら)
全く昨日と同じような勝ちっぷり。
声2　一寸新聞貸してくれない。
テレビのプログラム見るんだ。
声3　待ってよ、今読んでるんだあ。
(よんでいる)
又、あれだろう……「幸福な家族」だろう、お前の見たいのは……
声2　ボクシングだ。藤猛がアメリカ人を殴り倒した。
声3　えっ、何だって？　誰が殴ったたって？
声2　藤猛がアメリカ人を殴り倒したって云ったんだ……
声4　その人、何か悪いことでもしたの？

（ふいに）おい、待てよ、（と声をあげて）
『お正月に蒸発したサラリーマン』
「まじめ一方の運送会社庶務課長が突然失踪」へえ、こいつあ妙な事件だなあ？
声３　何ひとつ不自由のない男の家出と……同じ日に新彗星の発見か？

少女（別の次元からの声で）
関係がある。きっと関係がある。
どんな裏通りの小さな出来事だって、あたしに関係があるかも知れないんだもの。
今日、あたしの唄ったうたが、見知らぬ通りすがりの誰かを喜ばせてあげてやってい
るかも知れないし、あたしの乗りおくれた一台の電車が見知らぬひとにとって
ひどく悲しい思い出の死の電車になるかも知れない。……
でも（と急にはっきり）
きっといつか
あたしはその見知らぬひとたちに逢う日があるでしょう。

市電遠くから近ずいて来る音。
だが一定の距離まで近ずいてくると、

あとは近ずかずに同じ音をくりかえしている。

男　今朝、全盲の少女が言っていたことばが

耳に残っている。

池谷薫が発見した新「すい星」と、失踪したサラリーマンとは、何か関わりがあるの

だろうか？

私は新聞記事を辿って、失踪したサラリーマン長谷川正の留守宅を訪ねてみようと思

った。

それはほんの好奇心からであったが、

あるいは孤独な「天文学入門」と言ったものであったかも知れない。

（そのままのトーンで）

ごめんください！

長谷川さんのお宅ですか？

にぶい音と共にドアがあくと

その間から洩れてどっと広がる星座の音。

楽器工場の音をモチーフにしたテーマ。

録音1　池谷薫へのインタビュー

（その新彗星のさがし方を、男が擬人化して伺う。このインタビュー、後半にゆくにつれて男と池谷との対話のマをつめる。やや加速度的に――）

1　気づいた時刻
2　そのときの彗星の様子
3　なぜ、あらわれたと思うか？
4　一体、どこからやって来たと思うか？

男　新聞で読んだのですが、そのことに気がついたのは、七日の何時頃でしたか？
池谷　（テープ、まったく人間の問題とまぎらわしく）
男　そのとき、どんな気がしましたか？
池谷　（テープ、やや星だということがわかる）
男　で、そのときの様子、気がついて先ずどうしたか、屋根からとびおりてからのことを思い出してくれませんか？
池谷　（テープ、具体的に）
男　あなたの考えでは、あれはなぜあらわれたと思いますか？

池谷　（なぜ？　なぜっていうのは？）
男　たとえば歴史的な必然だったとか、あるいは運命的なものだったとか？
池谷　（あれは神さまのいたずらですよ）
男　池谷さん。
あの星は、一体どこから来たと思いますか？
池谷　（くちごもる）
男　で、どこへ行くと思いますか？
（この質問がブリッジがわりになる。同一空間で、スムーズに池谷少年のこたえと長谷川家の夫人の答とがつながってゆく必要がある）
奥さん　さあ……心あたりのところはみな警察さんの方でまわってくれましたですが
……どこと云って……
男　立寄った形跡はないわけですね？
奥さん　はあ、
男　長谷川さんが出ていったあとに、何か遺書のようなものとか……そんなものはありませんでしたか？
奥さん　遺書？　（おずおずと）あの……死ぬときに書く、あの遺書でございますか？
男　ええ。

奥さん　そんなものがあるわけないじゃありませんか、主人は死んだんじゃないし……

男　…………

奥さん　それにまだ、何日も経ってませんですからね、出てから。

男　でも、前から、そんな気配はあったんですか？

奥さん　そんな、って？

男　失踪なさるような……

奥さん　いいえ……あの日も、会社へ出かける前は、縁側で詰め碁やったりしてましたね……ふだんとは何一つかわったところはありませんでした？。

男　じゃ、心当りはないんですね、長谷川さんがなぜ失踪したのか？

奥さん　（ふいにこみあげて涙声になって）わからないんです。私にゃ、何一つほんとのことはわからないんですよ。

少女　それはとてもむずかしいことでした……

でも、あたしにははっきりわかるの。

いなくなった星がひどくせかせかと、

乙女座の20度ぐらい東南のところ、

ケンタウルスと天秤とのあいだを通りすぎてゆくのです。
いなくなった星は、背広を着ていませんでした。
いなくなった星は、帽子をかぶっていませんでした。
いなくなった星は、道も聞かず
いなくなった星は、いつもうしろすがたでした。

さびしそうなうしろすがたのおじさん！
あたしのこえ、きこえますか？
あたしはお風呂の二かいにすんでいる
「星の王女さま」よ。

● 2

市電の通過音……だが、いつまでもそれは消え去らず、心のなかを環状にはしりつづけている。
そのなかに、きれぎれに蒸発したサラリーマンの「長谷川正」という名前が、まぎれている。

笑い声、どっと湧く。

どっと湧いた笑声のあとで

声1　それじゃ、詰まないぞ。

黒の方が生捕りになっちまう……

声2　コウに持っていけばどうなの？

声1　逃げるしかない……

声3　そんな狭い碁盤の上で？

声2　狭いもんか

この碁盤の上は、関東平野よりも果てしない……

碁の音の空間――形而上的に。

男　いなくなった長谷川さんは詰め碁をやってたんですか？

同僚1　ええ。

同僚2　会社でも仕事のないときなんか、一人でよく碁石をならべてましたね。

同僚3　「長谷川さん」って声をかけると、びっくりして碁石をおっことすこともあったわ。あっいけない！（と、碁石をおっことす）

男　（モノローグ。笑談気配で「長谷川正」の噂をする同僚たちの声をBGにして）

幾何学のなかを追いつめられてゆく白い布石。

大桂馬にとびながら、すこしずつ形を獲ようとする黒と白のあらそい。碁なら、私も知っている。

黒にかこまれて、逃亡してゆく白――

その白の目をつぶしにゆく限りない黒、黒、黒、黒、黒。

（逃げる男の頼りないあえぎ、それを追うパチンパチンという碁石の連続――あっと云う間に現実にひきもどされて）

……

同僚2　さあ、なぜでしょうね。見たところこれと言って不満もなさそうだったし
同僚1　家庭も円満でしたわ。

同僚4　長谷川さんは「公園」と言うニックネームだったんですよ。
男　「公園」？
同僚3　ええ、昼休み時間には必らず公園に行ってましたからね。
同僚2　鳩にエサをやるのが好きだった……

男の笑いがしだいに変質してゆく。


男　「公園」か！

（モノローグ）ある晴れた日に、幸福だった一人のサラリーマンが、理由もなしに失踪する……

そして、人たちはそれを
「公園が、いなくなった」と噂する。

いなくなった公園！　こいつはなんと言うさびしいことだろう。

（以下の声、並列的に折り重なる様にして、電光ニュースのように左から右へ）

声1　公園が消えた……

声2　耳のうしろに黒子《ほくろ》があったようですよ。

声3　左上隅に追いつめられたしちょうの白……
声4　とてもいいパパだったらしいけど。
声1　公園が消えた……
声2　ええ、ほかに心当りなんかなかったみたいだし、
声3　乙女座のスピカから、
声1　公園が消えた……

もう一つの空間から星座の名を読みあげる子供の声がしだいに近ずいている。アンドロメダからはじまる五〇音別である。

銀河系の星群をあらわす。

更にピアノにチェレスタになる別の天体が広がる。

そして男が「五十音別電話人名簿」をアの順から順に一人ずつ名を無感動に読みはじめる。

それは空漠とした夜空で、星を数えているような頼りない感じである。

そしてふたつの声は中央に寄って来てひとつの声となり風に吹きさらされて行くように消えてゆく。

その空間にキラキラと点滅している少女の心のなかの天文学……

少女　豆腐屋さんの下に下宿しているおじさんは、この頃会社へ行ってないそうです。失踪した長谷川さんを探しているのです。長谷川さんのお友だちでもないし親類でもないのに。

階段を半分降りたところに坐ってあたしは
おじさんの出かけてゆく靴の音をきくのが好きです。靴の音で、おじさんの機嫌がわかるのです。

おじさんはいつも上機嫌とは限りません……怒ってるときもあります。

でもおじさんが怒ってるときは、きっと誰かがどこかで笑っているでしょう。

あたしのテーブルの上のダリアが散った日にどこか遠い町の花屋さんでダリアが咲いたとおもいます。

あたしのなくした切手は、きっと思いがけないひとから思いがけないひとへの手紙になってとどけられることでしょう。

あたしが針でじぶんの指先をちくりと突くと、何年もはなれたところで誰かが「痛い」って云うのです。

だからきっと
あたしがなにかをうたいだすのは

ほかのひとが唄いやめたからなのかもしれません。
それはたぶん輪《まる》なのです。せかいはとても大きくて終りのない輪《まる》なのです。
どこで切ってもすぐつながる輪《まる》なの。
だからあたしが
ぜん盲だからって、かなしむことも、ありません。
あたしがとじた目で
きっとだれかが星を見てくれることでしょう。

いけやさん！　いけやさん！
あたしはゆめのなかで
いけやさんにあった。

ピアノ工場の調律の音、星の様に広がる。
異った二つの次元でのダイアローグ。

少女　きいていい？　池谷さん。
池谷　（こたえる）はい、なにをですか。

少女　いわおこしと、あわおこしとどうちがうの？
池谷　（まごつく）
少女　ざらざらしてるでしょう？　どっちも。
池谷　（こたえる）どっちともざらざらした感じ……
少女　目でわらうってどういうの？
池谷　（こたえる）目が細くなるんじゃないですか？
少女　どういうの？
池谷　（やってみせる）ほら。
少女　さわっていい。
池谷　（くすぐったそうに笑いだす）
少女　もっときいていい？
池谷　うん。
少女　目でころす、って言うでしょう？
池谷　言うね。
少女　目でころしても、けいさつの人に連れていかれるの？
池谷　さあ、目でころしたなら
犯罪にならないと思うね。

少女　（二人で笑う）
池谷　ききたいことは、それだけ？
少女　（ふいに）いけやさん！
ほしって何ですか？
池谷　（こたえる）
少女　さわったことある？
池谷　まださわったことないんです。いん石といって星の一部にはさわったことはあるんです。せのびしてもとどかないずっとずっと遠くにあるんです。
少女　じゃ、誰もほしのほんとの正体を知らないのね！
男の妻　あなた
男　（われにかえる）
男の妻　紅茶、さめますよ。
男　妻は不機嫌だった。イケヤすい星がみつかった日から、私が長谷川さんのことにばかり心を奪われているからだ。

男の妻　どうするの？　日曜日、

男　どうするって？

男の妻　行かないの？　公園に、

男　公園？

男の妻　もう忘れている……

男　（思い出して）あ、公園ね、いいじゃないか、おまえ、行っておいで。

男の妻　一人で？

音楽しだいに二人の対話が天空のなかの感じになってくる。それは二人のディスコミュニケーションのあいだを、天の川が流れているという感じだ。

男の妻　雑誌とどいてるわよ。こんどはケニアのグラビアが一杯出ている……ね、ツリー・トップ・ホテルって、すてきらしいわよ。樹の上にホテルの客室があって、下を通る象やライオンを見せてるんですって。

男　また、アフリカの話だ。

妻は、さびしくなると、よくアフリカの話をした。

そして、せまいベッドをアフリカのように広びろと感じながら、べつべつのことを考えて寝るのだ……

男の妻　（オフに）リフト峡谷は、死海の底からはじまって、紅海の底を横切り、エチオピア、ケニア、タンガニーカを縦に走って……モザンビークから海へつながる六〇〇〇キロもの眺めなんですって。

男　（妻の声をBGにして）一千万人もいる東京で、なぜたった一人の長谷川さんのことだけが気にかかるんだろう……

何億もある星のなかで、なぜたった一つの星のことだけが気にかかるんだろう……

沈黙。

男の妻　あなた、きいている？

男の妻　眠ったの？

男の妻　あなた……あなた、……

その「あなた」という声が何億光年もの彼方の星を呼ぶように頼りない感じになって、

F・O

●　3

ときどき遠くの哄笑がまじる。

バアの女　そうねえ、何て言うのかしら。あんまりもの言わない人だったけど……ええ、一度だけよ、あたしとは……

シャツのボタンがとれてたのをおぼえてるわ……

つけてあげようかと思ったのよ。

失踪したとしても、それはきっと女じゃないと思うわ……お金ね、きっと。……長谷川さんって言ったわね……長谷川……そうそう、正さん、長谷川正さん。

でもべつに、一人ぐらいいなくなったからって、変ったこともないんじゃないの？世の中は広いもの。

そう……　それっきりね、お店にはあれから一度も来ない……来たとしても、もう何ともなかったでしょうね。……あの夜は、とくべつだったのよ……あたしも酔ってたし……それに、あたし弱いのよ。シャツのボタンとれてるような人に。

戦争の話？

さあ……べつにしなかったみたい。

お店に来た日にちは……おぼえてるわ。ええ……　一月三日……お店はじめの日だったから。

（C・O）

池谷薫　ええ、一月三日……でした……へんな星だなあ、って思ったんです。見おぼえのない「すい星」が尾をスーッとひいて、乙女座の東南20°ぐらいのところ……ケンタウルスと天秤との間にあったんです……でも、そのときは、新すい星だなんて思ってもみませんでしたよ。
星をさがしている人ですか?
いっぱいいるんじゃないですか? でも一生星を見てても、名前は知られない。
名前を知られるのは、まったく偶然に新「すい星」を発見した人だけですよ。

男（モノローグ、べつの空間から）
丸三ヶ月のあいだ、私は失踪したサラリーマン、長谷川さんを探しつづけていた。丸一年半、のあいだ、私は失踪したサラリーマン長谷川正さんを探しつづけていた。
ある人は、長谷川さんが郊外の小さなアパートから買物籠を持って出かけるのを見たと云った。
べつのあるひとは、全く同じ時間に長谷川さんが、盛り場のパチンコ屋で、一心にパチンコをしているのを見た、と云った。

どうやら、長谷川さんは
どこにでもいて
どこにもいなかった。

そして何の事件も
起らなかった。

スモッグで、曇った東京の空には
今日もゆっくりと池谷彗星がみずからの
軌跡をゆっくりとたどりつづけていた。
その軌跡は、一千万のにがい心を通りぬけて
はてしない空へと
たよりなく続いているのだった。

やっちば。これ等が短かくモンタージュされ、男のものとも、長谷川のものともとれるある音響がつらぬいて行く。やがて雑踏の中の自動車の警笛がオリンピックファンファーレとすり変るようになる。

男　ある日、長谷川さんの後姿をちらりと見かけた……という知人からの知らせがあった……という知人からの知らせがあった。それはオリンピックの日のことであった。

……

（東京オリンピックの録音）
だが、この大群衆の中から一人の名もないサラリーマンをさがし出すことがどうして
出来よう！
私は、「公園」と呼ばれた男を案じた。
彼はたぶん、自殺する気なのではあるまいか。
少女の声（頼りなさそうに）
あたしは天球儀にさわりながらほしをききました。

イケヤ彗星は
古いせびろを着ていました。

さびしそうなうしろ姿のおじさん！
鞄がとってもおもたそう。

あたしはききました。
おじさん、どこへゆくの？
するとおじさんは、乙女座の一番北の

ところでふりかえって
ちょっとわらったようでした。
でもほんとうにわらったか
どうか
さわってみなかったのでわかりません。
しだいにひろがってゆくオリンピックの花やかなパレード
（少女の意識のなかで、オリンピック広く遠くに広がっている）

人夫　奥さん、
この壁の写真はどうします？
奥さん　貼がして荷物の中へ入れといて頂戴。
人夫2　何の写真だ
人夫1　新婚旅行のだろ？
奥さん　（モノローグ）
がらんとなってしまった。
こんなに広いところに住んでいたんだわ……私たち、
人夫　（遠くから）古い歯ぶらしはどうします？

奥さん　捨てていいわ。

人夫1　捨てる?

でも、これ御主人のでしょ?

奥さん　もう要らないもの。

人夫1　(遠くから) 帰ってくるかも知れないじゃないですか。

人夫2　(オンで) 奥さん……ドアのところに貼紙ぐらいして行った方がいいと思うね。

男なんてのは、気まぐれだからね。

いつひょっこり、帰ってくるかも知れないし……

奥さん　(モノローグ) そう思って待ったわ。……でも、一年半も待てば……充分でした。

私はいろんなことを考えた。

(音楽↓ゆっくりと流れこむ)

あの人はわたしにとって一体、何だったのかと……

人夫1　(オフで) 電球もはずして荷物の中へ入れちまいますよ。

奥さん　(モノローグ) いる間わからなかったことが、

いなくなったらわかってくる筈なのに、
私にはやっぱりあの人のことが何一つわからなかった。
いなくなった日、
あの人のはいて行った靴下の色が何色だったのかさえも、
思い出そうとしても思い出せなかった。

人夫1　（オフで）奥さん、荷物と一緒にトラックへ乗っちまったらどうです。
掃除は管理人のおばさんに頼んどいたから……

奥さん　（モノローグ）あの人がいなくなってから一週間目に同じ課の若い人がたずねてきた。

あの人に三千円借してある、と言う。その若い人は、三千円がいかに入用かって話ばかりしていた。

私はふと、あの人が三千円の人だったような錯覚にとらわれた。

あの人はたぶん
どこかでそのことを思い出しているでしょう。

とても律気な人なんだから。

（ふいにこみあげてきて）ね、どこにいるの、あなた？

あたし、このアパートを出てゆくのよ。

もう帰ってこないのよ。


人夫2　（オンに駈け上ってきて）こんな暗いところで、何してるんです、奥さん。

下でトラックが待ってますよ、われわれじゃ行く先がわからんもんでね。

（ふと）

泣いているんですか。


奥さん　ううん。

星、見てたの。

電気消したら、とってもよく星が見えるわ。

でも、星ってとても遠いのね。

ここに光がとどく頃には、もう同じ場所にはいないんですもの……ね。

男　もしかしたら、長谷川さんは死んでしまったのかも知れない。そして、イケヤすい星というのは、長谷川さんの失踪への、天の償いなのかも知れない……だが、それにしてもイケヤさんは、なぜ長谷川さんを見つけ出したりしたのだろう。
イケヤさんは、心を扱う遺失物保管係か何かなのだろうか？

S・E階段を下りてゆく
犬の声。
表通りのノイズオフ。

少女　おじさん！
男　あ、きみか。
少女　右の靴が少しいたんでるでしょ？
男　（見ておどろいて）よくわかるね。そんなことが……
少女　音よ、あたし、見えない分だけよくきこえるのよ……歩きすぎですよ。（笑って）また、人さがし？
男　ああ。
少女　どうして、そんなに長谷川さんのことが気になるの？
男　どうしてだろうね。
池谷さんはどうして星のことが気になるか？

きみはどうして私のことが気になるか？

私はどうして長谷川さんのことが気になるか？

少女　どうして？

男　（モノローグふうにつぶやく）

たぶん、生きてるからじゃないだろうか……（すぐ笑ってごまかして）ところで、きみの天文学の方はどうだね？

少女　あたし、おばあちゃんから聞いたのよ。星は目なんですって。

（間欠的なピアノ音か何かBG）

地上でひとり眠るたびに
空には星がひとつずつ、ともるの。

男　私の目も？

少女　そうよ。

でもおじさんはめがねをかけてるから光の弱い星ね。

男　十二等星ぐらいってところか？

少女　あたしは盲だから、二つとも空にともっているの。

双児の星が
あたしの目よ。

男　（モノローグふうに）ふたごの星か……二つの目か……
だが、この星は、まばたきも
消えることもできないのだろうか？

通過してゆく高架線の音——

警官　「失踪告知」

男　でも、こんな紙っ片一枚じゃ、何も解決なんかしないでしょう？
警官2　死んだんだろ、きっと。
こんなことは珍しいってことじゃないんだ。捜査願いってのは一日に何件かあるが、
半年見つからないのは大抵駄目だね。
警官1　有名になるってのは限りがあるが、無名になるってのは底なしなんだ。
男　で、この「失踪告知」ってのが発効されてから
もしもひょっこり
帰って来た場合、その人は「何者」だってことになるんですか？
（法律的な答をしらべること）

4

男　長谷川さんが死んだと仮定すると、事件は簡単だった。それはよくあることだった……私は監察医務院の冷蔵庫の中に入っている……身許不明扱いの長谷川さんの死体のことを思った。……だが、私の思いうかべたのは、冷蔵庫の中の背広を着た屍ではなくて、冷蔵庫のもっと奥の闇にうかぶ新「すい星」だった。

(音楽——冷蔵庫の中からあふれ出てくる死のテーマ)

目をとじても、その星はあった……
目をあけても、その星はあった……
目をとじても、その星はあった……
その星はすこしかたむいていた……
その星はものを言わなかった……
だが、どんなに遠くまで来てふりむいても、やっぱりその星はあった。
その星はたぶん

地獄からでも見えるだろう。
と私は思った。

その星はほたるぐらいのあかるさだったが、
さびしい心のすみずみまでも照らしだしていた。
それはどこまでもどこまでも
世界の果てまでもとどく
子守唄のようだった。

ふいに私は池谷さんと長谷川さんとのあいだの、当人同士も気ずかぬ友情と言ったものを感じた。
この事件にもし、犯人がいるとするなら
それは池谷さんかも知れないのだ。
望遠鏡の中の
あのさむい果しない世界……あの荒涼とした夜空に
いまもさまよっている五千人の
失踪したサラリーマンたち

彼らの星を知っているのは、池谷さんしかいないだろう。

私は池谷さんの声をききたいと思った。

私は放送局へ出かけて行った。


テープレコーダー、はじめ逆回転の音、バシッと止める音、まわり出す音
ヒューヒューという地獄からのすきま風を思わせる音のなかから——

池谷薫のインタビューの回答
「見えると思うから見えるんです、すい星は……見えなくても、見えると思うと見えてくるんです。」

男、アドリブで短かく反応。

バシッととめて逆回転して、くりかえす——二回目。

バシッととめて、逆回転して、くりかえす——三回目。

これを五六回くりかえす。五回目半ばから、きこえてくるのは幻聴のような抒情的なテーマだ。

デフォルメされてスパークする様に非現実へ。

音楽

男「見えなくとも、見えると思うと……見えてくるんです。」

何というさびしいことばだろう。

だが、それが、私には、天文学の謎のような気がするのだ。

三十年以上も前に、発見と共に失踪したクロメリン彗星の軌跡を計算して、推理して、追跡するように、ある晴れた日、ふいにいなくなった一人のサラリーマンの行く先を「獅子座」から「からす座」へと追いつめてゆくやり方は、本当ではないだろう。

ニュートンの万有引力の力では、遠ざかった人の心を呼びもどすことなどは出来ないのだから……

音楽

長い間。

男　あれから、三年たった。

新聞によると、池谷薫さんは、その後も新しく二つの「すい星」を発見し、天文学界の話題をさらったそうである。

だが、失踪したサラリーマン長谷川正さんの消息は、その後もまったくつかめない。

そしてもう、みんなは古い新聞記事のことなどはすっかり忘れてしまったことだろう。
私はもうすっかり長谷川さんのことを忘れてしまった。
いや、忘れたふりをすることにしたのだ。生きるためには、私は多くのものを捨てなければいけないのだから。
だが、豆腐屋の二階の、めくらの「星の王女様」
彼女だけはやっぱり
見えない目で空をみつめ
地上の人たちの遺失物をさがしつづけているのである。

はじめと同じように、音の暗黒のなかを男声による天体表現のヴォーカリーズがひろがってゆく。
それは時にアンドロメダをあらわし、時に何億光年の彼方の名のない小さな星をあらわす。
声による星座の表現
そのはてしなく荒漠とした空の下
ひとりの盲の少女が日記を読んでいる。

盲目の少女の日記

あたしはやぎをしった
つくえにさわりながらはなした
うしがいた
そらもいた
こむぎもあった
あたしは
てでさわりながら
うたをした
あたしはめくらです
めくらとはぜんぜんめがみえないことです
あたしはケフェウスとペガサスのゆめがみたいです
それはほしです
一かいほしのゆめをみました
しらないほしでした
さわると、きえました

END

寺山修司（てらやま・しゅうじ）　一九三五～一九八三（昭和一〇～昭和五八）年。歌人・劇作家。青森生まれ。「チェホフ祭」で『短歌研究』の新人賞を受賞し、前衛短歌の代表的歌人に成長する。また舞台・ラジオ・テレビ・映画でも活躍し、放送詩劇「山姥」でイタリア賞グランプリを受賞。横尾忠則らと劇団天井桟敷を結成した。「コメット・イケヤ」は『寺山修司の戯曲』第一巻（一九八三年、思潮社）に収録された。底本には同書を用いている。天体を描いた他の作品に、「星の王子さま」がある。

日食

三島由紀夫

妙子《たへこ》は今朝の新聞の日食の記事を念入りに読んだ。稚内《わつかない》では雲一つない晴天であつたので、日食ははつきりと観測され、その時刻には午後五時ごろのやうな暮色が、日ざかりの地上に漂つたといふことだ。

日食といふと、その日が自分の結婚記念日のやうな気持が妙子はする。一昨年の五月九日の日食の日が、松永と結婚式をあげた翌日であつた。

戦争で両眼を失つた松永と、妙子が結婚すると言ひ出したことは、両親をおどろかせ、友達をおどろかせた。感傷的な気まぐれにすぎないとみんなは言ふが、その実、妙子は感傷的な女ではない。少しばかり人並以上に独占欲のつよいといふところはあるが。

すでに妙子は妊娠してゐた。両親が折れて出た。しかし古風な暦にばかりこだはつて決めた挙式の日取りが、日食の前日だつたことに気がつくと、御幣《ごへい》かつぎの母親はまたひとしきりこの偶然を苦に病んだ。

「いやだ、いやだ。日食だなんて縁起でもない」

「お母様つたら、日食と三りんぼを一緒にしていらつしやるわ。いいぢやないの。太陽が松永に花をもたせて、にはかめくらになつてくれるんだから」

「あきれた自信だ。負けましたよ」

あくる日、熱海の山腹のホテルの庭で、妙子はこの会話を思ひ出して微笑した。

傍らのイスには黒眼鏡をかけた花婿が、五月の日光を浴びてうづくまつてゐる。昼食のあとである。雨が朝のうちにやみ、庭のぬれた石畳に、赤いバラの花びらがはりついてゐる。海にみえるゆるやかな潮の輪は日食のせゐではあるまいが、神秘なバラ色をたたへてゐる。給仕長がすすを塗つたガラスを貸してくれたので、妙子が目にあてがふと、

「どう？　欠けはじめたかい？」

松永はさうきいた。

「ええ、今ちやうど三分の一ほどね」

「どんな風に見える」

「黒いガラスで見ると、太陽つて、まるでめなうみたいね」

「さうかね。ぼくには太陽といふと、絵に描いたやうな、まつ黄いろにもえてゐる大

きな火の玉しかうかんで来ないよ」

　二年後の今日、日食の記事を妙子が念入りに読んでゐるのは、良人《をつと》に話して、あの日の影像を、もういちど良人の心にあざやかによみがへらしたいと思つたからである。

　妙子は新聞や小説を毎日松永に読んできかすのを、たのしい日課と考へてゐた。目があいてゐたころの松永の記憶を妙子はしつとする。彼女が手間をかけ正確に、忠実に、盲目の良人の心にゑがいてゆく外界の影像だけを妙子は良人が守つてくれることを信じてゐる。

　良人の心の世界は、妙子がゑがいてあげた絵のとほりでありますやうに！

「稚内の日食の記事もよんであげよう」

　妙子はいそいで立つて良人のそばへ行つた。松永はやつと満二歳になつた長男をひざにあそばせてゐた。赤ん坊はひざから乗り出して、畳の上の白い包紙に、何かつぶやきながらクレヨンを塗りたくつてゐる。

　松永はその小さな手の動きを手でさぐつて、

「妙子かい？　坊やが何か絵を書いてるらしいよ。見てごらん」

「ほんたう？　生れてはじめて描いた絵ね」

　妙子はそつと紙をとりあげた。赤ん坊は紙の一端を離さない。その目は、きらきらともえてゐる。

紙いつぱいに、黄いろのクレヨンで、大きな、まつ黄いろな、もえさかつた火の玉が描かれてゐた。太陽の絵であつた。

その瞬間、何故だか妙子は、この子が自分の子ではないやうな気がした。

どんな絵、と良人にきかれた彼女は、心なしかつんけんしてきこえる口調で、かう答へた。

「なんだかめちやくちやな絵。……絵とはいへないわ。まだ意味のないいたづら書きね」

三島由紀夫（みしま・ゆきお）　一九二五～一九七〇（大正一四～昭和四五）年。小説家・劇作家。東京生まれ。日本浪漫派の影響下に出発し、自衛隊市ヶ谷駐屯地で割腹自殺を遂げた。代表作に「仮面の告白」「金閣寺」など。「日食」は一九五〇年九月一九日に『朝日新聞』夕刊に発表された。底本には『決定版三島由紀夫全集』第一八巻（二〇〇二年、新潮社）を用いている。天体を描いた他の作品に、「隕星」「美しい星」「太陽と死の神話「ポポル・ヴフ」」「太陽と鉄」「太陽のあふれる前庭――庭とわたし」「星」などがある。

3 太陽系の惑星

太陽神《たいようしん》ラーの楽園《らくえん》——エジプト『死者の書』(4)——

水木しげる

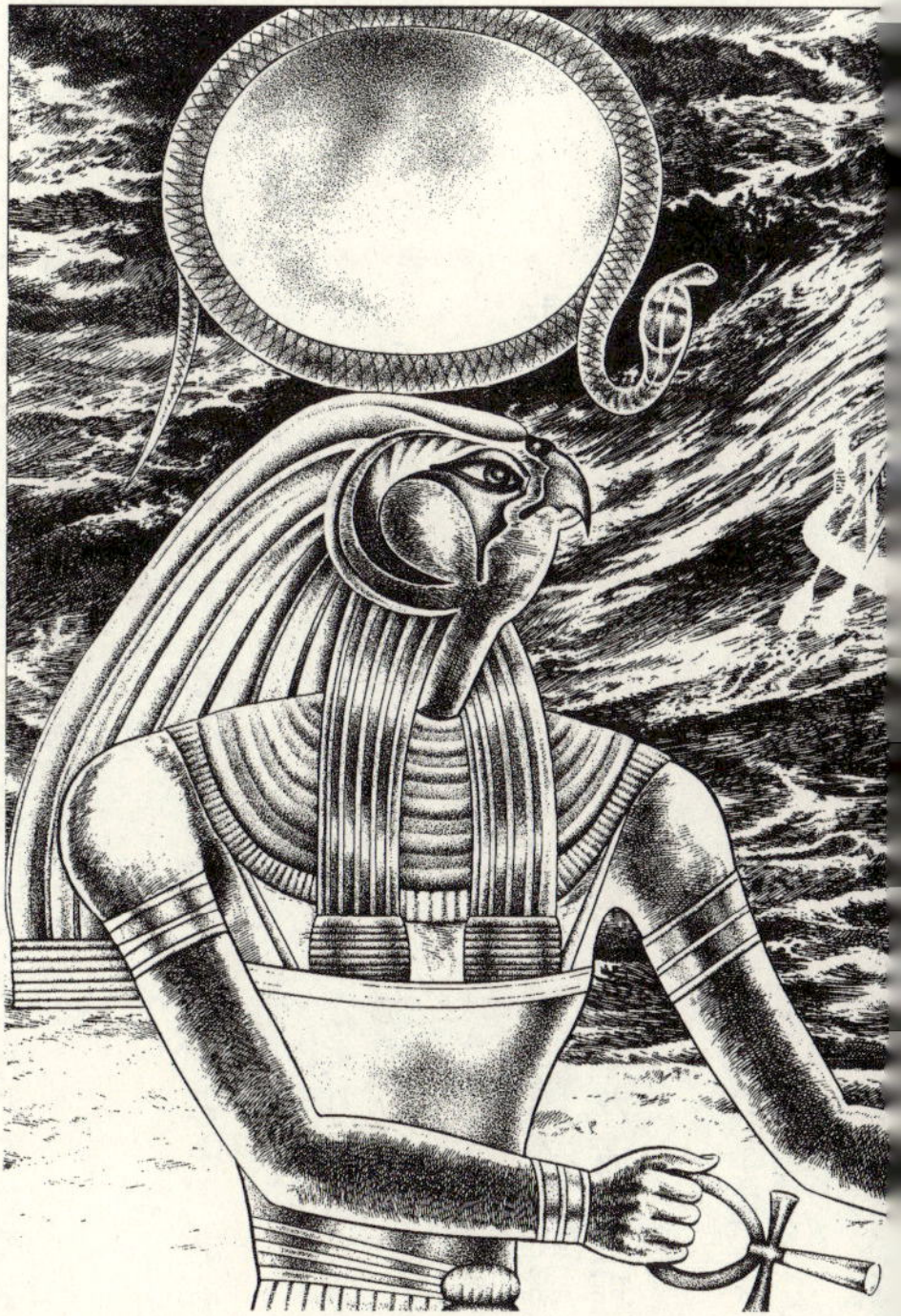

古代エジプト人の天国はセケトヘテプトと呼ばれ、それは太陽神「ラー」の慈《いっく》しみによってあたえられた楽園である。

「ラー」は人間のような形をして、顔は鳥のような丸顔である。

そして、その神威《しんい》は絶対的なものだった。

楽園では、死者の食べるパンは決して腐ることなく、また永遠に存在するビールを好きなだけ飲むことができた。

そして、神々の仲間入りをし、神々が食べる生命の木の実を腹一杯食べることができた。

また、死者は神の衣裳である白いリンネルで装《よそお》い神の靴をはいたという。

このように古代のエジプトでは、死者は他国ではみられないやさしい待遇をうけた。

いわばカミとトモダチになれるわけだ。

また、自由に旅行できる特典もあった。

すなわち、自分の体の埋めてある墓だとかピラミッドの中、あるいは、地上にも自由に往復することができた。

陽が落ちると、彼は太陽神「ラー」の「天空船」に乗り悠久の宇宙を旅することができた。我々の考えている海外旅行以上にスケールの大きい旅ができるわけだ。

しかも、タダで……。

そして、旅の途中、「アアルの広場《ほうじょう》」と呼ばれる天の葦《あし》の畑で耕作することもできた（この畑は豊饒の畑とも呼ばれ、生前特に農夫であった者には理想の畑であった）。

水木しげる（みずき・しげる）　一九二二〜二〇一五（大正一一〜平成二七）

年。漫画家。大阪生まれ。戦時中にラバウルの戦闘で左腕を失う。ゲゲゲの鬼太郎や悪魔くんのキャラクターで、広くファンを獲得した。アングレーム国際漫画祭最優秀コミック賞などを受賞。「太陽神ラーの楽園―エジプト『死者の書』⑷」は、『水木しげるのあの世の事典』（一九八九年、ちくま文庫）に収録された。底本には同書を用いている。天体を描いた他の作品に、「宇宙人」「宇宙虫」『火星年代記』などがある。

太陽征伐

――台湾の説伝に拠って書いたものであるが、今日の日本に、何かの暗示を与えないものでもない。――

下村湖人

一

晴れた日には、人々の皮膚が、ともすると焼けただれそうであった。曇った日には、人々は、釜の中で丸煮をされるように苦しんだ。それは、天に二つの太陽が燃えていたからである。

一つの太陽が没しないうちに、もう一つの太陽が昇って来るので、地上に露を降らす夜というものが無かった。時たま、雨が降ることもあったが、それは殆んど地にとどかないうちに、湯気になって消えうせた。こうして、野も山もからからになり、草木に汁気というものが全く無くなりそうであった。

それでも、大昔、神様が恵んで下すった生命の水が、地の底をいくらか湿していたので、草木はそれを吸い上げて、どうなり生きていた。その生命の水は、深い、深い谿谷に、たった一ところ小さな泉となって地上にも湧き出ていた。そして人々は、一つの太陽が西の山に没し、もう一つの太陽が東の山に昇る頃に、その泉のところに行って、小甕に一杯づつの水を汲んで帰ることを許されていた。

ところが、その泉も、この頃ではだんだんと水の出が悪くなって、人々が小甕に一杯づつ汲んだあとは、いつも底が白くなっていた。そして、草木は次第に山の頂きから枯れはじめ、今では、谿底《たに》近くでも、黄色になった葉が、ばさばさと乾いた土に落ちて来て、焦げくさい匂いを放ち、鳥や獣も残らず姿をかくしてしまった。人々は、泉のある一番深い谿に集って住むことにしたが、それでも、息をするたびに、熱い空気で胸が焼けるようであった。嬰児や、女や、老人たちの中には、青黒くなって死ぬものさえあった。

人々の長である頭目は、何事にも一番すぐれていたが、太陽の熱にも強かった。だが、今ではこの頭目ですら、日陰の少くなった谿底を、うろうろとよろめき廻らなければならなくなった。尤も、彼はもう随分年をとっていたので、自分が死ぬのを大して恐れてはいなかった。ただ、彼には母を亡った一人の嬰児があった。彼は、何とかして、この嬰児の命だけは助けたかったのである。

ある日彼は、偶然にも、まだ真青な水々した芭蕉の葉が見付かったので、大変喜んで、それを嬰児の頭にかぶせた。しかし、彼の驚いたことには、その葉はすぐ黄色くなって、焦げくさい匂いを放った。間もなく、またパンの樹の厚い青葉を見付けて、それをかぶせて見たが、それもすぐ焦げくさくなってしまった。彼は、嬰児の死が、もう間近にせまって来たと思ったので、泉のほとりに倒れて、歎き悲しんだ。そして心から神様に祈った。祈っているうちに、彼は気が遠くなって行くのを覚えた。

二

「二つの太陽のうち、一つを射落さなければ、間もなく生命の水は涸れ、すべての人間は滅びるであろう。お前も、そしてお前の嬰児も。」

そう神様のお告げがあったような気がして、頭目は我にかえった。そこで、彼は人々を泉のほとりに呼び集め、神様の御心を告げた。今までは、人々はたゞ太陽を恐れてばかりいたが、神様のお告げだと聞いて、誰一人、太陽征伐に異議を唱える者がなかった。

そこで、すぐ三人の屈強な若者が選ばれて、今までにない、すばらしい遠征を試みることになった。三人は、泉から口づけに、思う存分生命の水を飲むことを、皆の前で許された。そして、厳かな誓を立てて、身支度にとりかかった。身支度を終えた三人の様子は、鷹のように身軽で勇ましかった。彼等は手に強弓を持ち、腰には頭目が与えた鋭い刀を下げた。刀の柄と、鞘には、うす青く光る美しい玉が鏤めてあった。そして、それが、朱の糸で模様を織り出した胴衣を、斜に虹のように横ぎって、彼等のいでたちを、今までにないきらびやかなものにした。

娘達は、暑熱に喘ぎながらも、活々した勇士たちの姿に瞳を輝かした。そして、勇士たちが、その入墨のある額の下に、底知れず澄んでいる青黒い眼をあげて、ぐっと太陽を睨んだ時、人々は感嘆の声をあげ、娘達は胸に大波を打たせて、彼等を見た。

三

太陽への道は、草も木も無い、茫漠たる曠野であった。その中を、いぶるような空気を呼吸し、焼きつくような小石や、砂をふんで、三人はまっしぐらに進んで行った。日蔭がないので、彼等は適当な休息の場所を見つけることが出来なかった。夜がないので、彼等は眠る時間をもなかった。休息したり、眠ったりすることは、太陽への道に於ては焼け死ぬことだったのである。だが、彼等は若かった。彼等の心臓は、休息の必要がないほど強かった。それに、眠ろうとしても、心が昂ぶって恐らく眠れなかったであろう。それで、彼等はただ進みに進んだ。そして、彼等が門出に飲んだ生命の水は、永い間、彼等を、充分に元気づけてくれた。

しかし、それも無限につづくわけはなかった。曠野には涯がなく、道はますます険しくなって、行けども行けども、太陽はあざける如く遥かの空に燃えている。こうして彼等は、若さから次第に遠のいて行った。ついに手足がしなび、歯が抜け、髪が白くなる時が来た。そして、心ばかりは以前のままの勇士であったが、五体は苦熱の中を蹌踉《そうろう》として泳いでいた。彼等は、自分たちの末期が次第に近づいて来るのを、明かに感ずることが出来た。

そこで、三人の瘠せさらぼうた勇士たちは、ある岩かげに立ち停って、喘ぎながら、彼等の執るべき手段について話し合った。そして、三人のうち二人だけが、誓のとおりに前進をつづけ、あとの一人は故郷に帰って、太陽征伐の容易でないことを人々に告げ、その援《たすけ》を求めることにした。

四

故郷の谿には、細々ではあったが、まだ泉に生命の水が湧いていた。けれども、人々の数はずっと減って、あの頃の頭目も、もう疾《と》うに死んでいた。しかし、幸なことには、頭目に芭蕉の葉や、パンの樹の葉をかぶせられた嬰児は、ふしぎにも暑さに打ち勝つことが出来て、今では立派な若者になっていた。彼はまだ若すぎたので、頭目に選ばれてはいなかったが、なみなみならぬ勇気と、智慧との持主として、人々の尊敬をうけていた。

人々が、泉のほとりに集って、遠征から引きかえして来た白髪の勇士の物語を聞きながら、太陽を仰いでため息をついていた時、この若者によって、いい出された計画は、すばらしく遠大なものであった。彼は、新たに、三名の若者が、後図を托するためにめいめい一人づつの嬰児を背負うて、第二回目の太陽征伐に旅立たねばならぬ、そして、その若者の一人は自分でなければならぬ、といった。彼のこの主張は、人々に非常な感激を以て迎えられた。

彼の外に、二人の勇士が即座に選まれた。そこで、三名の勇士は立上って、娘たちの燃えるような瞳にまもられながら身支度をした。嬰児を抱いていた母たちは、めいめいの嬰児を、争うて勇士たちの手に渡そうとした。しかし、勇士たちは、一々注意深くそれらの嬰児を見て、その中から、最も丈夫で、聡明でありそうな三人を選んだ。嬰児たちが、それぞれ勇士たちの背にしっかりと背負はれた時、三人の母たちは、悦びと決心の色を顔に現して出草の歌を歌った。その声は、低くかったが厳かであった。ほかの母たちもこれに和した。それから、男も、女も、子供も、一人残らずこれに和した。その間、勇士たちは、その奥深い眼で、じっと太陽を見つめていた。

勇士たちは、嬰児のほかに、蜜柑と、粟と、木鼠の陽物《うつたし》とを、めいめいの袋に入れて背負うった。それも、頭目の血をうけた勇士の遠大な計画の一つであった。それから彼等は、存分に生命の水を飲み、嬰児たちにも飲ませて、隼のごとく太陽への道に旅立った。

五

行く行く彼等は、曠野のところどころで、蜜柑一つづつを大事に地に埋め、栗一握りつつを道ばたにばらまいた。そのためには、かなりの時間、歩みを停めなければならなかったが、彼等の智慧と、勇気と、脚力とが、第一回目の勇士たちよりもずっと優れていたので、彼等の前進は非常に速かった。そして、蜜柑と栗とが彼等の袋の中から無くなった頃には、もう先達の二人の勇士に追いついていた。

見ると二人は、顔は皺だみ、歯は一本も残らず落ちてしまって、喉は枯葉のような水気のない音を立てていた。それでも、新手の勇士たちが来たのを見て、二人は躍り上って喜んだ。そして、骨と皮ばかりの脚を踏みしめ、踏みしめして、踉めきながらも、しばらくは一緒について行った。しかし、もうその頃は、彼等の体の中の、生命の水も涸れ切っていたので、彼等は間もなく眼が暗んで、つまづき倒れ、息が絶えた。

新手の勇士たちは暗然となった。そして、焼けて堅くなっている砂地を掘って、二人の死骸を埋め、炎のような空気の中に、永いこと瞑目して立っていた。しかし、その頃すでにものが言えるほどに成長していた背の子供たちが、やかましく彼等をせき立てたので、彼等は、更に勇を鼓して、太陽への道を突き進んだ。

六

それから、息苦しい旅が永い永い間つづいた。そして、彼等も、第一回目の勇士たちと同じように、髪はまっ白になり、皮膚はたるみ、眼球がどろんとなって、咽がぜいぜい鳴り出した。尤もその頃には、三人の嬰児も、すでに立派な若者になっていたので、それに扶《たす》けられて、進むには進んだ。しかし歩みはのろかった。そして、とうとう生命の水が、彼等の体から涸れ切って、彼等は次々に斃れて行った。そこで若者たちは、その死骸を埋め、めいめいに武器と、木鼠の陽物の這入った袋とを譲りうけて、三代目の勇士になった。老勇士のうちで、最後に斃れた一人は、――それは頭目の子であったが、――いよいよ息を引きとるという時に、彼のもっているだけの知慧をすっかり若者たちに授けた。若者たちは、じっと太陽を見上げながらそれを聞いていた。そして、もう太陽もさほど遠くはないと感じた。

七

三代目の勇士たちのこの感じは誤っていなかった。彼等は、まだ髪の毛が一本も白くならないうちに、太陽への道を歩みつくして、物凄い切崖《きりきし》の上に出た。切崖の下には、雲がむくむくと湧いていて、どこにその底があるか解らなかった。そして太陽は、切崖から間近な空に、轟々と音たてて燃えながら、下の方の雲を真紅に染めていた。

彼等は、全身が焼けただれ、眼の底が光に射抜かれるように感じた。けれども彼等は、彼等を負ぶって来た勇士たちと同じように、彼等の故郷と、故郷の人々とを愛していた。そして、一つの太陽を射落すことは、武器や、木鼠の陽物と共に、彼等が先代の勇士たちから受けついだ大切な務であることを忘れなかった。

そこで、彼は勇気をふり起し、両脚を大きくふんばって、弓に矢を番えた。そして轟々と音立てて燃えている太陽に向って、声をそろえて三つの矢を同時に射放った、矢はきらきらと光って、三つの雷光のように青空を飛んで行った。

けれども、太陽からは、三つの矢鏃の砕ける音がかすかに響いて来たばかりで、何の手ごたえもなかった。太陽は相変らず轟々と燃えながら、何事もなかったかのように、切崖の下の雲の中に沈んで行った。勇士たちは、恥じ、愁えて地に倒れた。

八

しかし、その時には、もう一つの太陽が、すでに何処からか昇っていた。そこで彼等は、すぐに勇気と歓びとをとりもどして、しずかに太陽の近づいて来るのを待った。その間に、彼等は、ふと袋の中の木鼠の陽物のことを思い出して、それをめいめいの矢じりにつけた。

第二の太陽が、恰度切崖の真上に来た時、勇士たちは、木鼠の陽物をつけた矢を弓に番え、ねらいを定めて、射放った。三本の矢は真白に光って、青空に飛んだ。すると、たちまち天地を一時に打ち擢くような、すさまじい音がして、太陽の真中から、三条の血潮が火の柱となって三方に噴き出した。その一つは、真直に地上に下って、ならんで立っていた三人の勇士のうち、真中の一人の脳天を打った。そのために、彼は忽ち微塵にうちくだかれて、真黒な灰のように飛び散った。

しばらくすると、太陽は血の色を失って、蒼白い、まんまるな銀盤のようになった。同時に天地がうす暗くなり、冷たい風が空を流れた。生き残った二人の勇士たちは、そっと近づいて、おたがいの顔を見分け、歓びとも恐れともつかぬ感情に息をはずませながら、永いこと相抱いて立っていた。

しばらくして、彼等の一人が、「一つの太陽はたしかに滅びた。あの青白い光はもう太陽ではない。」といった。すると他の一人は、「それを月と呼ぶがいい。」と答えた。そして二人は、その月の面に残っている三つの黒い矢の痕を眺めながら、この大事業を成し遂げた仲間の一人が、無惨な最期を遂げたことを歎き悲しんだ。

二人は身も心も疲れていた。そして地上はもう以前のように熱くなくなっていたので、仰向きに相並んで寝ころんだ。その時、彼等が驚いたことは、青色や、黄色や、橙色の小さな光が、暗い空一面に散らばって、目たたきをしていることであった。しばらくして、一人は考えながらいった。「あれは、多分太陽の血潮が飛び散って、天の壁にくっついたまま、まだ生きているのであろう。」と。すると他の一人がいった、「それを星と呼ぶがいい。」と。

それから彼等は色々の事を話し合った。故郷に帰ることを話すときには楽しかったが、死別れた先達の勇士たちのことや、真黒になってとび散った仲間の勇士のことを話す時には、悲しく思った。そのうち、二人共、身も心も暗いところに吸いこまれるような気持になった。彼等は、自分たちの体からも、生命の水が涸れてしまうのではないかと思った。しかしそうではなかった。彼等は、彼等が最初の矢で射落とせなかった太陽が再び昇って来て、天も地も明るくなって来た頃には、何十年ぶりかの熟睡からさめて、活々した朗かな気持になって起き上ることが出来た。そして彼等は、彼等の知らない間に、彼等の武器やあたりの土地が、しっとりと湿っているのを見出した。勇士の一人は、刀の鞘のしめりに目を見張りながら云った。「それを露と呼ぶがいい。」と。すると他の一人が云った。「ここにも生命の水がしみ出ている。」と。

間もなく、二人は歓びにみちて帰途についた。そして今度は、太陽が照っている時だけ歩み、月や星が光っている時には寝ることにした。しかし、その為めに、往きよりひまどるようなことは少しもなかった。いや、実際は却って非常に速かった。それは、暗い時によく寝たため、鳥のように身が軽くなっていたからである。

彼等は何時の間にか、明るい時を昼と呼び、暗い時を夜と呼びならはした。そして、故郷にかえりつくまでに、その昼と夜とが幾度繰りかえすかを、指を折って数えようと努めた。しかし、両手の指をみんな折ってしまうと、それから先は、どうしてもうまく数えることが出来なかった。そこで両手の指の数だけを、何度も何度も新たに数え直して見るだけであった。そうするうちに、彼等は、往きには小石や砂ばかりであった曠野が、青々と草で蔽われているのを見た。それが彼等を一層朗らかにした。足蹠に触るその湿っぽい柔かさは、彼等が生れてから、まだ一度も経験したことのない心地よさであった。

その後も彼等は、彼等自身にはとてもわからないほど、しばしば両手の指を折ったり伸ばしたりした。そのうちに、彼等は、ところどころに粟が房々と実り、蜜柑が累々と熟しているのを見て、それは往き路に一代前の勇士たちが、彼等を背負いながら種蒔いたものであることを、かすかに思い出すことが出来た。そこで粟の実は袋に入れ、蜜柑はその場で出来るだけ汁を吸った。もうその頃には、彼等の髪も髯も真白になっていたが、蜜柑のひえびえした甘い汁が喉を通る時には、彼等は一時に若さを取りもどすように感じた。

九

故郷の谿に辿りつくには、それからあまり永くはかからなかった。谿につづく坂路を下りながら、彼等の胸は誇りと歓びとでわくわくした。しかし、いよいよ彼等が谿に這入った時、彼等の失望したことには、人々は、ただ珍らしそうに彼等を取り巻くだけであった。中には、敵意を含んだ眼で彼等を見守るものすらあった。そこで二人は、色々の言葉と身振とで、永々と彼等の冒険を物語った。すると人々は、三代前から語り伝えられた話をやっと思い出し、それに、今では天に一つの太陽が輝いて、昼と夜との区別があり、あちらにもこちらにも泉が湧き、川が流れて、草木が青々と茂っていることなどを考え合せ、二人の物語の嘘でないことを知ることが出来た。そして、白髯を房々と胸まで垂らしている神々しい二人の勇士たちを、今さらのように、驚異と讃嘆の眼を見張って仰ぎ視た。

勇士たちは、そこで、彼等の袋から粟を出して人々に示し、今では、粟の実るのはこの谿ばかりではない、といって聞かした。人々は、自分たちの世界が非常に広くなったことを知って、急にどよめき立った。そしてその日は、みんな泉のほとりに集って、にぎやかに彼等の神を祭った。

下村湖人（しもむら・こじん）一八八四〜一九五五（明治一七〜昭和三〇）年。教育家・小説家。佐賀生まれ。代表作は二〇年近く書き継いだ『次郎物語』で、下村の自由主義的な思想が表れている。台北高等学校の校長を務めたが、ストライキ事件を起こした生徒の処置をめぐって台湾総督府と衝突し、一九三一年に東京に戻った。「太陽征伐」は『教育的反省』（一九三四年、泰文館）に収録されている。底本は『下村湖人全集』第五巻（一九七五年、国土社）を用いた。天体を描いた他の作品に「月夜河原」がある。

太陽がすごすぎ&美しくって

川上未映子

気分も気温も風の冷たさもすっかり冬のそれだというのに、このあいだ真夏を感じさせるようなお昼間があったりするから調子が狂うよ。わたしは信号待ちをしてたんだけど影になるような建物もなく、とてつもない日差しがじりじりと肌を焼いてゆくのを見ながら、ああ太陽というのはえらいもんやな、とあらためて思った。

だってあんなに遠くにあって（約1億5000万キロメートル、とか言われてもなんと答えてよいのかわからないけどさ）、じっさいは巨大なんでしょうけれどもあんなに小さく見えるあの太陽が我々地球人の今日において担うことのそのすべてを思うと、そら昔の人じゃなくても太陽こそが神であると、心底そう感じて礼拝するのも納得ですよなというしんしんとした気持ちになった。

生きとし生けるものはいまのところ「熱」がなければ動けない、無料で惜しみなくそれを与え続けてくれる太陽がなければ生命は始まらないわけであって（まあ地面だってそうですけど）、太陽こそが神である、その思想には筋が通り過ぎなのだった。こんな宇宙の片隅のそのまた隅の微生物に過ぎないようなわたしの頰がたしかに熱を受けとっているのだものなあ。

なんてふうに太陽すごいぜとぼーと考えていたら小林秀雄が太陽の美しさについて話していたのを思いだした。

「ごらん太陽は美しい。しかし美しさは主観にあらず、科学が言うような心理の投影というようなこともあり得ない。この美しさは僕が想像したわけでも発見したわけでもない。美しさは君にあるのか？　あちらにあるのか？　ほら君はもうなにも言えなくなるだろう。太陽はじっさいに美しい！」というような、れいの小林お得意の話で、すごさと美しさじゃちょっと話が違ってくるけど、そんなことを思いだしつつ歩きながら、ああいい時代だったんだなあとしみじみ思ったり。根拠なんてなにもないからこそ信じることが美学たり得た、それこそが美しい時代だったのだなあ。

とかなんとか考えながらまだ照り続ける太陽を見あげ、このエネルギーをソーラーとかで自家発電だけじゃなくって保存してもち歩けるようにしてそのときどきで使えるようになったらいいのになあ！　ドラえもんがいたらいいのになあ！　なんて考えてたらそれっていわゆる「電池」じゃないのかと30分くらいしてから気がついた。あるじゃん。わたしが生まれる前から。それにこないだ珍しくお茶を淹れて飲んでたら、すぐになくなるからいちいち沸かすのが面倒で「あーあ、沸いたお湯がそのまま冷めずに分割で使用できたらいいのにな」とか思っていたらあるじゃんポットが。売ってるじゃん。みんな活用、してるんだよ。

「太陽の凄さ」がどこかしら関係ない展開になったけど、このような生活のなかの「当たりまえ」になんでかぱっと気がつかないこの鈍さって一体どこから来るんだろう。探せばそういうのたくさんあるんだろうな。そんなわけだからわたしのニーズは常に30年、時代から遅れることはなはだしく、この感受性の速度なら発明なんて7回生まれ変わっても無理だなあ、そういやドクター・中松氏はいまどこでなにを考えてるんだろう、なはんて中松氏のことを生まれて初めて考えた、あははん。

川上未映子（かわかみ・みえこ）一九七六（昭和五一）年〜。小説家・詩人。大阪生まれ。小説の世界では『乳と卵』で芥川賞、『愛の夢とか』で谷崎潤一郎賞を受賞した。その他の代表作に、『ヘヴン』『すべて真夜中の恋人たち』など。音楽活動を行い「夢みる機械」などのアルバムがある他、映画・舞台・テレビ・ラジオで幅広く活躍している。詩では『水瓶』が高見順賞を受賞した。「太陽がすごすぎ&美しくって」は『夏の入り口、模様の出口』（二〇一〇年、新潮社）に収録された。底本には同書を用いている。

太陽と月

武者小路実篤

太陽と月とが
ある日逢つた時、
ふと地球の話をした。
その時月が夜の地球の話をした、
いかにも気のりがして面白さうに、美しく。
太陽はそれを聞いて不思議さうな顔をした。
さうして「地球にそんな所があるはづがない」と云つた。
「僕は地球が生まれてから今迄
たえず地球を見てゐるが
そんな処は見たことがない」と云つた。
月は何か考へて居たが、何か思ひ当つたやうに

「わかりました〳〵
貴君が地球を御覧になると、地球が昼になるのです、さうです、貴君が御覧になると、地球が昼になるのです、」と云つた。

「さうかなー」と太陽は云つた。

しかし月の云ふ意味はわからなかつた。

それから外の話をして別れてしまつた。

その後太陽はどうかして夜の地球を見たいと思つた。

一万年の間、注意をおこたらずに見た。

しかしとう〳〵見つからなかつた。

其処で太陽は微笑みながら独言した、

「月の奴め！　幻を見てやがるのだな」


武者小路実篤（むしゃのこうじ・さねあつ）一八八五〜一九七六（明治一八〜昭和五一）年。小説家。東京生まれ。白樺派を代表する一人として「個性伸張」を掲げ、人道主義的な作品を書き続けた。一九一八年に宮崎に「新しき村」を作り、共同生活を試みている。小説の「お目出たき人」や「友情」が有名である。底本は『武者小路実篤全集』第一巻（一九八七年、小学館）を用いている。天体を描いた他の作品に、「太陽」「太陽と月」「天に星」「満月は山の上にあって」がある。

火星を見る

荒正人

九月四日夜（昭和三十一年）、時計は十時を回っていた。上野公園の人通りはまばらである。二、三日まえから暑さがぶり返し、夜更けになっても余り涼しくない。科学博物館の屋上にでて、火星の現われるのを待っている。火星はすでに東天みずがめ座のあたりに上っているのだが、霧のような雲にさえぎられ、ときたまにしか姿をみせぬ。

村山定男技官が傍らから、「位置だけはみえるでしょう」というので廿センチ（八インチ）望遠鏡に眼を当てると、ヴェールを薄くかぶったオレンジ色の姿が淡くみえるが、たちまち消えてしまう。二百倍の大きさだから、このごろの火星との距離五千六百万キロの二百分の一、二十八万キロで、火星の大きさからいっても月の二倍ぐらいにはみえるはずなのだが、実際の感じでいえば、月の五、六分の一ぐらい。なぜ月が肉眼ではあんなに大きくみえるのか、これは心理学の問題でもあるらしい。

そんなことを話しているうちに、雲がやっと切れて、こんどは、まぶしいように輝く赤い火星の姿がみえる。それは、線香花火の先の玉の煮えているような感じだ。色もよく似ている。なぜゆらいでみえるかというと、それは、気流の関係だということだ。

火星の観測には、気流が大きな関係をもつ。火星観測者は厳冬の真夜中でも、よい気流を待って何時間も毛布にくるまったりしながら寒い空をみつめているのである。気流のよいときには、それほど大きな望遠鏡でなくとも、いろんな観測ができる。フランスのピレネー山脈の望遠鏡で、火星の「運河」を数年まえに初めて望遠鏡でとったことなど思いだす。

私ののぞいている火星も、気流が納まったときには、中央の赤道部から上にかけて、暗い海がかなりはっきりとみえた。それは、暗緑色といわれているが、見た感じでは暗い地帯というだけである。その上は、火のように赤くなっているが、本来ならその頂上あたりに南極（望遠鏡では、北極と南極が逆さに写る）の真白な極冠がみえるはずなのだが、このごろの火星は、大きな黄雲に覆われているので残念ながらそれは見えぬ。この黄雲は、先月の二十日ごろから急に拡がり始めたもの。広さはシベリア大陸ぐらいもあろうか。大接近のときによくみられる現象の一つだそうだ。

望遠鏡では、この黄雲の部分と下方の、北半球のサバクの色が余りよく区別できぬ。

右下に斜めにみえるかなり大きい筋は「運河」の一つと考えてもよいそうだが、これもそう教えられればそう見えるという心細さである。細かい部分を見分けるには長年の経験が必要である。パロマー山の二百インチでも、徒らに像が大きくなるだけで観測にはそれほど役立たぬそうだ。

「運河」は、スキアパレリ（一八三五—一九一〇）の昔から、見えるという説と見えぬという説が鋭く対立していたが、近ごろでは、人工のものかどうかはべつとして筋はあるということになった。ここの望遠鏡で撮った写真にもそれと覚しきものがみえる。ただし、運河説をとなえるひとたちがスケッチにかいているくもの巣のようなものとは大分異る。地球ならば紅海ぐらいの筋がぼんやりと写っているという程度だ。

「運河」があれば、高等な生物が住んでいるであろう。星としての年齢も古いのだから、それは人類よりもはるかにすぐれた生物であろうといったのは、アメリカの火星天文学者ローウェル（一八五五—一九一六）であった。現在では、「運河」も自然現象でできたのかもしれぬともいわれているし、酸素がほとんどないので、地衣類（ちいるい＝菌と藻が一しょになって生活しているような下等生物）しかないだろうというようなところに落ち着いてきたらしい。ただし、夢想家たちはそれでは満足せず、火星の高等生物はいままでは地下にもぐって、地中の酸素を摂りながら、高度な地下文明を築いているかもしれぬといい、「空飛ぶ円盤」に乗って地球へもやってきているという。

愚かな地球人がこのごろ危険な爆弾を発明したので、ひょっとすると地球自体も破壊してしまい、太陽系の惑星の軌道が乱れ、火星がぐっと太陽に引き寄せられたりはしないかと心配しての仕業だというのである。

昔は、ある船が地中海を走っているとき、アンテナに火星からららしい電波が感じられたという話などもあった。現在では、木星や金星からは、一種の雷鳴現象に伴う電波が発せられているが、火星にはそういう現象はまずないと見なされている。だが、アメリカあたりでは、今年など電波望遠鏡を持ち出して、探っているだろうとのこと。火星からの信号でもとらえられたら大騒ぎになろう。

火星の生物については、ロシヤでも論争が行われ、チーホフという学者が否定説を鋭く反論し、地球の地上植物から火星の植物を判断するのは、陸の動物から水のなかの魚を語るようなものだとつめよっている。（『自然』十月号）火星の生物を、理論的に考えるなら、植物という先入主を取払わねばならぬし、また、生物とはいったいなんであるか、ということについてもっと根本的に考えてみなければなるまい。地球の生命で、他の惑星を論じることには、一定の限度がある。私などはチーホフよりもっと急進的（？）である。

こんなことを考えながら、またのぞいていると、再び赤く輝き始めた。あの光は、火星の表面に太陽の光線のあたって、反射しているものである。一秒三十万キロ走る光が太陽から火星までに十一分、火星からこの望遠鏡まで三分かかる。火星があそこにあり、ここに私の地球がある。それを結んだ線上に太陽がある。いままで図面の上でだけみていた太陽系の実感がかすかに分ったような気がする。火星のかなたには、数万の小遊星群があり木星、土星、天王星、海王星、冥王星がある。冥王星までは太陽の光が到達するのに五時間半。気の遠くなるように遠い。だが、太陽系を離れて最も近い恒星（ケンタウルス座プロキシマ）にまで光のロケットに乗っていっても、四年余りかかる。太陽系のさしわたしを八センチとすると、この星は二百七十メートルの距離にあることになる。銀河系宇宙には、太陽のような恒星が千億もあり、この宇宙のさしわたしは、十万光年だといわれている。この銀河系宇宙から約百五十万光年ほど離れたところ、銀河系に匹敵するアンドロメダ星雲がある。こういう大小の星雲宇宙が現在では二百万も確かめられている。（理論的計算では三十億）その宇宙の星の何分の一かに惑星があり、その惑星の何分の一かに生命が宿っているとしても、その種類は想像を絶している。まして反陽子の世界などがあるとしたら……。

再び火星の赤い姿に還る。向うでも、奇怪な生物がいて、想像もつかぬような方法で地球のほうをながめ、赤道の近くや、北極圏などに発火現象がみられるが、あれは火山の爆発にしては余りに規模が大きすぎる、などと考えているのではないか。火星は、西暦二〇〇三年にもまた大接近をする。そのとき、地球がもっと平和になっていることを望みたい。戦争に使う金で、宇宙旅行を研究すれば、月面へはむろんのことだが、火星への旅行も実現しているかもしれぬ。火星の土地の予約をしたという気の早い人を必ずしも笑えぬ。

荒正人（あら・まさひと）一九一三〜一九七九（大正二〜昭和五四）年。評論家。福島生まれ。戦前の左翼学生運動を振り返る「第二の青春」以降、「近代文学」派の代表的評論家の一人として活躍する。「火星を見る」は一九五六年九月六日に『朝日新聞』に発表された。底本には『荒正人著作集』第四巻（一九八四年、三一書房）を用いている。天体を描いた他の作品に、「宇宙工学」「宇宙小説」「宇宙の拡がり」「宇宙文明論」「宇宙旅行」「地球外の生命」「M87星雲」がある。

火星の運河

江戸川乱歩

又あそこへきたなという、寒いような魅力が私をおののかせた。にぶ色の闇が私の全世界をおおいつくしていた。おそらくは音も、匂いも、触覚さえもが私のからだから蒸発してしまって、煉羊羹のこまやかに澱んだ色彩ばかりが、私のまわりを包んでいた。

頭の上には夕立雲のように、まっくらに層をなした木の葉が、音もなくしずまり返って、そこから巨大な黒褐色の樹幹が、滝をなして地上に降り注ぎ、観兵式の兵列のように、眼も遥かに四方にうちつづいて、末は奥知れぬ闇の中に消えていた。

幾層の木の葉の闇のその上には、どのようなうららかな日が照っているか、あるいは、どのような冷たい風が吹きすさんでいるか、私には少しもわからなかった。ただわかっていることは、私が今、果てしも知らぬ大森林の下闇を、行方定めず歩きつづけている、その単調な事実だけであった。歩いても、歩いても、幾抱えの大木の幹を、次から次へと、迎え見送るばかりで、景色は少しも変らなかった。足の下には、この森ができて以来、幾百年の落葉が、湿気に充ちたクッションをなして、歩くたびに、ジクジクと、音を立てているに違いなかった。

聴覚のない薄闇の世界は、この世からあらゆる生物が死滅したことを感じさせた。あるいは又、無気味にも、森全体がめしいたる魑魅魍魎《ちみもうりよう》に充ち満ちているようにも、思われないではなかった。くちなわのような山蛭が、まっくらな天井から、雨垂をなして、私の襟くびに降りそそいでいるのが想像された。私の眼界には一物の動くものとてはなかったけれど、背後には、くらげの如きあやしの生きものが、ウヨウヨと身をすり合わせて、声なき笑いを合唱しているのかも知れなかった。

でも、暗闇と、暗闇の中に住むものとが、私を怖がらせたのはいうまでもないけれど、それらにもまして、いつもながら、この森の無限が、奥底の知れぬ恐怖をもって、私に迫った。それは、生れたばかりの嬰児が、広々とした空間に畏怖して、手足をちぢめ、恐れおののくような感じであった。

私は「かあさん、怖いよう」と叫びそうになるのを、やっとこらえながら、一刻も早く、闇の世界をのがれだそうとあせった。

しかし、あがけばあがくほど、森の下闇は、ますます暗さをまして行った。何年のあいだ、あるいは何十年のあいだ、私はそこを歩きつづけたことだろう！　そこには時というものがなかった。日暮れも夜明けもなかった。歩きはじめたのがきのうであったか、何十年の昔であったか、それさえ曖昧な感じであった。

私はふと、未来永劫この森の中に、大きな大きな円を描いて歩きつづけているのではないかと疑いはじめた。外界の何物よりも私自身の歩幅の不確実がおそろしかった。私はかつて、右足と左足との歩きぐせに、たった一インチの相違があったために、沙漠の中を円を描いて歩きつづけた旅人の話を聞いていた。沙漠には雲がはれて、日も出よう、星もまたたこう。しかし、暗闇の森の中には、いつまで待っても、なんの目印も現われてはくれないのだ。世にためしなき恐れであった。私はそのときの、心《しん》髄からのおののきを、なんと形容すればよいのであろう。

私は生れてから、この同じ恐れを、幾たびと知れず味わった。しかし、ひとたびごとに、いい知れぬ恐怖の念は、そして、それに伴なうあるとしもなき懐かしさは、共に増しこそすれ、決して減じはしなかった。そのようにたびたびのことながら、どの場合にも、不思議なことには、いつどこから森にはいって、いつ又どこから森を抜け出すことができたのやら、少しも記憶していなかった。一度ずつ、まったく新たなる恐怖が私の魂をおし縮めた。巨大なる死の薄闇を、豆つぶのような私という人間が、息を切り汗を流して、いつまでも歩いていた。

ふと気がつくと、私の周囲には異様な薄明りが漂いはじめていた。それは例えば、幕に映った幻燈の光のように、この世のほかの明るさであったけれど、でも、歩くにしたがって闇はしりえに退いて行った。

「なんだ、これが森の出口だったのか」

私はそれをどうして忘れていたのであろう。そして、まるで永久にそこにとじ込められた人のように、おじ恐れていたのであろう。

私は水中を駈けるに似た抵抗を感じながら、でも次第に光の方へ近づいて行った。近づくにしたがって、森の切れ目が現われ、懐かしき大空が見えはじめた。しかしあの空の色は、あれが私たちの空であったのだろうか。そして、その向こうに見えるものは？　ああ、私はやっぱりまだ森を出ることができないのだった。森の果てとばかり思い込んでいたところは、その実、森のまん中であったのだ。

そこには、直径一丁ばかりの丸い沼があった。沼のまわりは、少しの余地も残さず、直ちに森が囲んでいた。そのどちらの方角を見渡しても、末はあやめも知れぬ闇となり、今まで私の歩いてきたのより浅い森はないように見えた。

たびたび森をさまよいながら、私はこんな沼のあることを少しも知らなかった。それ故、パッと森を出離れて、沼の岸に立った時、そこの景色の美しさに、私はめまいを覚えた。万華鏡を一転して、ふと幻怪な花を発見した感じである。しかし、そこには万華鏡のような華やかな色彩があるわけではなく、空も森も水も、空はこの世のものならぬいぶし銀、森は黒ずんだ緑と茶、そして水は、それらの単調な色どりを映しているにすぎないのだ。それにもかかわらず、この美しさは何物のわざであろう。銀《ぎん》鼠《ねず》の空の色か。巨大な蜘蛛がいまえものをめがけて飛びかかろうとしているような、奇怪なる樹木たちの枝ぶりか。固体のようにおしだまって、無限の底に空を映した沼の景色か。それもそうだ。しかしもっとほかにある。えたいの知れないものがある。音もなく、匂いもなく、肌触りさえない世界の故か。そして、それらの聴覚、嗅覚、触覚が、たった一つの視覚に集められているためか。それもそうだ。しかしもっとほかにある。空も森も水も、何者かを待ち望んで、はち切れそうに見えるではないか。彼らの貪婪きわまりなき慾情が、いぶきとなってふき出しているではないか。しかし、それが、なぜなればかくも私の心をそそるのか。

私はなにげなく、眼を外界から私自身の、いぶかしくも全裸のからだに移した。そして、そこに、男のではなくて、豊満なる乙女の肉体を見出したとき、私が男であったことをうち忘れて、さも当然のようにほおえんだ。ああこの肉体だ！　私は余りの嬉しさに、心臓が喉の辺まで飛び上がるのを感じた。

私の肉体は不思議にも、私の恋人のそれと、そっくり生きうつしなのだが、なんというすばらしい美しさだったろう。ぬれかつらの如く、豊かにたくましき黒髪、アラビヤ馬に似て、精悍にはりきった五体、蛇の腹のようにつややかに青白き皮膚の色、この肉体をもって、私は幾人の男子を征服してきたか、私という女王の前に、彼らがどのような有様でひれ俯したか。

今こそ、なにもかも明白になった。私は不思議な沼の美しさを、ようやく悟ることができたのだ。

「おお、お前たちはどんなに私を待ちこがれていたことであろう。幾千年、幾万年、お前たち、空も、森も、水も、ただこの一刹那のために生き永らえていたのではないか。お待ち遠さま！　さあ、今、私はお前たちの烈しい願いをかなえて上げるのだよ」

この景色の美しさは、それ自身完全なものではなかった。何かの背景としてそうであったのだ。そして今、この私が、世にもすばらしい俳優として彼らの前に現われたのだ。

闇の森に囲まれた底なし沼の、深くこまやかな灰色の世界に、私の雪白の肌が、いかに調和よく、いかに輝かしく見えたことであろう。なんという大芝居だ。なんという奥底知れぬ美しさだ。

私は一歩沼の中に足を踏み入れた。そして、黒い水の中央に、同じ黒さで浮かんでいる、一つの岩をめがけて、静かに泳ぎはじめた。水は冷たくも暖かくもなかった。油のようにトロリとして、手と足を動かすにつれてその部分だけ波立つけれど、音もしなければ、抵抗も感じない。私は胸のあたりに、ふた筋三筋の静かな波紋を描いて、ちょうどまっ白な水鳥が、風なき水面をすべるように、音もなく進んで行った。やがて、中心に達すると、黒くヌルヌルした岩の上に這い上がる。そのさまは、例えば夕凪の海に踊る人魚のようにも見えたであろうか。

今、私はその岩の上にスックと立ち上がった。おお、なんという美しさだ。私は顔を空ざまにして、あらん限りの肺臓の力をもって、花火のような一と声をあげた。胸と喉の筋肉が無限のように伸びて、一点のようにちぢんだ。

それから、極端な筋肉の運動がはじめられた。それがまあ、どんなにすばらしいものであったか。青大将がまっ二つにちぎれて、のたうち廻るのだ。尺取虫と、芋虫と、ミミズの断末魔だ。無限の快楽に、あるいは無限の痛苦にもがくけだものだ。

踊り疲れると、私は喉をうるおすために、黒い水中に飛び込んだ。そして、胃の腑の受け容れるだけ、水銀のように重い水を飲んだ。

そうして踊り狂いながらも、私はなにか物足りなかった。私ばかりでなく、周囲の背景たちも不思議に緊張をゆるめなかった。彼らはこの上に、まだ何事を待ち望んでいるのであろう。

「そうだ、紅《くれない》の一と色だ」

私は、ハッとそこに気がついた。このすばらしい画面には、たった一つ、紅の色が欠けている。もしそれをうることができたならば、蛇の目が生きるのだ。奥底知れぬ灰色と、光り輝く雪の肌と、そして紅の一点、そこで、何物にもまして美しい蛇の目が生きるのだ。

したが、私はどこにその絵の具を求めよう。この森の果てから果てをさがしたとて、一輪の椿さえ咲いてはいないのだ。立ちならぶあの蜘蛛の木のほかに木はないのだ。

「待ちたまえ、それ、そこに、すばらしい絵の具があるではないか。心臓というシボリ出し、こんな鮮かな紅《くれない》を、どこの絵の具屋が売っている」

私は薄い鋭い爪をもって、全身に、縦横無尽のかき傷をこしらえた。豊かなる乳房、ふくよかな腹部、肉つきのよい肩、はりきった太腿、そして美しい顔にさえも。傷口からしたたる血のりが川をなして、私のからだはまっ赤なほりものに覆われた。血潮の網シャツを着たようだ。

それが沼の水面に映っている。火星の運河！　私のからだはちょうどあの気味わるい火星の運河だ。そこには水の代りに赤い血のりが流れている。

そして、私はまた狂暴なる舞踊をはじめた。キリキリ廻れば、紅白だんだら染めの独楽《こま》だ。のたうち廻れば、今度は断末魔の長虫だ。あるときは胸と足をうしろに引いて、極度に腰を張り、ムクムクと上がってくる太腿の筋肉のかたまりを、できる限り上へ引きつけてみたり、あるときは岩の上に仰臥して、肩と足とで弓のようにそり返り、尺取虫が這うように、その辺を歩きまわったり、あるときは、股をひろげ、そのあいだに首をはさんで、芋虫のようにゴロゴロと転がってみたり、または切られたミミズをまねて、岩の上をピンピンとはねまわって、腕といわず肩といわず、腹といわず腰といわず、所きらわず、力を入れたり抜いたりして、私はありとあらゆる曲線表情を演じた。命の限り、このすばらしい大芝居のはれの役目を勤めたのだ。

「あなた、あなた、あなた」

遠くの方で誰かが呼んでいる。その声が一とことごとに近くなる。地震のようにからだがゆれる。

「あなた。なにをうなされていらっしゃるの」

ボンヤリと眼をひらくと、異様に大きな恋人の顔が、私の鼻先に動いていた。

「夢を見た」

私は何気なくつぶやいて、相手の顔を眺めた。

「まあ、びっしょり、汗だわ……怖い夢だったの」

「怖い夢だった」

彼女の頰は、入日時の山脈のように、くっきりと蔭と日向に分れて、その分れ目を、白髪のような長いむく毛が、銀色に縁取っていた。小鼻の脇に、綺麗な脂《あぶら》の玉が光って、それを吹き出した毛穴どもが、まるでほら穴のように、いとも艶めかしく息づいていた。そして、その彼女の頬は、なにか巨大な天体ででもあるように、徐々に徐々に、私の眼界を覆いつくして行くのだった。

江戸川乱歩（えどがわ・らんぽ）一八九四〜一九六五（明治二七〜昭和四〇）年。推理小説家。三重生まれ。エドガー・アラン・ポーからペンネームを得ている。雑誌『新青年』で活躍し、名探偵・明智小五郎や怪人二十面相で広く知られるようになる。代表作は「陰獣」「パノラマ島奇談」「屋根裏の散歩者」など。「火星の運河」は一九二六年四月に『新青年』に発表された。底本は『江戸川乱歩全集』第二巻（一九七九年、講談社）を用いている。天体を描いた他の作品に、「宇宙怪人」「月と手袋」がある。

月と土星（朗読のために）

丸山薫

晩春の夕ぐれ
私は　郊外の池のほとりに在る
私設天文台を訪れた
主人《あるじ》のK氏は私の希望を容《い》れて
夜を待つ暫くの間
私を書斎に案内した
その部屋で　彼は私に
月面図《げつめんず》や遊星の図について詳しい説明をしてくれ
私はまた彼に
科学に興味をもつた詩人宮澤賢治の話をした

やがて彼は私を戸外へ誘つた

観測台は住居《すまい》の裏に在つた
六吋《(インチ)》半の赤道儀附天体望遠鏡が
黒々《くろぐろ》とした陰影《かげ》を夜空に向けていた
星達が爽かな緑を放つてまたたき
またたきの中　西の天高く
薄切《うすぎ》りのレモンに似た月が懸《(かか)》つていた
K氏がハンドルを執《(と)》ると
望遠鏡はすばやく旋廻した
まるで獲物を追う高角砲のように
それは月を狙つて停止《とま》つた
――と　いつのまにか
台座の一ケ所に豆電燈がともつて
電気仕掛の振子《ふりこ》がカチカチと音をたて始めた
同時に　その刻みよりもせわしく
私の内部でも何かが鳴り始めた

実《じつ》を言うと
すべては模型のように小さく愛らしくて
私達の姿を見る人もなかつたのだが——
にも拘らず　そのとき　くら闇の中で
私達だけが地球上の誰よりも天体に近く
かがやいた地表の一角に佇つているような
そんな錯覚と歓喜の鼓動が
からだじゅうを駈けめぐり始めたのだつた

　その二

望遠鏡は夜の天に向けられていたが
私は天を向いて月や星を観察したのではなかつた
その太い望遠鏡の端《はし》に直角にとりつけられた
もう一つの細い枝のような筒から
いわば顕微鏡でも覗くような姿勢で
足もと斜の方向に
レンズの中の天体を見おろしたのだつた

一五〇という倍率にしては
月も星も小さく見えた
だが不思議に月の面《おもて》ははつきりしていた
あのデコボコの山々も　噴火口に似た無数の穴も
「海」と呼ばれる陰影《かげ》も
一つ一つが鮮明に浮彫になつて見分けられた
土星は少し赤く
縦にリングを篏《は》めていた
それらはどれも美しかつたが
二つの天体をとり巻く宇宙の深さは
さらに異常に耀いて見えた
そのかがやきの真近さに
数万年の未来の時間が手にふれる思いがした

私はレンズの中の衛星から眼を離した
そして　改めて肉眼で　月と土星とを仰いだ

瞬間　つい眼の前に在つた空間と時間とが
ふたたび　いつさんに　遥かな未来へ駈け戻つてゆくのを感じた
この私を　苦しい現在に置き去りにして——

〔丸山薫（まるやま・かおる）　一八九九〜一九七四（明治三二〜昭和四九）年。詩人。大分生まれ。都市モダニズム詩の影響下に第一詩集『帆・ランプ・鷗』をまとめ、一九三〇年代後半に四季派を代表する詩人として活躍した。「月と土星」は一九五二年六月一日放送の、『NHK放送用台本』に収録されている。底本には『丸山薫全集』第二巻（一九七六年、角川書店）を用いた。天体を描いた他の作品に、「新月譚」「太陽の中に」「中秋無月なりき」「日蝕余談」「星夜」「星」「星空」「南十字星」「遊星の中に」などがある。

水の星

茨木のり子

宇宙の漆黒の闇のなかを
ひっそりまわる水の星
まわりには仲間もなく親戚もなく
まるで孤独な星なんだ

生まれてこのかた
なにに一番驚いたかと言えば
水一滴もこぼさずに廻る地球を
外からパチリと写した一枚の写真

こういうところに棲んでいましたか

これを見なかった昔のひととは
線引きできるほどの意識の差が出てくる筈なのに
みんなわりあいぼんやりとしている

太陽からの距離がほどほどで
それで水がたっぷりと渦まくのであるらしい
中は火の玉だっていうのに
ありえない不思議　蒼い星

すさまじい洪水の記憶が残り
ノアの箱船の伝説が生まれたのだろうけれど
善良な者たちだけが選ばれて積まれた船であったのに
子子孫孫のていたらくを見れば　この言い伝えもいたって怪しい

軌道を逸れることもなく　いまだ死の星にもならず
いのちの豊饒を抱えながら
どこかさびしげな　水の星

極小の一分子でもある人間が　ゆえなくさびしいのもあたりまえで
あたりまえすぎることは言わないほうがいいのでしょう

茨木のり子（いばらぎ・のりこ）一九二六〜二〇〇六（大正一五〜平成一八）年。詩人。大阪生まれ。一九五三年に川崎洋と詩誌『櫂』を創刊し、一九五〇年代詩人の一人として頭角を現す。「根府川の海」や「わたしが一番きれいだったとき」が代表作。『韓国現代詩選』で読売文学賞の研究・翻訳賞を受賞している。「水の星」は『倚りかからず』（一九九九年、筑摩書房）に収録された。底本には同書を用いている。天体を描いた他の作品に「七夕」（『鎮魂歌』所収）がある。

中世の星の下で

阿部謹也

星辰の世界はヨーロッパ中世のすべての人びとに同じ姿を示していたわけではなかった。オレスメのニコラウスのような人にとっては中世人の宇宙観を規定していたプトレマイオスの体系は吟味を要するものであったし、モーゼル河畔のクエスのニコラウスにはすでに地動説への萌芽がみられたという。これらの著名な人びとでなくとも、天体の運行の計測、実生活に役立つことを知っていた人びとの数は少なくなかった。

R・W・サザーンによると十一世紀にオルレアン附近のある修道院で夜の見張役に与えられた指示の一部に次のようなものがあったという。

「クリスマスの日には、双子座がいわば修道士居館の上に横たわり、オリオン座が諸聖人の礼拝堂の上に現われているのをみるとき、鐘を鳴らす用意をせよ。そして一月一日にはアルトフィラックス（牛飼座の主星）のひざで輝く星が修道士館の第一の窓と第二の窓の間の空間と同じ高さにあって、いわばその屋根の頂きの上に横たわっているのをみたら、燈火をともしに行け」（『中世の形成』森岡敬一郎、池上忠弘訳、みすず書房、一四九頁）。修道院生活のなかで季節と共に移動した典礼の時刻を守らせるためにこのような天体観測が行われていたのである。天体観測に基づいて日々の務めを営む生活は今では船乗りの間にしかのこっていないのだろうが、中世においては星座の世界が直接に日常生活と触れあっていたのである。

中世の人びとの日常生活は今日よりもはるかに密接に星辰の世界とかかわっていた。しかしながら一般の人びとにおけるそのかかわり方は、修道院のばあいとはかなり異なるものであった。地上の出来事や人間の運命は天体の運行によって規定されるものと考えられとりわけ獣帯、十二宮と遊星の動きが注目されていた。しかし遊星の動きの方が獣帯よりも強力であり、人びとは常に七つの遊星の動きに注目を払っていた。当時の医学はまさに遊星の動きと密接な関連をもっていたからである。

七つの遊星がそれぞれ人間の運命を規定しているという信仰は中世において一般的なものであったから、このような信仰に基づく叙述や描写は少なくなかった。それらのなかで中世の人びとの生活を伝えている見事な描写として「ハウスブーフマイスター」の絵は特筆に値するものである。

「ハウスブーフ」（家の書）は南ドイツのヴォルフェッグ家に長く伝わる羊皮紙の文書であって、一四八〇年頃に成立したものとみられる。作者は不詳で、これまで若きグリューネヴァルトやエアハルト・ロイヴィッヒなどの名があげられているがいまだ十分に証明されたわけではない。「ハウスブーフ」はそこに描かれた貴人の優雅な生活だけでなく、端々に登場する農民や子供、動物などの描写においても見る者を魅了せずにはおかないのだが、とりわけ銃砲などの技術面での素描の正確さにおいても特筆に値するものである。

まず「土星とその子ら」をみよう。土星は最大の星で最も徳性に欠け、冷たく乾燥し、人間の本性に背くものとされている。この星は悪しき、不徳の人びとの星である。この星の下に生れる子らは身体がまがり、皮膚も髪も黒く髭がない。不潔な服を着てすべての悪しきものを一身に引受けている。土星の時は悪の時である。主もその時に裏切られた。土星の時刻には何もしてはならない。何の益もないからである。土星は三十年と五日、六時間で一回りする。中世の人びとは一般にこのようにとらえていた土星をハウスブーフマイスターは第1図のように描写している。

画面の一番下で皮剝ぎが死馬の皮をはいでいる。皮剝ぎは賤民の最下層に位置づけられており、彼の尻を豚がかいでいる。丘の洞穴には手枷足枷をつけられた罪人が閉じこめられており、そこで魔女が不吉な言葉を述べている。丘の上には絞首された死体と車裂きの刑に処せられた者の姿がみえる。処刑台の上には烏がとびかっている。烏の羽根をつけた帽子をかぶり、長い剣を身につけた死刑執行人が、犯人を刑場へ引き立てている。そのそばにはカプチン僧が十字架を手にもって最後の祈りを捧げようとしている。画面の右手では農夫が犂を馬にひかせ、子供が馬を先導している。農夫は裸足で貧しく、その表情は苦痛にゆがんでいる。

「衰えて青白く、干からびて冷たい者こそわれらが子ら。粗野で怠惰、嫉妬深く、悲しげで異形のものこそわが子ら。苦難と苦役のなかで働く運命の下にあるものこそ、土星の子らである」という。

第二の木星（ユピテル）の図をみよう。

左下には学者たちが象牙の塔にこもって書物をよみ、右下では判事が笏を右手にも

第1図　土星とその子ら

第２図　木星とその子ら

って哀れな犯罪者を裁き、中央左では射手が的をめがけて弓の練習をしている。弓を張り矢をつがえ、射るあり様が克明に描かれている。右手に鷹をとまらせた男が女と一緒に馬にのっている。おりしも鹿を追いつめた山番が犬と一緒に走り、笛をならしている。右上では鋭い歯をもつ魚へヒトがまさに棘魚を呑みこもうとしている。

「私はユピテル。徳のある第二の星。温暖で湿潤……。一二年毎にひとめぐり、賢明で平和的。倫理にあつく、正しき者。幸運に恵まれ、服装正しく、貴き者。美しく気品にあふれ、芸術性豊かな者。美しいバラ色の顔、馬と鷹そして鷹狩り。犬と共に狩をしばしば楽しむ者。裁判官、官僚と廷臣たち。こうしたことに相応しい者。これこそユピテルの子たち」という。

第3図火星（マルス）をみよう。

平和な村に突如として軍隊が侵入する。中央では両手を縛られた村人が今やふりおろされんとする剣におびえ、左下では倒れた巡礼の首にあわや剣が突きさされんとしている。右下では両替商の店が荒らされ、主人が殺されようとしている。村の家々に火を放つ騎士たち。その下手では勇敢な女が壺をふりあげて襲ってくる騎士からおそらくはわが夫を守ろうとしている。教会の塔の窓には逃げこんだ人々の顔がみえる。掠奪された牛や豚が森のなかに追いこまれようとしている。

第3図　火星とその子ら

第４図　太陽とその子ら

「第三の火星。それは暑く乾燥し……蠍と雄牛を徴としている。火星が力をふるうとき、戦と苦難がはじまる。火星の下で生れる者は、怒りやすく、やせて、不機嫌である。気性が激しく、戦闘的で、喧嘩好き、盗み、殺人、詐欺にあけくれ、突き刺し、打つことを戦で学ぶ。顔は褐色で少し赤く、やせこけている。……小さな歯と少ない髭、身長は高く、皮膚は固く、火の手があがるところには必ず火星の子らがいる」。

第４図の太陽をみよう。垣根で周囲から隔てられた庭では卓をかこんで軽い食事をしている男女がみえる。四人の楽人が喇叭や笛を吹き興をそえている。一組の男女が楽譜をひろげ、塀の外から道化がのぞきこんでいる。

外では若者たちが競技に打ち興じている。小聖堂では祈っている者のそばで目のみえない乞食が施物を受けている。

太陽は王の星であり、世界の光と目とよばれ、七つの星のうち最も穏和で、一年でひとまわりする。太陽は人びとに愛を向け、その顔を美しくし、美しい髭と長い髪を与える。太陽は人びとを賢くし、すべての事柄において楽しみを与える。太陽が支配する下で生れた者は美しい顔、大きな目、白い肌にうす赤色が混っている。太陽の支配する時が最高の時である。この時に神も生れた。この時には争いにも勝ち、偽りも何の力をもたない。瀉血もこの時に行うべきである。教会、修道院、城や都市の礎石をしくのもこの時が最も良い。皇帝、国王、司教などの選挙もこの時に行うのが最もよろしいといわれる。

第五番目の金星（ヴィーナス）をみよう。

左下では一組の男女が入浴し、そばで老女が食物と飲物をささげてはべっている。その上では三人がカルタに興じているが、一人の女はおそらく若い青年とみられる男のあごを左手でくすぐり、その間に手にもったカードを隣りの者にみせている。画面の中央では楽師の夫婦が演奏し、その下では三人の楽師も笛を吹いている。右下では一群の男女の輪舞がみられる。

金星は冷たく、しめっているが、幸運の星でもあり、三百十四日間でひとまわりす

第5図　金星とその子ら

る。金星の子らには黄色い肌の人びとや純潔でない人びと、女色を好む男たちがいる。金星が近づくときには新しい服を買い、買物をすると良い。金星の支配下で生れた者はあまり背が高くなく、目もあまり大きくない。性格は穏やかで、おしゃべりで、清潔好みで音楽を好み、よく踊る。金星の支配下では恋が実り、友情が芽生える。結婚によく、争う二人も和解する。入浴にもよいが瀉血には向かない。

第六の水星（メルクール）をみよう。この星は手工業者の星である。画面の左下には金細工師が腕をふるっており、その隣りでは彫刻家がイエスの像を彫っている。中央ではパイプオルガンの製造者が仕事をしており、左上では時計造りが日時計で計測

第６図　水星とその子ら

している。右上では聖母マリアの像を彫る男が、その肩にそっと手をかけた女の手をも気にかけずに仕事に熱中している。左中央では勉強を怠けた子供の尻に教師が笞を加えている。水星の子は勤勉な特性をもっている。

最後に月の絵に目をむけよう。この絵は七枚の絵のうち最も有名なものである。この絵がもつ広がりも静けさも月の子らのもつ特性に相応しいものだとヨハンネス・グラーフ・ヴァルトブルク・ヴォルフェッグはいう。左端では粉挽きが穀物を水車小屋に運んでいる。挽いた粉を驢馬に積んで家路へ急ぐ者の姿が描かれ、山の上には風車もみえる。そばの堰では楽しげに水泳をしている者の姿が描かれ、湖では魚を網でと

第７図　月とその子ら

っている者もみられる。下ではアクロバットの姿が描かれた旗の前で奇術師が店を広げている。そのそばでは猿を肩にした楽師が笛を吹いている。奇術師は魔法の棒と壺を使って奇術をやってみせ、見物客は口をアングリあけてあっけにとられている。もう一人綱を身体にまいた男は何か忠告を与えているらしい。右下では子供が母親の手を引っぱって奇術をみに行こうとせがんでいる。右手では狩人が兎を追いつめているが、その上では木の枝を集めてつくった三角の小屋に身を隠した男が丸くあけた穴から外をみながら、囮の梟の前に罠をしかけて鳥が近よるのをまっている。今まさに一羽がかかろうとし、他に数羽がまわりを舞っている。月の支配下にあるのは奇術師、漁師、放浪学生、捕鳥師、粉挽き、浴場主、沖仲士その他水によって生活を営んでいる人びとである。

ヴァルトブルク・ヴォルフェッグ家の「ハウスブーフ」の七枚の絵には中世に生きたすべての人びとの生活が描かれ、それが七つの遊星の支配下にあるものとしてとらえられている。人びとに卑しまれた賤民もひとつの星をもっていたのである。人間の生活や運命が遊星の影響下におかれているという信仰はこの他に暦にもあらわされており、マウリティウス・クナウァーが一六五二年に作成し、今世紀まで使用されている百年暦も同じく七つの遊星の支配下で年毎の天候や収穫や災害などが規定されているという原理に基づいてつくられた万年暦なのである。このように、中・近世の人びとにとって星辰の世界は、天文学の普及によって月が死せる星であることが明らかになった現代よりも人びとの生活に密接なかかわりをもつものとしてうけとめられていたのである。このような考え方が非科学的であることはいうまでもないが、それをあげつらうだけでなく中世から近代まで多くの人びとを支配したこのような宇宙観と世界観の実態をみておく必要もあるだろう。

阿部謹也（あべ・きんや）　一九三五〜二〇〇六（昭和一〇〜平成一八）年。歴史学者。東京生まれ。ドイツ中世史が専門で、一橋大学学長や共立女子大学学長を歴任した。『中世を旅する人々』でサントリー学芸賞、『ティル・オイレンシュピーゲルの愉快ないたずら』で日本翻訳文化賞を受賞している。他の著書に『ハーメルンの笛吹き男』などがある。「中世の星の下で」は『中世の星の下で』(一九八三年、影書房)に収録された。底本は同書を用いている。

4　天体観測と星座

天体望遠鏡が怪しい

中村紘子

私は、港区にある十九階建てのマンションに住んでいる。もともと主人が住んでいたところに、私が猫とピアノを抱えてころがり込んできたのが、今を去ること約十七年前。以来、東京の高層化は加速度的に進んでいるが、幸いに我が家の周囲には大きな建物が隣接していないので、見晴しは依然として大変にいい。お天気さえよければ遠く西には富士山から南北アルプスに連なる山々と、東には東京湾から房総半島までが望めるし、近景としては新宿副都心やそして銀座周辺、池袋サンシャインビルまで含めた、現代東京のスカイラインがパノラマのように広がり、殊に夜景は素晴しい。

私のピアノ室兼書斎からは、隣の三井倶楽部の一万五千坪はあろうかと思われる大日本庭園が眼下に見下ろせる。この三井倶楽部は一般に公開していないので、桜が満開の花を咲かせてもそれを愛《め》でて散策する人影もなく、ただ近所のノラ猫たちが陽だまりでのんびりと集会を開いているだけである。ほんとにあれでそばに一升ビンと折詰でも置いたら、猫のお花見大会といったところだ。

この大庭園の向こうに、それこそ私の部屋の窓から手を伸ばせばつかめそうなところに東京タワーがあるが、その辺りを今朝から急にヘリコプターが慌《あわただ》しく飛びかい始めた。見ていると、まるで東京タワーというクイのまわりを昆虫たちがぶんぶん飛び廻っているようである。国賓の日本訪問が間近に迫ると、いつもこんな風にヘリコプターが増え始める。この港区には在日大公使館が八十ほど集中していて、特に、もし大地震でもきたら倒れた東京タワーの下敷きにでもなりそうなところにソ連大使館があり、ややその被害からは免れそうなところにアメリカ大使館が見える。どうやら、都心は今日あたりから、ゴルバチョフ大統領来日のための厳戒体制に入ったらしい。上空からも警戒しているのだろう。

国賓はたいてい羽田空港に到着する。中国の鄧小平来日のときはそこから車で首都高を通ったが、アメリカのフォード大統領のときはヘリコプターだった。うちからはそのどちらのコースも実に手にとるようによく見える。交通規制された首都高を走っていく鄧小平の車に双眼鏡を向けたら、ちゃんと横顔が見えた。

フォードのときは、羽田空港からヘリコプターに乗り換えたテレビ実況中継画から正確に五分後、我がマンションの西側わずか四、五十メートルのところをヘリコプターが数機通り抜けていき、私がテラスから手を振ったら誰かが機内から手を振ってくれた。ヤジ馬の私としては、実に便利な所に住んでいるものだとホクホクしてしまったものだ。

もっともその後地元の三田警察署に招かれて講演をしたあとの雑談で、ついそんなことをおしゃべりしたら、お巡りさんたちがだんだんと真顔になってしまったのにはまいった。実をいうと私は調子に乗って、「私がゴルゴ13じゃなくてよかった」なんて口をすべらせてしまったのだ。それから暫《しば》くして東京サミットが行われたときには、我がマンションにお巡りさんが現れて、遠くからでも一目で分るように建物の五階ごとに大きな字で階数を貼り出してほしいと要請された。このマンションからゴルゴ13の狙撃その他が行われた場合、それが何階のテラスからであるかすぐ分るように、という訳だ。

ところでこの時は確か、八十年ぶりのハレー彗星の地球接近で世界じゅうが沸き立ったすぐあとのことだった。それまで私は夜空を見上げても判別できるのは月だけ、という宇宙オンチだったのだが、突然、天体観測に興味をもった主人に巻き込まれてにわか仕立ての天文ファンに変貌、星座早見表と天体望遠鏡を常時車のトランクに積んで、星空を探しては真夜中にウロウロ走り廻ることとなった。ところがこの天体望遠鏡、バケツのようにデブで、暗がりの中ではどう見てもロケット弾の発射装置としか見えないシロモノで、これがサミット開催中の都内の検問でいちいち問題になってしまったのである。

「これは一体なんですか」というお巡りさんの質問に、「天体望遠鏡です」と答えてもなかなか理解してもらえない。無理もない。天体望遠鏡というのは組立てた形で初めて天体望遠鏡なのであって、組立て以前には、鏡筒や赤道儀からジュラルミン製の三脚の足に至るまで、そのすべてが怪しい恰好をしているともいえる。

一度など主人が「組立てて星でも見ますか」などと冗談を言ったら、「お願いします」と言われて、弱ったことがある。きっと暇な検問スポットだったのだろう。


これは余談になるが、その後主人も私も天文、というよりもこのバケツみたいに太くて重い望遠鏡で夜空を眺めることに、急速に関心を失ってしまった。つまり星というのは、当り前の話だけれどひどく遠いところにある。運んで楽しめる程度の天体望遠鏡では、とても科学雑誌のさし絵のように色彩感豊かで幻想的な星雲など明確に見えるものではないということが、暫くしてようやく分ったのである。うちの「バケツ」からは、せいぜい輪っかをつけた土星がインベーダーゲームのピコピコのように可愛らしく見えるのを楽しむぐらい。それになによりも我が家のテラスは、東京の夜景を見るには適していても星空を見るには明るすぎた。これ以上を望むならば、人里離れたまっくらな山奥にでも引っ越して、しっかりと固定した天文台でも屋根の上に作る他はない。

それに主人の方も慢性の寝不足になってしまった。なにしろ、ゴルフのシングルプレイヤーなので、早起きしてはゴルフに出掛けていく。そして帰れば「バケツ」を車に積んで星を求めて私と走り廻る。これでは寝ている時間がない。それやこれやで、我が家の天文熱は落下した隕石《いんせき》のようにあっという間に冷えてしまった。例の「バケツ」は、いまや書斎の片隅に下界を見下すかたちで放置されている。お隣の大庭園のバードウォッチングのため、ということに一応はなっているが、焦点が合っているのは近所の某女子高の屋外プールである。あんなところにもトリはくるのだろうか。

それはさておきゴルバチョフといえば、彼が先年アメリカを公式訪問した折には、ピアニストのミハイル・プレトニョフを同行して晩餐会をその演奏で飾った。いっぽうアメリカ側も、一九五八年の第一回チャイコフスキー・コンクールで優勝し一躍アメリカの国民的英雄となったヴァン・クライバーンを招いて、ホワイトハウスでの歓迎会に花を添えた。

また海部首相の公式晩餐会では、演歌とロシア民謡のコーラスグループで歓待するという噂である。私も招待されているので、どんな「おもてなし」が行われるのか楽しみだ。ライサ夫人は大変に芸術に関心が深いとされ、ペレストロイカが始まったばかりの頃、更迭されたデミチェフ文化大臣の後任に夫人が就任するという噂も一時流れたほどである。

また今回は、日本とロシアの音楽家が共演する「ソ連芸術祭」が計画され、私も四月十八日に池袋・芸術劇場で演奏することになっている。

しかし、うちからどこかに行くためにはどちらにしても大使館のある狸穴《まみあな》近辺を通らなければならないから、晩餐会や演奏会の夜はさぞかしまた沢山の検問にひっかかることだろう。たぶん私の演奏会用ドレスのフワフワしたスカートの下なども、引っくり返されるに違いない。検問に疲れたお巡りさんのためにも、その下に何を隠しておいたらいいかと、今から私はあれこれ知恵をめぐらせているところである。

中村紘子（なかむら・ひろこ）　一九四四〜二〇一六（昭和一九〜平成二八）年。ピアニスト。山梨生まれ。一九六五年にショパン国際ピアノコンクールで四位入賞を果たした。小説家の庄司薫と結婚。大宅壮一ノンフィクション賞を受賞した『チャイコフスキー・コンクール』の他に、『私の猫ものがたり』『ピアニストという蛮族がいる』などの著書がある。「天体望遠鏡が怪しい」は『アルゼンチンまでもぐりたい』（二〇一〇年、中央公論新社）に収録された。

底本には同書を用いている。

湖畔の星

尾崎喜八

故寺田寅彦博士のほとんど唯一と言ってもいい翻訳書に「史的に見たる科学的宇宙観の変遷」という本がある。近代物理化学界でのスエーデンの碩学《せきがく》スワンテ・アーレニウスの名著の一つである。ところでこのすぐれた翻訳書の巻末で寺田博士は、一九一〇年の夏の或る日ストックホルム郊外のノーベル研究所に「この非凡な学者」アーレニウス教授を訪問した時の印象を書いているが、その僅か数行からなる極めて簡潔な文章が、学問の世界で卓越した人々の晩年の平和な生活に対するわれわれのあこがれをそそるのである——

『めったに人通りもない閑静な田舎の試作農場の畑には、珍らしいことに、どうも煙草らしいものが作ってあったりした。その緑の園を美しい北国の夏の日が照らして居た。畑の草を取ってゐる農夫と手まねで押問答した末に、やっとのことで此の世界に有名な研究所の在所を捜しあてて訪問すると、すぐプロフェッサー自身出迎へて、さうして所内を案内してくれた。西洋人にしては短軀で童顔鶴髪、しかし肉つき豊で、温乎として親しむべき好紳士であると思はれた。住宅が研究所と全く一つの同じ建物の中にあって、さうして家庭とラボラトリーとが完全に融合して居るのが何よりも羨しく思はれた。別刷など色々貰って、御茶に呼ばれてから階上の露台に出ると、其処には小口径の望遠鏡やトランシットなどが並べてあった。「これでア・リトル・アストロノミー（ちょっとした天文学）も出来るのです」と云って、にこやかな微笑を其童顔に泛ばせて見せた。真に学問を楽しむ人の標本をここに眼のあたりに見る心持がしたのであった』

そしてこの翻訳の仕事を人からすすめられた時喜んで引受ける気になったのも、一つにはあの短時間の会見のなつかしい思い出のためであったと訳者自身も言っている。北緯五十九度の清らかな夏と、スカンディナヴィアの平和な田園の一角に立つ近代的な研究所の建物と、温容を湛えた大学者晩年の「ちょっとした天文学」。この三つの好ましい命題が寺田博士の筆の力で一つの鮮明なイメイジとなって、或るなつかしさと淡《あわ》い羨望の念とをわれわれの心にも抱かせるのである。

こんなことを考えながら、私は信濃の秋の或るたそがれ時を、諏訪湖畔の測候所前の空地へと若い友人A君に伴われて歩いていた。上諏訪のアマチュア天文家として有名な理髪師G君や、この若い医師であるA君や、その他Kさんなどという熱心な人たちのきもいりで最近に結成された天文同好会の、その第一回天体観望の集まりに加わるためであった。三省堂発行の廻転式星座早見から病みつきになって、その後三十年、今でも時々は夜天の花園へ双眼鏡を向けている私である。

測候所で所長のIさんから最近の天気図などを見せて貰っていると、もう始まりますからという知らせが来たのでしっとりと夜露の結んだ空地へ出た。暗がりの地上に二十人ばかりの人影が一団になって、南方守屋山の上高く輝く木星に向けられた六吋《インチ》の反射望遠鏡をかこんでいる。高等学校の男子の生徒が大部分らしい。その一人一人が順番に覗きに行く行列の後について小さい接眼鏡へ目をあてると、有名な木星の並行ベルトはぼんやりとしか見えないが、その昔ガリレーが初めて発見したという四個の衛星は、主星の左右に殆んど一直線に並んで、陰沈とした大気の海でダイヤモンドのように光っていた。

望遠鏡は木星から少し西へ廻って射手座へ向けられた。無数の星の島々をうかべた南天の多島海のようなこの星座は、われわれの銀河宇宙の中心に位しているが、太陽系はこの中心を軸に約三億年の週期で廻転しているということである。この星座では著名な三裂き星雲を見せて貰った。北米ウイルソン山天文台で撮影された写真の鮮明さには及びもつかないが、それでも一つまみの雲のような塊りの輪郭にぼんやりながら切れ込みらしい物の幾つか入っているのが眺められた。

ヘルクレスの大球状星団は見事だった。それは放射状に張られた網の中心に薄膜のテントをひろげた或の種の蜘蛛の住家をおもわせた。そしてそのテントや網のように見える無数の星の一つ一つがわれわれの太陽の何百倍何千倍という光力を持っていて、銀河宇宙の外側十数万光年という途方もない遠距離に微茫として浮かんでいるのである。

琴座では期待した環状星雲はあまり明瞭ではなかったが、一等星ヴェーガ（織女）の直ぐ近くにあるエプシロンの二重連星を初めて見ることのできたのはうれしかった。肉眼では一つにしか見えないエプシロンが私の八倍の双眼鏡では二つに分れ、そしてこの六吋望遠鏡だとちゃんと二重連星として四個の星に分解されるのであった。

永遠の天ノ河を南へ飛びくだる白鳥座のベータ星はアルビレオというきれいな別名を持っていて、これが三等と五・五等との二つの星からなる極めて美しい連星だということは野尻抱影さんの本からしばしば聞かされていたが、見たのはやはり今夜が初めてだった。なるほどレンズの視野のまんなかに焦点を結んだアルビレオは、まぎれもない金黄色と碧緑色との二つの星にきちりと分れて、まるで厚く深い黒ビロードの上へパラリと播かれた二粒の宝石のように見えた。

それから和田峠の上あたりに傾いた大熊座（北斗七星）のミザルとアルコルや、蓼科山の右手から天に冲してくるアンドロメダとその大星雲などを覗いているうちに、今まで晴れ渡っていた夜空は次第に西の方から湿めっぽく曇ってきた。ぐるりと闇の湖岸をちりばめて町や村落のありかを示していた無数の電燈もまばらになった。地上には薄い霧が流れ、そこはかとない温泉の香が山国の夜の秋を感じさせた。今はそれぞれの家へ帰って暗い露の草原ならぬ明るい炉辺の燈火の下で、あらためて星図をながめ天文書をひもとくべき時である。こうして諏訪天文同好会の第一回観測会は終ったのであった。

アーレニウス教授の境遇を羨んだ我が寺田博士にも、しかし中庭の涼み台で令息や令嬢たちを相手に火星の軌道を追跡したり、琴座ベータの変光を観測したり、あるいは新星の出現を「発見し損なったり」する夏の夜はあったのである。「冬彦集」の中でもこの「新星」という一篇が私には特になつかしく、明るい哀愁を伴って歌のように響いてくる。中谷宇吉郎博士にも「日食記」という小品があるが、札幌の二月の朝の大学屋上で皆既の太陽を眺めるあの一文には、これまた人の心を打つような調べがある。その拠ってくるものとしていずれの場合にも叙述の妙のあることはいうまでもないが、一つには両者ともに「現在」という瞬間を単に永劫な時の連鎖の上に孤立した一点とは見ないで、そこから「時の運行の神秘」を深く瞑想しているからであろう。そしてこの根源的な感情が必然に詩や音楽とつながっているからであろうと思われる。

昔見たアンドレイエフの「星の世界へ」という劇の最後の幕は、観測のドームから降りてきた主人公の老天文学者が、「地上には未だ戦争などというものがあるのか」と絶望的に叫ぶせりふで終っていたように記憶している。

尾崎喜八（おざき・きはち）一八九二〜一九七四（明治二五〜昭和四九）年。詩人。東京生まれ。白樺派の千家元麿や高村光太郎らと交流しながら、田園生活や自然に取材して作品を書いた。『田舎のモーツアルト』『高層雲の下』『夕映えに立ちて』などの著書の他に、ベルリオーズやロマン＝ロランの翻訳もしている。「湖畔の星」は『碧い遠方』（一九五一年、角川文庫）に収録された。底本には『尾崎喜八詩文集』第六巻（一九五九年、創文社）を用いている。天体を描いた他の作品に、「星空の下を」「地衣と星」がある。

星

岡本かの子

晴れた秋の夜は星の瞬きが、いつもより、ずつとヴイヴイツトである。殊に月の無い夜は星の光が一層燦然として美しい。それ等の星々をぢつと凝視してゐると、光の強い大きな星は段々とこちらに向つて動いて来るやうな気がして怖いやうだ。事実太洋を航海してゐるとき闇夜の海上の彼方から一点の光がこちらに向つて近づいて来る。何であろうと一心にそれを見守つてゐると、突然その光の下に黒々とした山のやうな巨船の姿を見出してびつくりしたことがある。星を見詰めてゐると何か判らない巨大なものがその星を乗せてこちらに迫つて来るやうな気がする時もある。さういふ錯覚は一種の恐怖に似て神秘的な楽しさでもある。

星の瞬きは太古から人間にいろ〳〵な暗示や空想を与へてゐる。星によつて人間の運勢を占ふといふことは、古来、東西共通に行はれたことで、たとへそれに、科学的根拠があるにしても、そも〳〵の初めは太古の人間が、星辰の運行にいろ〳〵の神秘的な意味を持たせ、それを人間の生活に結びつけて来たものである。星が常に何事かを下界に向けて信号し続けてゐるやうに明滅したり、時期によつて地球から見る人の眼にその位置を変へたり、鼓豆虫《みづすまし》のやうにすい〳〵と天空を流れたり、時には孔雀の尾のやうに長い尾を引く彗星が現はれたりすることなどは、すべて動くものに生命を見出した太古の人にとつては、星もまた一つの生きものであつたと思はれたらしい。私達でも星をぢつと見詰めてゐると、星が生きもののやうな気がして来る。

エジプト、アラビヤ、印度、などの乾燥した土地では、天体を非常に近く感ずる。それは空中の湿度が低いため星辰の光が一層燦然と輝くからであるといふ。それだけに、それ等の土地の太古の住民は、天体の運行に興味を持ち、恰度漁師が風と雲によつて天候を予知するやうに、星辰を観測することによつて、何彼と生活上の便宜を得た。さういふわけで、占星術の如きも、エジプト、アラビア、印度等に、一番古く発達したのであつた。

私は、渡欧の船中、印度洋で眺めた南十字星の美しさは、いつまでも忘れ難い。コバルト色に深く澄み渡つた南の空に、大粒の宝玉のやうに燦々と光り輝く十字星は、天空一ぱいに散乱する群星を圧してゐた。スエズで一たん船を降りて、夜中自動車でエジプトの首都カイロに向つた時、荒漠たるアラビヤ砂漠の中で眺めた星も亦美しかつた。印度洋上と云ひ、アラビヤ砂漠の中と云ひ、私は星を仰ぎ見る度に古代の人の心に立ち帰つて見るのであつた。今日のやうに、機械の発達しない太古の人達は印度洋やアラビヤ砂漠を往来するのに星を唯一の羅針とした。昔も今も変りなく燦然と輝くあの南十字星がそんな役割を勤めたかと思ふと、ただ単に美しいと観賞するだけでは済まないやうにさへ思ふ。

ヱヂプトでは、紀元前四千二百四十一年に既に暦が存在したといふ。そして当時の埃及人が一年を三百六十五日に分けてゐたことも亦、一つの驚異に値することである。かうした事実は、古代埃及人の天体の運行に関する智識から生れたものであつて、テーベ（ナイル河の上流の古都）にある紀元前千三百年頃のヱジプト王セテイ一世の墳墓の天井には星座の図が描いてあるのを見ても判る。更に、セテイ一世より五十年許り後のラムセス二世の墓にも星を描いた壁画がある。この二つの絵を見ると星は人間や鳥獣を以て象徴されて居て、それらの鳥獣も頸から下は人間の体をしてゐる。そして一番偉い星は天狼星で、これは完全な人間の姿をもつて現はされ、王冠を戴き笏を手にしてゐる。面白いことには群星は素足でゐるが、主立つた星は古代埃及独特の独木舟に乗つてゐる。

古代埃及人は、地球の裏には魔者の住んでゐる暗黒の大海があつて、太陽は東から西へと一日の行程が終ると、この地球の裏の魔海を夜間舟で渡つて、翌朝までにまた元の東に帰るのだと信じてゐたといふから察するに星も亦太陽と同様に、舟で暗黒の海を渡ると考へられたのかも知れない。星を鳥獣で象徴したのは、鷹を太陽の化身と考へたのと同じ意味からかも知れない。

満天に散在する星の一群を綴り合せて、いろいろな形を想像して出来たのが星座である。星座は人間の詩的空想の産物であつて、いかに沢山の星が天にあるからと云つても、それらが精密な物体を型造る程沢山あるわけではなく、いくつか点在する星と星との間に人間が勝手な空想の線を描いて、あるものは白鳥を象り、あるものは獅子に象つたりしたのである。従つて星座の数も造らうと思へばいくらでも際限なく出来た筈で、十九世紀頃には知られてゐるものだけでも百九十の多きに達したといふ。それが段々整理されて現在では八十八星座が公認されてゐる。古代から伝はる星座の名称を調べて見ると、昔の星座の名の方が何となく詩的で、例へばその中には、牛飼ひ、冠、琴、白鳥、乙女、といふやうなロマンチックなものから、狼、大熊、小熊、海蛇、などの怖ろしい動物に見立てたものまであるが、十八世紀以後の星座名は、八分儀、定規、望遠鏡、軽気球、龍骨等機械が多いのは、文明の変遷が人間の空想の範囲にまで侵入してゐて面白い。

私は、エジプトに旅をした時、一夜、首都カイロから自動車でギゼーのピラミッドを訪れた。それは恰度日本の秋を思はせるやうな涼しい星月夜であつた。駱駝に乗つてピラミッドの周囲を逍遥しての帰るさ立寄つたホテルの露台の藤椅子にもたれて私は埃及の空に輝く星々を心ゆくまで眺めることが出来た。日本などでは到底肉眼では見ることの出来ない星が小さいながらもはつきり輝いてゐる。黒々と屹立するピラミツドの頂点辺りに一際大きく光つてゐたのは古代埃及人が一番尊敬した天狼星でもあらうか。ヱジプトでは四年に一度天狼星が日の出と同時に現はれるので、かうした天文現象の文献が古代埃及の年代を計算する一助となつてゐるといふことである。私は埃及の星空を眺め乍ら、私の知つてゐる限りの星座の名を想ひ出して、それを探し求めた。しかし、星座図が手元になかつたのではつきり見極めがつかなかつたが、どうやらそれらしいものをいくつか発見することは出来た。だがそれよりも私は自分で星と星との間に勝手な線を描いて、自分の好むままの空想図を組み立てて見ることの方が一層楽しかつた。東京の留守宅の半面図を描くことも、日本からヱジプトまで来た私の足跡を地図に描くことも出来た。

星を眺めてゐると、星と語つた古代人の稚純な気持ちが、自分にも見出されるやうな気がする。

秋の晴れた夜、私は星と語りによく家の屋上に昇つて行く。北の空には柄杓のかたちをした北斗七星がその柄杓の柄を東に向けて横たはつてゐる。それと少し離れて北極星が一際鮮やかに輝いてゐる。他の星が悉く夜毎に少しづつ位置を変へて行くのに北極星だけはいつも同じ位置にゐる。地軸の北端の真上にある北極星は小熊星座の主星である。この星座の形が小熊を聯想させるとは私にはどうしても受取れないが、小熊といふ名はいかにも北極の星らしく、その光質までが白光を帯びてゐるやうである。

北極星を眺めてゐると、海辺から帰る鵜烏が一羽、二羽、淋しい啼声をたてながら星空をかすめ去る。地上には薄の穂が夜目にも白く風に靡いてゐる――秋の夜の星空は四季を通じて一ばん私たちに親しく懐しく感ぜられる。

岡本かの子（おかもと・かのこ）一八八九～一九三九（明治二二～昭和一四）年。小説家・歌人。東京生まれ。『明星』や『青鞜』に短歌を発表したが、夫の岡本一平らとの海外生活を機に、小説家として活躍する。代表作に『母子叙情』『老妓抄』があり、仏教研究家としても知られている。「星」は一九三七年一〇月に『明日香』に発表された。底本には『岡本かの子全集』第一四巻（一九七七年、冬樹社）を用いている。天体を描いた他の作品に、「天の河」「月と高僧」「望の月夜」「昼の月」「星空」「明月」などがある。

冬の一等星

三浦しをん

たまに、車の後部座席で眠る。

夏は窓を開けたままにするので蚊に刺されるし、冬は毛布にくるまっても爪先が凍えて目が覚める。それでも私は、車のなかで過ごす一晩が好きだ。

寝返りも打てない狭いシートで身を縮めていると、浅い眠りのせいかよく夢を見る。ふだん、私はほとんど夢を見ない。見ているのかもしれないが、覚えていられない。真っ暗に断ち切られた睡眠に比べれば、たとえおぞましい内容であっても、夢を見たというだけで得をした気分になる。

このあいだ、王様の道化《どうけ》が死んだ。

野原での短く激しい戦闘を終え、緑の丘に張られた天幕に戻ると、「余《よ》の道化がいない。余の道化はどこじゃ」と王様が騒いでいた。キジ肉を焼いたランチを出しても、お気に入りの行進曲を奏でても、王様は納得しない。コックも楽隊も困惑しきっていた。

道化は宮廷の嫌われものだ。

王様をからかうときも卑屈な態度は隠しきれず、あちこちで陰口を盗み聞きしては言いふらす。うまく保身をはかる醜い道化だ。戦に気を取られる王様の隙をついて、逃げだしたにちがいない。これからまた丘を下りて、野原に戻って道化を探すのは面倒だ。

みんなそう思っているのか、だれも動こうとしない。野原には死体がたくさん転がっているし、道化は大人の腰ぐらいまでしか背丈がないのだ。見つけだすのは難しいだろう。それよりも、早く家に帰って食事をし、水浴びをして眠りたい。

王様の癇癪《かんしゃく》が鎮まることを願っていると、二、三人の兵士が、道化をつれて丘を登ってきた。正確に言うと、道化らしき物体を抱えて。

それが道化だとわかったのは、戦場にはふさわしくない子どものような背丈と、身につけていた赤と金の衣裳のおかげだった。道化の頭は馬に踏まれたらしく右半分が潰れていたし、右腕は肘《ひじ》から下がちぎれてなくなっていた。靴の脱げた左足にいたっては、ただの赤黒い塊で、指があるのかないのかもよくわからない。

泥まみれの道化の死体が、草のうえに置かれた。見開かれた道化の目は、腐った卵白のように濁り、早くも蠅《はえ》がたかりはじめている。王様はあれほど騒いでいたというのに、変わり果てた道化の姿を見たとたん、なにも言わずに首を一振りし、天幕の奥に入っていってしまった。

私は逆に、道化の死体から目が離せなくなった。ちぎれた腕の内部に、黄色いつぶつぶがびっしりと詰まっているのが見えたからだ。オレンジみたいだ。急に喉《のど》の渇きを覚え、まわりにいるものが注意を払っていないのを確認してから、そっと道化の腕を取った。道化の皮膚はひんやりと硬く、むさぼりついた傷口からはたしかにオレンジの味と香りがした。

思う存分、果汁だか体液だか知れぬものをすすり飲んで顔を上げると、道化がじっと私を見ていた。

目を覚ますと車外にはすでに朝が訪れていた。駅へ向かう人々が、足早に道を行く。慌てて身を起こして車から飛びだし、マンションの部屋へ帰って出勤の支度をした。寝乱れた髪で、化粧もしていない女が駐車場から走りでるのを見て、なにごとかと思ったひともいたかもしれない。

車のなかには、オレンジの香りが充満していた。ガソリンスタンドの従業員が、車内を掃除するときに、サービスで灰皿に芳香剤を入れたらしい。

文蔵《ぶんぞう》は、芳香剤を断《ことわ》った。私をじっと見たときの道化の目は、文蔵に似ていた気がする。

私は車のなかで眠るのが好きだ。

夢を見られるし、懐かしい記憶を呼び起こされるから。

会社で腹の立つことがあったり、いままでの失言の数々を思い出して頭を掻きむしりたくなったりする夜。私はマンションから徒歩三分の距離に借りた駐車場へ向かう。


私が誘拐されたのは、八歳の冬のことだった。

文蔵には、私を誘拐するつもりは毛頭なかったはずだし、私も最後まで誘拐されているとは思っていなかった。だがあの状況を一言で言い表そうとすると、結局はどうしても「誘拐」になってしまう。

後部座席で寝ていた私が、細かな振動に気づいて身を起こすと、車はいつのまにか走りだしていた。車を運転していたのが見知らぬ男だったから、私は声を出せぬほど驚いたが、文蔵も私と同じぐらい驚いていた。

「げえっ」

と文蔵は言った。「なんでガキが乗ってんの。あんたずっとそこにいた?」

「いた」

と私はうなずいた。ちょうど高速に入るところで、文蔵はバックミラーを通して私を見た。

「ちょっとおとなしく座ってて」

ゲートにいた中年男性から、文蔵は「どうもー」と言ってチケットを受け取った。高速は空《す》いていて、文蔵は追い越し車線に入ると、あとはほとんどハンドルを動かさずに、なめらかに運転した。

「まいったねえ。ちっとも気づかなかったよ。どうしたもんかな」

ちっともまいったふうではなく、文蔵は言った。車は西へ向かっているようだった。

「まえに来る？」

と聞かれ、私はまたうなずいた。恐怖はもちろんあったけれど、飛び降りることも、だれかに助けを求めることもできない。それならば、騒いだり泣いたりせずに近くで話したほうが、この得体の知れぬ男の情に訴えられるかもしれない。そう計算したのだ。

「いきなり噛みついたりしちゃだめだよ。あんたも俺も死んじゃうからね」

と文蔵は笑った。かぶっていた毛布を畳んで後部座席に残し、私はシフトレバーをまたいで助手席に移った。シートベルトをしながら盗み見たところ、文蔵は二十代の半ばぐらいだった。

「名前は？」

と聞かれ、「映子《えいこ》」と答えると、

「俺は文蔵。文章の文に土蔵の蔵」

と文蔵は言った。

「どこへ行くの?」

「大阪。急ぎの用があるんだけど、駅や空港を使うのは、ちょっとまずいんだよね。もっと早く気づいてたら、そのへんの道で適当に降ろしてあげられたんだけど」

「いまからでも、降ろしてくれていいよ」

サービスエリアの標識が窓の外を流れるのを、私は恨めしい思いで眺めた。

「だめー」

と文蔵は言った。「そうしたらあんた、家に電話するでしょ」

「しない。お金持ってないもん」

本当は、ポシェットのなかの財布に三百円ほど入っていた。でも、夜になって父が家に戻るまでは、電話をかけるつもりはなかった。私が車に乗っていたことを、母は知らないのだ。いま電話をして、母に怒られるのはごめんだと思った。

「なんで、車んなかに一人でいたの」

文蔵に聞かれ、私は答えに詰まった。

「お母さんがすぐに戻ってくると思ったから」

「それはわかるけど。ドアのロックもかけてないし、キーは差しっぱなしだし」

文蔵は首をかしげる。「でも、いくらのんきな土地柄で、近所のスーパーだっていっても、子どもが乗ってるわりには不用心すぎない？」

私が黙っていると、文蔵はにやにやした。

「あんた、母親が気がつかないうちに、こっそり後部座席に乗ったんだろう」

「なんでわかったの？」

「俺もガキのころ、よくやったから」

助手席と運転席のあいだにある物入れを左手で探り、文蔵は見つけたガムを口に放りこんだ。あんたも食べなよと、うちの車にあったものなのに、私にも勧めてくる。眠気覚ましのガムはとてもからく感じられて、私は舌を出してヒーヒー言った。文蔵は楽しそうに肩を揺らした。

「だけど、危ないからやめときな」

「なにが？」

「後部座席でのかくれんぼだよ。真夏に車のなかに置き去りにされて死ぬ子どもが、毎年何人もいるぐらいだ」

「いまは冬だもん」

「冬でも危ない。あんたの母親は、迂闊《うかつ》なようだし」

「うかつって？」

「うっかりしてるってこと。車庫のなかでエンジンをかけっぱなしにされてみな。一酸化炭素中毒で死ぬかもしれない」

「おじさんみたいなひとに、車ごと誘拐されるかもしれないしね」

「俺のこと？」

「うん」

「おじさんじゃなくて、文蔵ね」

と文蔵は言った。私たちはしばらく黙った。明かりの灯《とも》りはじめた遠くの町が、防音壁の隙間から一瞬だけ見えた。

「これは誘拐じゃないよ。あんたのことは、必ず家に帰してあげる」

と、文蔵は静かに言った。「信じる？」

「うん」

「じゃ、休憩しよう」

山のなかの小さなサービスエリアは、数台停まった大型トラックが目を引くぐらいで、ひとけがあまりなく、風景も闇に沈んで見ることができなかった。

私はセーターとスカートという恰好《かっこう》で、コートを着ていなかった。車から降りて震えた私に、文蔵は着ていたジャンパーを脱いで手渡した。ためらったけれど、文蔵がそのますたすたとトイレのほうに歩いていってしまったので、私はジャンパーを着ることにした。

文蔵の服装を、私はちゃんと記憶した。ジーンズに黒いセーター。横顔ばかり見ていたので、服で認識するしかなかったのだ。こんな、どこだかわからない場所で置いてきぼりにされては大変だと思った。

女子トイレにいるひとに助けを求めることも、売店で電話をかけることも、ちらっと考えはした。だが文蔵は、私を信じきっているようだ。サービスエリアでの行動を、制限したり監視したりするそぶりはまったくなかった。

トイレのまえで、煙草を吸いながら文蔵が待ってくれているのを見たとき、心を決めた。もういいと言われるまで、文蔵についていくことにしようと。

私は家に帰りたくなかったのだ。

はじめてちゃんと正面から見た文蔵は、真っ黒な目をしていた。ほかはもうあまり覚えていない。ただ、穏やかで、白目の縁がくっきりと際立つほど黒い目だけが印象に残っている。

私が近づくと、文蔵はすぐに煙草を消した。

「時間ないから、パンでいい？」

「うん」

「悪いけど、親子のふりして」

「うん」

文蔵が父親というのは、ちょっと若すぎるのではないかと思ったが、私はおとなしく手をつないであげた。文蔵の手はとても冷たかった。売店で数種類のパンを選んだ。

本線に戻るまえに、サービスエリアに併設しているガソリンスタンドに寄った。

「レギュラー、満タンで」と文蔵は言った。父の吸い殻が残っていた灰皿を、

「ついでにきれいにしとく?」

と私に確認を取ってから、引き抜いて窓の外の従業員に渡す。文蔵が芳香剤を断ったので、ちょっとがっかりした。人工的な香りを放つオレンジ色の粒が、かわいくて私は好きだったのだ。

私が控えめに不満を述べると、文蔵は洗われた灰皿をもとに戻しながら、

「えー、くさいだけじゃない」

と眉間《みけん》に皺《しわ》を寄せた。

車は再び走りだし、私たちは買ったパンを食べ、お茶を飲んだ。

「大阪になにしに行くの?」

「仕事だよ」

「どんな仕事?」

「あんたはちょっと変わってるね」

少しうるさそうに、文蔵は言った。「ふつうは、家に帰りたいって泣いたり、さっきのサービスエリアで逃げだしたりするもんじゃないかな」

変わってるという言葉に、私は激しく衝撃を受けた。そこではじめて泣きそうになったほどだ。

「お母さんも、よくそう言う」

「そうって？」

「私のこと、変わってるって」

小学校に入った年に、妹ができた。ちょうど父も仕事で忙しく、母は育児疲れで苛《いら》立《だ》っていたのだと思う。私は母に怒られることが多くなった。母には、「授業中によくぼんやりしています」と通信簿に書かれる私が理解できなかったし、私には、母が急に怒鳴ったりぶったりする理由がわからなかった。二歳になる妹は、週に何日か、近くに住む祖母が預かって面倒を見ていた。私がスーパーの駐車場から、車ごと文蔵にさらわれたのは、そういうときだったのだ。

「やっぱり。母親が言うぐらい、あんたは変わってるんだ」

文蔵に笑われて、私はますます泣きたくなった。うつむいて唇を嚙んだ私を見て、文蔵はびっくりしたみたいだった。

「なんで泣くの」

うまく説明できずにいると、文蔵はガムを私の膝《ひざ》のうえに載せたり、「もう一個パン食べる？」と聞いたりした。それでも黙っていたら、文蔵は遠慮がちに手をのばして、私の頭をそっと撫でた。とても優しい感触だったから、まぶたが熱くなってとうとう涙がこぼれてしまった。

「どういうところが、変わってるって？」

「授業中に、ボーッとしてるところ」

「そりゃふつうだと思うけどな。俺もボーッとしてるか寝てるか、どっちかだった」

文蔵は手を引っこめ、ハンドルに戻した。私は着たままだったジャンパーの袖口《そでぐち》で、涙を拭いた。「鼻水つけるなよ」と文蔵が言った。

「あと私、車に乗るのが好きなの」

「俺も運転はけっこう好きだねえ」

「私は運転できないもん。うしろの席に座って、行きたいところをいろいろ考えるのが楽しい」

「どんなところに行きたい」

「テレビで見たところ。南極とか、ピラミッドとか。でもお母さんは、そんなことばっかり考えるのはやめなさいって言う」

「車では南極にもエジプトにも行けないからな」

「南極に着いたら、ちゃんと犬ぞりになるんだよ」

「犬ぞり。車が」

「そう」

「うーん」

と文蔵はうなり、また肩を揺らした。笑われても、私はもう悲しい気持ちにはならなかった。文蔵が私の話をちゃんと聞いてくれているのがわかったからだ。

「それから、夢の話をしてもお母さんはいやがる」

「夜に見る夢のこと？」

「うん」

「話してみてよ」

「冷蔵庫を開けて、牛乳を飲むの。何度飲んでも全然減らなくて、最後はおなかいっぱいで苦しくなる」

「それはいい夢じゃない。牛乳を買わなくてすむんだから。なんであんたの母親はいやがんの？」

「お母さんは牛乳がきらいだから」

「そっか」

文蔵は重々しくうなずいた。「思うんだけどね、エイコちゃん。あんたはべつに、変わってないよ」

「でもさっき、変わってるって……」

「たしかに、警戒心ってもんがなくて、かなりボーッとしてるけど」

と言いかけて文蔵は、私が顔をゆがめたのを目の端でとらえたらしい。急いでつけたした。

「いや、俺はいいと思うよ、そういうのも」

「なにそれ。変なの」

私が言うと、

「そうそう、あんたも俺も変なのは一緒」

と文蔵は請けあった。

泣いたせいか急に眠くなり、私はしばらく意識を手放していたらしい。目を開けると車は停まっていて、車内のデジタル時計が「2:33」という数字を青白く浮かびあがらせていた。そんな時間に起きたのははじめてで、なんだかわくわくした。

私が身じろぐと、運転席に座っていた文蔵が、「トイレは大丈夫?」と声をかけてきた。文蔵はそれまでずっと、前方に広がる暗闇を見つめていたようだった。

車はサービスエリアの駐車場の端にあり、その先は柵《さく》ひとつ隔てて、山の斜面だった。下界の一角にあるひときわ明るい街を、文蔵はフロントガラス越しに指し、「大阪だよ」と言った。

トイレには行きたくなかったが、なんだか文蔵を引き止めるべきであるような気がして、時間を稼ぐつもりで外へ出たいと言った。後部座席から取った毛布に二人でくるまり、私たちは斜面に背中を向けてベンチに座った。

「牛乳の夢を見た？」

と文蔵が言った。吐く息が白く漂った。

「なんにも見なかった」

「残念だね」

少しためらってから、「文蔵さんは？」と尋ねた。

「なにか夢を見た？」

「寝てないから見ないねえ」

文蔵は手の甲で目もとをこすった。「見てもどうせ、サイテーな夢ばっかりだし」

「どんな？」

毛布のなかに手を戻し、文蔵は言葉を探しているようだった。

「野原を走ってる。小さな花がいっぱい咲いてて、とにかくだだっ広い」

「どうしてそれがサイテーな夢なの」

「花が血の色をしている」

低いつぶやきにびっくりして、隣に座る文蔵を見た。文蔵は私のほうを向いて視線を合わせ、目だけで笑った。

「コンビニに行きたくて走ってるんだよ。なのに野原がなかなか終わらない」

文蔵は立ちあがり、毛布で私をぐるぐる巻きにした。セーターだけなのに身をすくめることもなく、文蔵は駐車場を照らす常夜灯から遠ざかり、夜空を見上げた。

「ほら、ずいぶん星が見える」

毛布の蓑虫《みのむし》みたいな恰好で、私もベンチを下りて文蔵のそばに行った。山のうえの空は、街明かりからも高速道路の光の帯からも隔絶されて、穴のようにただ真っ暗だ。だが文蔵にならって黙って目をこらすと、そこに小さな銀の粒が無数に散らばっているのが見えてくる。

「ほんとだ、すごい」

と私は歓声を上げた。母に叱《しか》られないよう、夜は早くに寝てしまうし、空気のきれいなところへ旅行するような家族でもなかったので、私はたくさんの星など見たことがなかったのだ。

「どんな星座でも見つかりそうだ」

と文蔵は言った。「好きな動物は？」

「うさぎ」

と私が答えると、

「いるよ、ほら」

と文蔵が空へ腕をのばした。ほらと言われても、どれだかわからないほど星はある。

文蔵は腰をかがめて、私と顔の位置を同じにし、丁寧に説明してくれた。

「オリオン座は知ってる?」

「知らない」

「じゃ、この指の先あたりを見て。三つ並んだ星があるでしょ」

「あった」

「そっからずーっと下りて、四つ星があるのはわかる?」

「あれかな。こんな形で並んでる?」

私は文蔵の手を取り、掌《てのひら》に台形を描く。

「そうそう、それがうさぎ座」

「本当に?」

「本当。星占いで有名なやつだけじゃなく、いっぱい星座はある」

「ペンギン座も、スフィンクス座も?」

「なければ作ればいい」

文蔵がくしゃみをしたので、車に戻った。うさぎ座なんて、文蔵がでっちあげた星座じゃないかと思ったけれど、同じ星を見ていたことはたしかだったから、私はそれで満足した。

文蔵とは、高速を下りて少し走ったところにあったファミレスで別れた。朝の四時半で、表はまだ暗かった。私はファミレスでスパゲティを食べ、文蔵は向かいに座ってそれを眺めていた。文蔵はコーヒーしか注文しなかった。

朝食を終えると、ファミレスの駐車場に停めた車に、私だけが乗った。ジャンパーを脱いで返そうとすると、文蔵は首を振った。

「着てていいよ。それはもう、俺にはいらないものだから」

助手席に座った私に、文蔵はさらに毛布もかけ、車のキーを渡した。「三十分経ったら、お店のひとに事情を話して。あとは大人がなんとかしてくれるでしょ」

「わかった」

と私は言った。

「寒いからって、勝手にエンジンかけちゃだめだよ」

「うん」

文蔵はもう一度、毛布が私の首までをちゃんと覆っているか確認し、

「じゃあね」

と言って助手席のドアを閉めた。文蔵が駐車場を出て、道路を走ってきたオレンジ

色のタクシーに乗りこむまでを、私は体をひねって見守った。どこへ行くのか、聞けなかった。聞かないでくれと、文蔵が願っているのが伝わってきたからだ。一緒に車に乗っているあいだじゅう、ずっと。

それから大騒動になった。

警察が駆けつけ、両親が迎えにきた。母親は私を見るなり抱きしめて大声で泣き、ついで私の頭をひっぱたいた。

「なんて子なの、あんたはもう」

だれになにを聞かれても、私は「わからない」と答えた。名前も知らないし、顔もあんまり見なかった。男だった、ということだけ話した。母からも、婦警さんからも、痛いところはないか、変なことはされなかったかと聞かれた。質問の意図が、当時はつかめなかった。文蔵は変じゃない、と猛然と思ったことだけ、よく覚えている。ジャンパーは警察が証拠品として押収したきり、戻ってこなかった。私に残されたのは記憶だけだった。周囲の大人は、みんな事件に触れないようにしたから、それもだんだん薄れていった。

文蔵はついに捕まることはなかったが、それはたぶん、だれにも捕まえられない場所に文蔵が行ったからだと思う。どう考えてもまっとうではない用件で、文蔵は大阪に向かっていた。

だが文蔵は、小学生の女の子に暴力を振るうような男ではなかった。それどころか、ちゃんと私の話を聞き、私にいろいろ教えてくれた。私は運がよかったのだ。

学校の図書館で、私は図鑑を調べた。うさぎ座は文蔵の言ったとおりの場所に、言ったとおりの形で本当に存在した。じゃあ、文蔵が話した夢の話も本当なんだ、と私は思った。血の色の花が咲く広い野原。

両親は車のキーを厳重に保管した。私が勝手に乗りこめないように。だから私は、週末に家族でスーパーに買いだしに行くときだけ、後部座席で想像した。文蔵の見た野原に、いつかこの車でたどりつきたい、と願いながら。

いまとなっては、あの夜の出来事がまるごと夢みたいに感じられる。急に現れた男と、西へドライブする。窓の外を流れる暗い景色も、街の明かりも、ひっそりと光を投げかける深夜の売店も、銀の星々も、すべて夢のなかの光景のようだ。

どうして文蔵と同じ星を見ていると信じられたのだろう。それらはあまりにも遠くにあって、触れてたしかめることもできないものなのに。

私は大人になるまでも、大人になってからも、星座を探すような歯がゆさを何度も味わった。「あの星とこの星を結んで」と説明しても、並んで夜空を見上げるひとに、正確に伝わっているのかどうかはわからない。確認する術《すべ》もない。多くのひとが経験したことがあるだろう、歯がゆさだ。

そんなとき私は、文蔵と見た夜空を思い起こす。全天の星が掌に収まったかのように、すべてが伝わりあった瞬間を。あのときの感覚が残っているかぎり、信じようと思える。伝わることはたしかにある、と。

私がたまに車の後部座席で眠るのを、子どもじみた拗《す》ねかただと非難したひとも、勝手にしろと怒ったひともいた。

いまつきあっているひとは、危ないからやめてほしいと言った。

「そんなところで寝て、凍死したり熱中症になったりしたらどうするんだ。車上荒らしに、車ごとつれさられるかもしれないし」

文蔵みたいなことを言う。私が笑うと、彼はソファにクッションと毛布を並べた。

「今夜は一緒に寝たくないって言うなら、ほら、ここで我慢して。車の後部座席と似たようなもんでしょ」

「ぜんっぜんちがうよ」

と私が異を唱えると、

「そこは想像力でカバーする」

と彼は言った。

このひとと暮らすのは、けっこう楽しいかもしれないなと思う。思うが、彼が来ない日にこっそり後部座席で寝てみることは、やはりやめられない。

文蔵は、どこへ行くかは言わなかった。

だったら私は、文蔵が戻ってくるのを待ってみよう。いつかきっと、気づいたら車は走っていて、運転席には文蔵が座っているのだ。

私は文蔵に、いろんな話をするだろう。

スフィンクスを見に、実際にエジプトへ行ったことも、後部座席での想像の旅を、未《いま》だにやめられずにいることも。冬の夜空を見上げるたびに、オリオン座の下にあるうさぎ座を探さずにはいられないことも、文蔵の見た夢に似た野原に、私も夢のなかで行ったことも。

話はたくさんある。

だけどなによりも文蔵に伝えたいのは、私を守ってくれてありがとう、ということだ。

文蔵はたぶん、とても昏《くら》い場所へ行こうとしていた。でも、突然まぎれこんだ私を、そこへつれていこうとは決してしなかった。傷つくことがないように細心の注意を払って、私を暗がりから遠ざけた。

信じる？　と文蔵は聞いた。何度聞かれても、私は信じると答えるだろう。それを教えてくれたのは文蔵だ。

細い線をつないで、だれかと夜空にうつくしい絵を描くこと。

八歳の冬の日からずっと、強く輝くものが私の胸のうちに宿っている。夜道を照らす、ほの白い一等星のように。それは冷たいほど遠くから、不思議な引力をまとっていつまでも私を守っている。

三浦しをん（みうら・しをん）　一九七六（昭和五一）年〜。小説家。東京生まれ。『まほろ駅前多田便利軒』が直木賞、『舟を編む』が本屋大賞、『あの家に暮らす四人の女』が織田作之助賞を受賞する。まほろ駅前シリーズや、神去シリーズの他に、『風が強く吹いている』『星間商事株式会社社史編纂室』などの著書がある。「冬の一等星」は二〇〇六年五月に『群像』に発表された。底本は『きみはポラリス』（二〇一一年、新潮文庫）を使用している。天体と関わるタイトルの作品に、「星くずドライブ」（『天国旅行』所収）がある。

星のわななき

原民喜

私は「夏の花」「廃墟から」などの短篇で広島の遭難を描いたが、あれを読んでくれた人はきまつたやうに、「あの甥はどうなりましたか」と訊ねる。「健在ですよ」と答へるものの、相手には何か腑に陥ちない様子がうかがはれるのであつた。してみると、どうもあのところは書き足りないのではなかつたかと思へる。それで、甥のところだけを切離してちよつと書添へておく。

私たちは八月六日に広島で遭難し、八日に八幡村に移つたが、中学一年生の甥だけはまだ行衛不明であつた。末子の死体をまざまざと途上で見て来た両親は、長男の方のことも、口に出しては云はなかつたが、殆ど諦めてゐたらしい。ある昼、突然、縁側で嫂の泣き喚く声がした。

「わあ、生きてゐたの、生きてゐたの」

と嫂は廿日市から自転車でその甥の無事だつたことを報らせに来てくれた長兄にとり縋るやうにして泣き狂つた。甥はしかしその日、廿日市の長兄のところまで辿りついたが、疲労のためまだこちらへは帰つて来なかつた。甥がこちらへ戻つて来たのはその翌日であつた。

戻つて来た甥は思つたより元気さうだつた。あの朝、建もの疎開のため動員されて恰度《ちょうど》、学校の教室にゐたが、光線を見た瞬間、彼は机の下に身を潜めた。次いで教室は崩壊したが、机の下から匐《は》ひ出すと、助かつてゐる生徒は四五名しかゐなかつた。みんなは走つて比治山の方へ向かひ、途中で彼も白い液体を吐いた。――かういふことを語る甥はいたつて平静であつた。一緒に助かつた友達と翌日、汽車に乗り彼はその友達の家へたどり着いた。そこで四五日滞在し静養してゐたのである。この神経質でおとなしい少年は、何か鋭い勘とねばりを潜めてゐた。奇蹟的に助かつたのも、偶然ではなかつたのかもしれない。だが、甥にとつての危機は決してこれで終つたのではなかつた。戻つて来た甥は二三日すると、私の妹と一緒に遠方の知人のところへ、野菜を頒《わ》けてもらひに出かけた。朝はやく出かけ、山一つ越えて行くのだつた。妹は昼すぎに戻つて来たが、甥は四五町さきの農家の軒下に蹲《うずくま》つてゐるといふことであつた。暑さと疲れのため、もうどうしても歩けなくなつたのである。やがて日が傾いた頃、甥は蒼ざめた顔で戻つて来た。まだ戦災の疲れも癒えてゐないのに、ここではみんなが空腹のまま無理をつづけなければならなかつた。台所の土間からつづく二畳の部屋が食事をする場所だつたが、そこに坐ると、破れ窓を塞ぐためにマッチのレッテルらしい一メートル四方位の紙がぶらさげてある。その毒々しい細かい模様を眺めると、それがそのまま何か血まみれの記憶と似かよつてゐた。小さな姪たちは耳や指を火傷してゐたし、次兄の肩の傷もヒリヒリと痛むらしかつた。

ある朝、食事の箸をおいた甥は、ふと頭に手をやつて、「髪の毛が抜ける」と云ひだした。

「禿頭になつたのかしら、ひとの帽子を借りたので」と不審がる。さういへば、甥はここへ戻つて来たとき大きな麦藁帽をかむつてゐたのだつた。まだ禿といふほど目だつてもゐなかつたが、妹に連れられて廿日市の方の医者に診てもらつた。結局はつきりしたことは判らなかつた。がそれからも脱毛は小止みなくつづいた。「いくらでも脱ける」と、甥は心細さうに呟き、だんだんいらだつて来た。そのうちに彼の頭はすつかりつるつるになつてゐた。私もその頃、猛烈な下痢に悩まされひどく衰弱してゐたが、ある日、廿日市の長兄のところで何気なくそんなことを話してゐると、傍にゐた近所の人が、

「それはよほど気をつけた方がいいですぞ」と、何かぞつとするやうな調子で心配してくれた。今度の遭難者で下痢や脱毛や斑点が現れると、危険だといふことが、そこ

ではもう大分知れわたつてゐた。今迄無事で助かつてゐたと思ふ人もつぎつぎ死んで行くし、鼻血が出だすともう助からないといふこともその時耳にした。妹は甥の様子がだんだん衰へて行くのに気づき、

「あれはもうあぶない」と囁きだした。

甥は食事の度毎に神経質に顔をしかめ、

「これは何か厭なにほひがする」と、ひどく不平さうに呟くのだつた。後で考へてみると、臭いにほひがするのは神経の所為ではなく、その頃彼の内臓が腐敗しかかつてゐたためなのだらう。斑点の話が出て、私たちが自分の体を調らべ、二つ三つあるなど云ひあつてゐると、黙つて側できいてゐた甥が、

「僕にもある」と、はつきりした声で云つた。が、それは何か冷やりとさすものを含んだ調子であつた。

その前の日から甥は血を喀きだしたが、恰度廿日市の長兄のところへ立寄つてゐると、夕食を済したところへ、八幡村から電話がかかつて来た。長兄も嫂も今夜は八幡村の方へ泊るつもりで出掛けた。私たちは長い暗い路を歩きながら、また人の死に目に遇ふのかとおもつた。暗い夜空からは雨が降りだした。私の眼の片隅には、神経に異常でも生じたのか、頻りに青い小さな羽虫のやうな焔がちらついてゐた。それは歩

くたびに煩いほどつきまとつて来た。家に着くと、私たちは甥の枕頭に坐り込んだ。甥はいつのまにか、綺麗な縞の絹の着物を着せられ、禿げ上つた頭と細い顔は陶器のやうに青ざめてゐた。鼻腔には赤く染まつた綿が詰められてゐた。枕頭の金盥は吐くもので真赤だつた。それでも甥はパッチリと黒い眼をあけ、ときどき苦しげに悶えた。「がんばれよ」と次兄は側から低い声で励ました。甥の枕頭には一枚の葉書が置いてあつた。それはあのとき一緒に逃げた友達の親許から寄来された死亡通知であつた。みんなはそつとその葉書をみて押黙つた。

「際の際まで、意識は明瞭だといふことです」と嫂は声を潜めた。夜が更けてゐたので、私たちは一まづ二階へ引あげた。私はいつ呼び起されるかしれないつもりで夜具に潜つた。陰惨な光景にはあきあきするほど遭遇してゐたが、さつき見た甥の姿は眼に沁みるのだつた。だが、階下の方はひつそりとして何の変つた気配もなかつた。そのまま夜は明けて行つた。朝になると、みんなは吻《ほっ》とした。何だか助かつたのではないかといふ気持が支配した。事実、甥は持ちこたへて行くらしかつた。急変がないのをみて、廿日市の長兄たちも一まづ帰つて行つた。

　危篤状態は過ぎたらしかつたが、まだ甥は絶えず頭を氷で冷やしつづけ、医者は毎日注射をつづけた。嫂はせつせと村の小路を走り廻つて氷や牛乳や卵を求め看護しつづけた。そこの家を吹飛ばしさうな、ひどい颱風が訪れたときも、甥は寝たままでまだ動けなかつた。

長雨や嵐の陰惨な時期がすぎると、やがて秋晴れの好天気がつづいた。村では久振りに里祭が行はれ、すぐ前の田の向に見える堤の上を若衆が御輿を担いで騒ぎ廻つた。だが、私たちは空腹の儘その賑はひを見送つてゐた。その祭の賑はひの最中のことであつた。階下で急に甥の泣き叫ぶ声がして、嫂の烈しく罵る声がした。あまり激越な調子なので何事がおこつたのかとおもつた。

「死んだ方がよかつた」と甥は私がやつて来たのを見ると、また抗議するやうに低い声で呟いた。

「くそ意気地なし。誰のお蔭で助かつたのか。ひとが一生懸命看護してやつたのも忘れて」と嫂はまだ興奮してゐる。

「どうしたのです」

「今さき村の子供がここを通りながらこちらを覗き込んで『禿がゐる、禿がゐる』と罵つたのです」

「悪い子供だな。学校へ云つてやるといい」

「禿が一たい何ですか。男でも女でもこんど禿になつたのはあたりまへのことで、恥でも何でもない。禿と云はれた位で、それ位のことで死にたいとは……その意気地なしが情ない」

甥はもう何も云はなかつたが、私は病後の甥がこんなに興奮していいのかと心配だつた。

学童疎開に行つてゐた二人の弟たちが還つて来ると、狭い家のうちはごつた返し、暮しは一層苦しくなつてゐた。甥はもうかなり元気になつてゐたが、どうかすると階下では物凄い衝突がもちあがつた。平素はおとなしい性質なのに、喧嘩となればこの甥はねちねちしてゐた。甥は炬燵にもぐつて、英語のリーダーなど勉強しだした。大病のあとだし、一年位は学校を休ませた方がいいだらうとみんなは云つてゐたが、年末頃になると、禿げてゐた頭に少しづつ髪の毛が顕れだした。

年が明けると、私はいつまでもそこの家に厄介になつてゐるのも心苦しく、頻りに上京のことを考へてゐた。甥は既にその頃から広島まで学校に通ひだした。八幡村から広島の郊外まで往復すれば、元気な男でさへ、かなり疲労する。電車までの路が一里あまり、電車に乗つてからも、それは決して楽なことではなかつた。私は甥がよくも続けて通学できるのに驚かされた。甥は毎日、軍から払ひ下げになつた、だぶだぶの服と外套を着て、早朝出かけては日没に戻つて来るのだつた。私はその年の春、漸く八幡村を立去ることが出来たが、その後、上京してからも、あの甥は元気になつたのかしらと思ひ出すことが多かつた。私が甥の元気な姿を再び見たのは、翌年の正月であつた。その時、次兄は広島の焼跡にバラツクを建て、恰度八幡村から荷を運んで来たばかりのところだつた。あたりはまだごつた返してゐた。甥はだぶだぶの軍服を着て、シヤベルで何かとりかたづけてゐた。私の来訪もあまり気にならない位、彼は忙しさうに作業に熱中してゐた。

私がこの頃になつて、甥のことなど書いてみる気になつたのは、何か私の現在の気持の底に、生き運といふものを探し求めてゐるからでもある。甥の頭髪はもとどほり立派に生え揃つた。あの時、禿になりながら、その後立派に助かつてゐる人は甥ばかりではなかつた。槇氏もやはりその一人である。彼は大手町で遭難し火のまはるのが急速だつたため、細君を助け出すことも出来ず、身一つで河原に避れた。その後、髪の毛が脱けだすと、彼は田舎の奥へ引込んで、そこで毎日、野菜ばかりを摂取してゐた。薬剤師の心得のある人だが、医者にもかからず自分の勘一つで独特の療法をつづけた。さうして、この人も無事に頭髪が生え揃ひ、ピンピンしてゐるのであつた。

私は家の近所の水槽の中に身を浸し、そこで猛火を避けながら、遂に生きのびてゐたといふ女の話もきいた。その水槽の前にはコンクリートの建物とちよつとした空地があつたが、それにしても一昼夜燃えつづける火のなかで助かつてゐたとは恐しいことだ。フイリツピンでジヤングルに脱走し生きのびて還つて来たといふ人とも逢つた。

どんな天変地異のときでも、生き運のある人は助かるのであらうか。

私が八幡村から立去らうと考へてゐる頃のことであつた。たまたま私は天文学の解説書を読み耽けつてゐたが、何億光年、何億万光年といふ観念は私の魂を呆然とさせた。私は廿日市の長兄のところから八幡村へ戻る夜路で、よく空の星をふり仰いだ。冬の澄んだ空には一めんに美しい星がちらばつてゐた。広島が一瞬にして廃墟と化したことも壮大なことではあつたが、その一瞬は宇宙にとつて何ほどのことであつたのだらう。だが、戦災で飢ゑ、零落してゆくこの私の身は、それでは、この凍てた地球の夜にとつて、何ほどの意味があるのだらう。だが、私はこの身の行衛を、己の眼でいま少し見とどけたいのであつた。

その後、私は東京の友人のところで間貸りして暮すやうになつたが、一年あまりすると、余儀ない事情でそこも立退かねばならなくなつた。宿なしの私は行くあてもなく、別の知人の下宿へ転がり込んだものの、身を落着ける部屋は見つからないのであつた。出来るだけ早く私はその知人のところも立退かねばならない。だが、行くあてはまるで見つからない。私の眼の前にはまた冬の夜の星の群が見えてくるのであつた。

原民喜（はら・たみき）一九〇五～一九五一（明治三八～昭和二六）年。詩人・小説家。広島生まれ。戦前は『三田文学』に多くの短篇小説を発表した。

一九四五年に原爆投下地の広島にいた体験が、原爆をテーマにした諸作品のなかでも傑出した小説「夏の花」を生むことになる。詩集には『原民喜詩集』がある。「星のわななき」は一九四八年六月に『饗宴』に発表された。底本には『定本原民喜全集』Ⅰ（一九七八年、青土社）を用いている。天体を描いた他の作品に、「月夜」「後の月」「ムーン・ライト・ソナタ」がある。

北極星発見

上林暁

白珊瑚の採れる浦である。紅珊瑚や桃色珊瑚も採れるには採れるけれども、白珊瑚のはうがずつと質が良い。磨いた白珊瑚は、どんなに美しい女の膚よりもきめが細かい。ここで採れる白珊瑚は伊太利の白珊瑚と競争するのだ。そして伊太利産よりもずつと質が良いのだ。

けれども、この浦の殷賑は、もう昔語りになつてしまつた。上方の珊瑚商人も、たまにしか来なくなつた。地理書からは、いつの間にか、珊瑚の名産地としての名が消えて行つた。家代々珊瑚採りの漁師も、魚を捕る漁師に変つて行つた。珊瑚の代りに、鰹や鰤や烏賊でなりはひを立てるやうになつた。時化《しけ》で不漁のつづく時には、氷詰にして来た頭のでつかい朝鮮鰯を商うて、暮しを立てるものもあつた。

でも、発動機のついた珊瑚船は毎年出掛けるには出掛けるのだ。潮流の荒い、遠い〳〵灘の方へ行つて、何日も何日も帰つて来ないことがある。いい獲物があつて明日《あした》にでも戻つて来ることがあるかと思ふと、散々家の者に案じさせた揚句、珊瑚の枝一つ採つて来ないこともあつた。九州の五島の方まで行つたものは、珊瑚を金に替へて戻つて来た。

浦から二里くらゐ東に行つた野の中の町に一軒の珊瑚店がある。龍宮の乙姫様と紅珊瑚を描いた絵看板が懸つてゐる。鼻のてつぺんに眼鏡を乗つけた鹿爪らしい年寄が、職人を二人使つて、珊瑚の細工をしてゐる。この年寄を相手に、上方から来た商売人も、浦の漁師たちも取引をするのだ。陳列窓には色々の細工物が列べてある。カフス釦《ぼたん》や印材や、緒〆めや根掛けや、筆立や耳掻きや、枝も形も自然のままの立派な飾物などがある。この町へ来るたびとは、誰でも一度はこの古風な店の前へ足を停めて、広くもない飾窓の中を覗き込むであらう。さうすれば、この小さな町の地方色は、この一軒の珊瑚店に集つてゐるやうな気がするであらう。店の中の椅子には、むさくるしいなりをした漁師や漁師のおかみさんたちが、落着き悪く腰かけてゐるのを時たま見かけるであらう。漁師たちは、たつた一軒残つたこの店の敷居を跨ぐたびに、いつも、昔栄えた自分たちの浦のことを偲ぶのである。

珊瑚は海に咲いた花である。深海の匂ひがする。形の奇麗に整つたのや、折れた枝や、或はずんぐりした幹などを提げて、漁師たちは海から帰つて来る。昔の漁師は、そんな珊瑚を舟に乗せて、艪声を揃へて帰つて来たのである。陸の見えない海を一生懸命漕ぎ切つて、やつとのことで桜の花の咲いた岬の突端をみとめると、ほつと一息つき、それから彼等の漕ぐ手はひとしほ威勢がつくのである。舟は春の潮に乗つて辷《すべ》る。彼等の浦は岬のふところにあるのである。岬には古いお寺がある。嵯峨天皇の御代の建立である。潮風に痛めつけられた樹木の間に、緑青を吹いた三重の塔の屋根が見え初めると、漁師たちは信心の掌を合せ、頭をうな垂れる。彼等は自分たちの生命は仏様に預け、肉体は荒海の上に抛り出してゐるのである。陸地はいよいよ近づく。岬をめぐる嶮しい小径を、すがすがしい春の遍路たちがめぐつて行くのが目に入る。

今は、忙《せは》しない鼓動の音を海にひゞかせながら、発動機船が戻つて来る。近海の珊瑚は長い歳月の間に採り尽してしまつてあるので、遠い海から帰つて来たものであることがわかる。岬には今も昔も緑青を吹いた三重の塔がある。暫く前までは海軍の望楼が立つてゐたのが、今は取り払はれてしまつた。軍艦はいつもこの近海を游弋《ゆうよく》してゐる。発動機船は時々駆逐艦と擦れちがふ。

岬の目標は、今は、白い燈台だ。この燈台を見れば、漁師たちはふるさとの門を見たやうな気持になる。彼等はじりじりと燈台の方へ引きつけられて行く。燈台は、昼見れば、代赭色の崖の端に立つた真新しい一本の蠟燭だ。夜になると、廻転する奇怪な光を空に向つて放射する。手を十八叩く間に一廻転するやうだ。レンズの一枚は海鳥が飛びかかつて欠いたさうであるが、漁師たちはまだ見たことがない。風が荒れたり雨が降つたりして暗い夜には、漁師たちは、燈台の光を生きもののやうに力強く思ひ、感謝の念を注ぎながら帰つて来るのである。若しも激浪が起つた場合には、船が波の底に落ちれば燈台の光を見失ひ、波の背に乗れば瞬間燈台の光を捕へて、僅に彼等の浦への針路を取るのであつた。

しかしながら、空がからりと晴れ渡り、星が空一面に瞬き合つてゐる夜は、燈台の光は案外なほざりにされ勝ちであつた。漁師たちは先祖以来北極星を信頼してゐるのである。

三ツ星も、七ツ星も、天の河原も、みな浮気だつた。毎晩同じところに居たためしがなかつた。ある時は海の上に傾きかかつてゐた。陸のずつと向うの方に逃げてゐることもあつた。全く見えなくなることもあつた。たつた一つ、北極星だけがひとつ所に停つてゐた。北極星はいつも北の空に住んで居た。冬の夜は寒さうに慄へてゐた。春の夜は空の底に沈んでしまつて、羊の眼のやうに微かに瞬いてゐた。漁師たちは遠い先祖からの習慣で、燈台よりも北極星に親しみを持つてゐた。晴れた夜は、彼等は昔ながらの北極星に導かれながら、懐しい浦へ戻つて行つた。

浦では、北極星はいつも兜山の真上に瞬いてゐた。いつかの夜、兜山が山火事を起した。山ぢゆうが赤く燃え、赤黒い煙が空を被うた。北極星も煙に遮られて姿を消した。今夜は沖へ出た漁師は難渋するだらうと人々は思つた。だが、それは杞憂だつた。

沖の舟からは、煙の塊りのずつとずつと上の方に、北極星が知らぬ顔して光つてゐるのを見たのであつた。

漁師たちは、小さな防波堤の中へ、発動機船を乗り入れる。防波堤の尖端には赤い灯がついてゐる。浜には百燭光が一つ煌いてゐる。その百燭光の下へ、漁師たちのおかみさんやきやうだいや子供たちが集まつて、がやがや騒いでゐる。暫くの間別れてゐた頑強な漁師たちの戻つて来るのを待ち構へてゐるのだ。発動機船は徐行して、仮桟橋へ横着けになる。漁師たちは長い出漁にも疲れた風もなく、半裸体の日に焼けたからだを星影に光らせながら桟橋の上へあがる。生新しい海の匂ひが陸の方へ動いて行く。白珊瑚や紅珊瑚の美しい獲物が捧げられて行く。漁師たちは、浜の真砂を音立てて蹈みしだきながら歩く。待つてゐた人たちが走り寄つて来る。元気な顔を見合はせて歓呼の声があがる。そして見事な獲物が次ぎ次ぎに鑑賞される。

漁師たちは、珊瑚は漁業組合事務所へ保管して置いて、波の音に交る浜荻の葉摺れの音を聞きながら、めいめいの家へ帰つて行く。その時はじめて、長い航海の後の疲労がからだに蟠《わだかま》つてゐるのに気附く。蛭が食ひついてゐるやうに足が重い。石ころの多い小路を、港へ流れ込む小川沿ひに帰つて行くものもある。坂を越えて、隣の浦へ帰つて行くものもある。坂を越えて行くものは間もなく歌を歌ひはじめる。木賃宿の前には、遍路の泊り客が草鞋の紐を解いてゐる。首の白い女が湯から帰つて行く。

漁師たちは、めいめいの家のある方へ、更に暗い小路を切れ込んで行く。「おやすみ」「おやすみ」——別れる時彼等はきまつてさういふ挨拶を交はしながら、やつとからだを入れるくらゐのせせこましい路へはひつて行く。それから、家《うち》だ。暗い家の中へ漁師たちははひつて行く。が、すぐにまた摺りきれた下駄を提げて出て来る。共同井戸のそばへ行つて足を洗ひはじめる。釣瓶の水を何杯も何杯も汲んで、ざぶざぶと足にかける。釣瓶に手をかけて片足づつあげながら、古手拭で足を拭ふ。

——その時、彼等はきまつて、星の輝いた空を一わたり見廻し、それから兜山の上の北極星に眼をとめるのである。港へはひるまで睨めつこしてゐた星を、昨日別れた人のやうに懐しむのである。さうすると必ず、子供の時から聞き飽きるほど聞いた一つの伝説が、彼等の脳裡に思ひ出されるのである。それは、同じ漁師であつた父や祖父から繰返し繰返し聞かされた話であつた。炉辺で聞いたこともあれば浜で網の繕ひをしながら聞いたこともあつた。そして、又それと同じ話を、同じ漁師になつて行く子供や孫に語り継ぐのである。それは単なる伝説であると共に、彼等の命の守り神である北極星に関する動かし難い素樸発見説を構成するのであつた。

大昔、漁師の若い妻があつた。彼女はまだ十五くらゐであつたらう。

亭主は二十人くらゐの仲間と一緒に、二艘の珊瑚船に乗り込んで珊瑚採りに出掛けて行つた。女は浜に立つて出て行く舟を見送つた。見送るものは彼女一人ではなかつた。陸と舟とで諸手をあげて別れを惜んだ。舟は小さくなり、やがて消えて行つた。男のかへるのを待ち侘びながら、女の一人暮しは月日を重ねていつた。女の寝床は夜夜なかなか温まらなかつた。

裏畑に棕櫚の木が列を作つてゐた。女は朝となく昼となく棕櫚の毛を挘《むし》つては縄を綯つた。棕櫚縄は藁縄よりも綯ふのに骨が折れる。女の手は初めのうち擦りむけた。一尋綯《な》ふのにもなかなか時間がかかつた。しかし次第に熟練して、すらすらと綯ふことが出来るやうになつた。けれどもこの熟練は悲しい熟練であつた。熟練してゆけばゆくほど、男と別れて以来の日数がより多く計算されて行くのだ。彼女は掌に唾をつけて綯ひ進むかはりに、涙をこぼして綯ひ進んで行つた。涙を綯ひ交ぜた棕櫚縄は、浜へ持つて行つて売り捌かれた。

棕櫚の木どもは生々しい膚をむき出して、無残な裸身になつていつた。挘《も》ぎ残された団扇形の葉だけが、カタカタと夜風に音を立てた。丈のひよろ高い棕櫚の木があつた。そいつの毛を挘る時には、女は梯子をかけて登つて行つた。それは多く、夜の仕事に取りかゝる前の夕方であつた。夕日が女の顔や腕を染めた。浦の貧しい屋根を越して、青い海が見えた。女は木の幹に凭れたまま、じつと海を見詰めた。女は海の上を矢のやうに駛《はせ》る舟の幻を見た。舟の中には、見知り越しの誰彼が晴れやかに語らつてゐた。しかし彼女の夫の顔は見えなかつた。女は目が眩んで、梯子からばたりと落ちた。――そんなこともあつた。

夜の仕事が済めば、女はかならず裏口に出てたたずんだ。夜風が通つて行つた。夜風はかならず棕櫚の葉を訪れて、カタカタと音を立てた。犬の足音一つ聞えなかつた。女は浜辺まで出て行くこともあつた。波が真砂を嚙んでゐるきりであつた。遠い船路から嬉々として帰つて来る賑やかな舟を幾度か心に描いたけれども、みんな空頼みであつた。

そんな夜夜がつづくうち、女は兜山の真上に一つの星を発見したのであつた。その星はいつも兜山の真上にゐて少しも動かなかつた。天の河原や七ツ星や三ツ星などは、始終出るところがちがつてゐるのに、あの星だけはいつも同じところでじつとしてゐた。女は毎晩その星を仰いだ。そしてもとのところにじつとしてゐるのを見ては安心した。見る時によつて色々ちがつた光を放つてゐるやうであつたが、蛍の光に見えることがいちばん多かつた。

女は自分の心を、あの星になぞらへた。ひた向きに夫を思ふ心を、あの星の渝らぬ光になぞらへた。同時に彼女は、あの星に夫の面影を見た。あの星を見てさへゐれば、焦燥する心が和らげられた。

女は浦の人たちに兜山の上の星を話した。人々は毎晩外に出て兜山の上を見た。星はいつも同じところにきちんと出てゐた。星も月も、出ては引つ込み出ては引つ込みするものだとばかり思つてゐたのに、引つ込まない星もあるものだと、人々は思ふやうになつた。浦の人々は毎晩黒山のやうに出て来て、この珍しい星を指さし合つた。

或る夜、騒しい人声が浜の方に起つた。女の鼓動はなぜか知ら乱調子に搏つた。夫が戻つて来たのだ。女はさう思ひながら、外に走り出た。松明の火と人声とが、こちらに向つて動いてゐるやうだ。女は又走つた。人々の群は彼女の家の方に向つて進行して来る。女は道ばたに立ち止つた。松明と人声とは近づいて来た。松明の火に照し出されて、女が道ばたに立ち止つてゐるのを見出すと、人々の声はぴたつととまつた。葬列のやうに重つ苦しい空気だ。人々は見た、女の眼玉が飛び出しさうに開いてゐるのだ。女の顔は蒼白であつた。女は動かない瞳で夫の姿を探した。一目で、彼女の夫はここにゐないことがわかつた。一緒に出掛けた誰彼の姿は、はつきりと彼女の眼に映つた。それのみではない、一人の男が捧げた驚くべき白珊瑚も、彼女の眼の中にはひつたのであつた。しかし誰も彼女に声をかけるものもない。みな鉛の人形のやうに口を噤んだきりだつた。

夫は何事かあつたにちがひない。それは家を飛び出して来る時からの懸念であつたが、今現実に夫の姿の見えないことから察して、彼女は最悪の場合を予想したのであつた。

人々は気も心も萎えた女を擁して、女の家まで押しかけて行つた。座敷には綯ひつ放しの棕櫚縄が散らかつてゐた。その座敷の上へ、人々はあの立派な白珊瑚を置いた。まだ見たことのないほど見事な枝振りであつた。一人の船頭が進み出て、その白珊瑚を女に贈りたいと申し出た。だが、女の心には空しい財宝に過ぎなかつた。彼女の求めるものは、夫でしかなかつた。女はもう何もかにも察知して、一言も問ひを発しなかつた。

漁師たちは今まで少しも口を利かなかつたのであるが、最も誠実な、最も勇気ある男が、あらゆる事情を女に話したのであつた。それによると、漁師たちは網を下ろし、珊瑚を引き上げる準備をしてゐた。その時、隣国《となりぐに》の漁師たちもやつて来て網を下ろしてゐた。いよいよ網を引上げる時になつた。網には世にも美しい白珊瑚が引つかかつてゐた。しかし海面近く引き上げてみると、珊瑚には両方の網がからまりついてゐた。それから珊瑚を中心に争奪戦が行はれたのであつた。漁師たちは自分の国の領海であることを主張したが、それは何等の役に立たなかつた。櫓や櫂を武器とする猛烈な争闘があつた。結局、喧嘩は今帰つて来た漁師たちの勝となり、珊瑚は彼等の所有となつたけれども、彼等は彼等の最も信頼する仲間を失はねばならなかつた。彼は敵の櫂で額を割られ、海の底に沈んで行つた。漁師たちは舟の中ですすり泣いた。彼等は幾十日間の唯一つの獲物を、亡くなつた朋輩の妻に贈ることに相談を決め、それで僅に心を慰めて帰つて来たのであつた。

白珊瑚を貰つた女は、それによつて亡くなつた夫をしのび、夫の仲間の友愛に感謝しつつ、安穏な一生を送つたのであつた。


この伝説は今もなほ浦の漁師たちの間に生きてゐる。それは、珊瑚採りを生業とする漁師たちの間に伝はるただ一つの美しい物語と言つてよい。それと同時に、浦々の漁師たちの運命を支配する北極星の発見譚として珍重されてゐる。

北極星は、今でも兜山の真上に、夜な夜な姿を現はす。空が晴れてさへゐれば、漁師たちは一夜とてそれを見ない晩はない。

しかし珊瑚の産額は年一年減つて行く。けれども、珊瑚は枝一枝産しなくなることがあらうとも、北極星の空にあるかぎり、北極星と白珊瑚の話は永久に浦人の間に伝はるであらう。


上林暁（かんばやし・あかつき）一九〇二〜一九八〇（明治三五〜昭和五五）年。小説家。高知生まれ。自身の生活や、身辺の交流に題材を取った、典型的な私小説作家である。「ちちははの記」のような父母を描いた作品や、「聖ヨハネ病院にて」に代表される病妻物で知られている。「北極星発見」は一九三一年一二月に『新科学的』に発表された。底本には『増補決定版上林暁全集』第一巻（二〇〇〇年、筑摩書房）を用いている。天体を描いた他の作品に、「月の秘密」「星を撒いた街」「ハーレー彗星」などがある。

よだかの星

宮沢賢治

よだかは、実にみにくい鳥です。

顔は、ところどころ、味噌をつけたやうにまだらで、くちばしは、ひらたくて、耳までさけてゐます。

足は、まるでよぼよぼで、一間とも歩けません。

ほかの鳥は、もう、よだかの顔を見たゞけでも、いやになってしまふといふ工合でした。

たとへば、ひばりも、あまり美しい鳥ではありませんが、よだかよりは、ずっと上だと思ってゐましたので、夕方など、よだかにあふと、さもさもいやさうに、しんねりと目をつぶりながら、首をそっ方へ向けるのでした。もっとちいさなおしゃべりの鳥などは、いつでもよだかのまっかうから悪口をしました。

「ヘン。又出て来たね。まあ、あのざまをごらん。ほんたうに、鳥の仲間のつらよごしだよ。」

「ね、まあ、あのくちの大きいことさ。きっと、かへるの親類か何かなんだよ。」

こんな調子です。おゝ、よだかでないたゞのたかならば、こんな生はんかのちいさい鳥は、もう名前を聞いたゞけでも、ぶるぶるふるえて、顔色を変へて、からだをちゞめて、木の葉のかげにでもかくれたでせう。ところが夜だかは、ほんたうは鷹の兄弟でも親類でもありませんでした。かへって、よだかは、あの美しいかはせみや、鳥の中の宝石のやうな蜂すゞめの兄さんでした。蜂すゞめは花の蜜をたべ、かはせみはお魚を食べ、夜だかは羽虫をとってたべるのでした。それによだかには、するどい爪もするどいくちばしもありませんでしたから、どんなに弱い鳥でも、よだかをこわがる筈はなかったのです。

それなら、たかといふ名のついたことは不思議なやうですが、これは、一つはよだかのはねが無暗に強くて、風を切って翔けるときなどは、まるで鷹のやうに見えたことと、も一つはなきごゑがするどくて、やはりどこか鷹に似てゐた為です。もちろん、鷹は、これをひじゃうに気にかけて、いやがってゐました。それですから、よだかの顔さへ見ると、肩をいからせて、早く名前をあらためろ、名前をあらためろと、いふのでした。

ある夕方、たうたう、鷹がよだかのうちへやって参りました。

「おい。居るかい。まだお前は名前をかへないのか。ずゐぶんお前も恥知らずだな。お前とおれでは、よっぽど人格がちがふんだよ。たとへばおれは、青いそらをどこまででも飛んで行く。おまへは、曇ってうすぐらい日か、夜でなくちゃ、出て来ない。それから、おれのくちばしやつめを見ろ。そして、よくお前のとくらべて見るがいゝ。」

「鷹さん。それはあんまり無理です。私の名前は私が勝手につけたのではありません。神さまから下さったのです。」

「いゝや。おれの名なら、神さまから貰ったのだと云ってもよからうが、お前のは、云はゞ、おれと夜《よる》と、両方から貸りてあるんだ。さあ返せ。」

「鷹さん。それは無理です。」

「無理ぢゃない。おれがいゝ名を教へてやらう。市蔵といふんだ。市蔵とな。いゝ名だらう。そこで、名前を変へるには、改名の披露といふものをしないといけない。いゝか。それはな、首へ市蔵と書いたふだをぶらさげて、私は以来市蔵と申しますと、口上を云って、みんなの所をおじぎしてまはるのだ。」

「そんなことはとても出来ません。」

「いゝや。出来る。さうしろ。もしあさっての朝までに、お前がさうしなかったら、もうすぐ、つかみ殺すぞ。つかみ殺してしまふから、さう思へ。おれはあさっての朝早く、鳥のうちを一軒づゝまはって、お前が来たかどうかを聞いてあるく。一軒でも来なかったといふ家があったら、もう貴様もその時がおしまひだぞ。」

「だってそれはあんまり無理ぢゃありませんか。そんなことをする位なら、私はもう死んだ方がましです。今すぐ殺して下さい。」

「まあ、よく、あとで考へてごらん。市蔵なんてそんなにわるい名ぢゃないよ。」鷹は大きなはねを一杯にひろげて、自分の巣の方へ飛んで帰って行きました。

よだかは、じっと目をつぶって考へました。

（一たい僕は、なぜかうみんなにいやがられるのだらう。僕の顔は、味噌をつけたやうで、口は裂けてるからなあ。それだって、僕は今まで、なんにも悪いことをしたことがない。赤ん坊のめじろが巣から落ちてゐたときは、助けて巣へ連れて行ってやった。そしたらめじろは、赤ん坊をまるでぬす人からでもとりかへすやうに僕からひきはなしたんだなあ。それからひどく僕を笑ったっけ。それにあゝ、今度は市蔵だなんて、首へふだをかけるなんて、つらいはなしだなあ。）

あたりは、もううすくらくなってゐました。夜だかは巣から飛び出しました。雲が意地悪く光って、低くたれてゐます。夜だかはまるで雲とすれすれになって、音なく空を飛びまはりました。

それからにはかによだかは口を大きくひらいて、はねをまっすぐに張って、まるで矢のやうにそらをよこぎりました。小さな羽虫が幾匹も幾匹もその咽喉にはいりました。

からだがつちにつくかつかないうちに、よだかはひらりとまたそらへはねあがりました。もう雲は鼠色になり、向ふの山には山焼けの火がまっ赤です。

夜だかが思ひ切って飛ぶときは、そらがまるで二つに切れたやうに思はれます。一疋の甲虫が、夜だかの咽喉にはいって、ひどくもがきました。よだかはすぐそれを呑みこみましたが、その時何だかせなかがぞっとしたやうに思ひました。

雲はもうまっくろく、東の方だけ山やけの火が赤くうつって、恐ろしいやうです。よだかはむねがつかえたやうに思ひながら、又そらへのぼりました。

また一疋の甲虫が、夜だかののどに、はいりました。そしてまるでよだかの咽喉をひっかいてばたばたしました。よだかはそれを無理にのみこんでしまひましたが、その時、急に胸がどきっとして、夜だかは大声をあげて泣き出しました。泣きながらぐるぐるぐるぐる空をめぐったのです。

（あゝ、かぶとむしや、たくさんの羽虫が、毎晩僕に殺される。そしてそのたゞ一つの僕がこんどは鷹に殺される。それがこんなにつらいのだ。あゝ、つらい、つらい。僕はもう虫をたべないで餓えて死なう。いやその前にもう鷹が僕を殺すだらう。いや、その前に、僕は遠くの遠くの空の向ふに行ってしまはう。）

山焼けの火は、だんだん水のやうに流れてひろがり、雲も赤く燃えてゐるやうです。

よだかはまっすぐに、弟の川せみの所へ飛んで行きました。きれいな川せみも、丁度起きて遠くの山火事を見てゐた所でした。そしてよだかの降りて来たのを見て云ひました。

「兄さん。今晩は。何か急のご用ですか。」

「いゝや、僕は今度遠い所へ行くからね、その前一寸お前に遭ひに来たよ。」

「兄さん。行っちゃいけませんよ。蜂雀もあんな遠くにゐるんですし、僕ひとりぼっちになってしまふぢゃありませんか。」

「それはね。どうも仕方ないのだ。もう今日は何も云はないで呉れ。そしてお前もね、どうしてもとらなければならない時のほかはいたづらにお魚を取ったりしないやうにして呉れ。ね。さよなら。」

「兄さん。どうしたんです。まあもう一寸お待ちなさい。」

「いや、いつまで居てもおんなじだ。はちすゞめへ、あとでよろしく云ってやって呉れ。さよなら。もうあはないよ。さよなら。」

よだかは泣きながら自分のお家へ帰って参りました。みぢかい夏の夜はもうあけかかってゐました。

羊歯の葉は、よあけの霧を吸って、青くつめたくゆれました。よだかは高くきしきしきしと鳴きました。そして巣の中をきちんとかたづけ、きれいにからだ中のはねや毛をそろへて、また巣から飛び出しました。

霧がはれて、お日さまが丁度東からのぼりました。夜だかはぐらぐらするほどまぶしいのをこらえて、矢のやうに、そっちへ飛んで行きました。

「お日さん、お日さん。どうぞ私をあなたの所へ連れてって下さい。灼けて死んでもかまひません。私のやうなみにくいからだでも灼けるときには小さなひかりを出すでせう。どうか私を連れてって下さい。」

行っても行っても、お日さまは近くなりませんでした。かへってだんだん小さく遠くなりながらお日さまが云ひました。

「お前はよだかだな。なるほど、ずゐぶんつらからう。今夜そらを飛んで、星にさうたのんでごらん。お前はひるの鳥ではないのだからな。」

夜だかはおじぎを一つしたと思ひましたが、急にぐらぐらしてたうたう野原の草の上に落ちてしまひました。そしてまるで夢を見てゐるやうでした。からだがずうっと赤や黄の星のあひだをのぼって行ったり、どこまでも風に飛ばされたり、又鷹が来てからだをつかんだりしたやうでした。

つめたいものがにはかに顔に落ちました。よだかは眼をひらきました。一本の若いすゝきの葉から露がしたたったのでした。もうすっかり夜になって、空は青ぐろく、一面の星がまた、いてゐました。よだかはそらへ飛びあがりました。今夜も山やけの火はまっかです。よだかはその火のかすかな照りと、つめたいほしあかりの中をとびめぐりました。それからもう一ぺん飛びめぐりました。そして思ひ切って西のそらのあの美しいオリオンの星の方に、まっすぐに飛びながら叫びました。

「お星さん。西の青じろいお星さん。どうか私をあなたのところへ連れてって下さい。灼けて死んでもかまひません。」オリオンは勇ましい歌をつゞけながらよだかなどはてんで相手にしませんでした。よだかは泣きさうになって、よろよろと落ちて、それからやっとふみとまって、もう一ぺんとびめぐりました。それから、南の大犬座の方へまっすぐに飛びながら叫びました。

「お星さん。南の青いお星さん。どうか私をあなたの所へつれてって下さい。やけて死んでもかまひません。」大犬は青や紫や黄やうつくしくせわしくまたゝきながら云ひました。「馬鹿を云ふな。おまへなんか一体どんなものだい。たかゞ鳥ぢゃないか。おまへのはねでこゝまで来るには、億年兆年億兆年だ。」そしてまた別の方を向きました。

よだかはがっかりして、よろよろ落ちて、それから又二へん飛びめぐりました。それから又思ひ切って北の大熊星の方へまっすぐに飛びながら叫びました。

「北の青いお星さま、あなたの所へどうか私を連れてって下さい。」

大熊星はしづかに云ひました。

「余計なことを考へるものではない。少し頭をひやして来なさい。さう云ふときは、氷山の浮いてゐる海の中へ飛び込むか、近くに海がなかったら、氷をうかべたコップの水の中へ飛び込むのが一等だ。」

よだかはがっかりして、よろよろ落ちて、それから又、四へんそらをめぐりました。そしてもう一度、東から今のぼった天の川の向ふ岸の鷲の星に叫びました。

「東の白いお星さま、どうか私をあなたの所へ連れてって下さい。やけて死んでもかまひません。」鷲は大風に云ひました。

「いゝや、とてもとても、話にも何にもならん。星になるには、それ相応の身分でなくちゃいかん。又よほど金もいるのだ。」

よだかはもうすっかり力を落してしまって、はねを閉ぢて、地に落ちて行きました。そしてもう一尺で地面にその弱い足がつくといふとき、よだかは俄かにのろしのやうにそらへとびあがりました。そらのなかほどへ来て、よだかはまるで鷲が熊を襲ふときするやうに、ぶるっとからだをゆすって毛をさかだてました。

それからキシキシキシキシキシッと高く高く叫びました。その声はまるで鷹でした。野原や林にねむってゐたほかのとりは、みんな目をさまして、ぶるぶるふるへながら、いぶかしさうにほしぞらを見あげました。

夜だかは、どこまでも、どこまでも、まっすぐに空へのぼって行きました。もう山焼けの火はたばこの吸殻のくらゐにしか見えません。よだかはのぼってのぼって行きました。

寒さにいきはむねに白く凍りました。空気がうすくなった為に、はねをそれはそれはせわしくうごかさな〔け〕ればなりませんでした。

それだのに、ほしの大きさは、さっきと少しも変りません。つくいきはふいごのやうです。寒さや霜がまるで剣のやうによだかを刺しました。よだかははねがすっかりしびれてしまひました。そしてなみだぐんだ目をあげてもう一ぺんそらを見ました。さうです。これがよだかの最后でした。もうよだかは落ちてゐるのか、のぼってゐるのか、さかさになってゐるのか、上を向いてゐるのかも、わかりませんでした。たゞこゝろもちはやすらかに、その血のついた大きなくちばしは、横にまがっては居ましたが、たしかに少しわらって居りました。

それからしばらくたってよだかははっきりまなこをひらきました。そして自分のからだがいま燐の火のやうな青い美しい光になって、しづかに燃えてゐるのを見ました。すぐとなりは、カシオピア座でした。天の川の青じろいひかりが、すぐうしろになってゐました。

そしてよだかの星は燃えつゞけました。いつまでもいつまでも燃えつゞけました。

今でもまだ燃えてゐます。

宮沢賢治（みやざわ・けんじ）　一八九六〜一九三三（明治二九〜昭和八）年。詩人・児童文学者。岩手生まれ。詩壇や文壇との交流がほとんどないまま、単独で作品を書き続け、膨大な原稿が残された。わずかに詩集として『春と修羅』が、童話集として『注文の多い料理店』が、生前に刊行されている。「よだかの星」の底本には『【新】校本宮沢賢治全集』第八巻（一九九五年、筑摩書房）を用いた。天体を描いた他の作品に、「銀河鉄道の夜」「昴」「月夜のでんしんばしら」「双子の星」「冬と銀河ステーション」などがある。

5 宇宙の深淵

宇宙のへりの鷲――書かれなかった小説を批評する

大江健三郎

一年前、僕の学生の時分からの友人が急逝した。かれは文芸誌の編集者で、また国際的なジャーナリストともいいうる人物であったが（近刊の『ヌーヴェル・オプセルヴァトゥール』誌の日本特集は、かれの思い出にささげられている）、大きい長篇小説を書く計画をいだいていたのであったらしい。かれには様ざまな分野で多くの友人がいたが、その誰ひとり、この野心を知らなかった。未亡人に聞くと、かれはずいぶん前から、時に思い出したようにそのプランを話していたというのだが、友人の知的生活には立ち入らなかった模様の未亡人自身は、本気でその小説の構想を受けとめたのでなかったらしい。したがってこの小説の構想については、かれがその妻に冗談のように話したものが、わずかな断片として手がかりをなすのみだ。宇宙のへりに巨大な鷲がいる。その羽ばたきが、地球上の都市に住む、それもおそらくは東京の市井に住む、主人公の魂のまぎわにまでバサバサと響く瞬間があり、それがかれの情念と思考はもとより、行為までも根本的に動機づける。片方に俗世間でのかれの生があり、かつ片方で、この巨大な鷲との、宇宙的な規模の交感があるのだ。そしてそれらは時に交錯しあう。

友人の死後、研究者のものらしくよく整理された書棚のある書斎で、なにやら場ちがいな木彫りの鷲を見た。鷲の頭から肩にかけては、幾たびも幾たびも掌でなでさすられた艶があって、それが僕に未亡人の話を一挙に現実感のあるものとした。見舞いに行った病院のベッドの上で友人が身動きする。そのように荒あらしい身ぶりをすると、頭のなかの血管が切れてしまうと、かれの妻が叱るようにいう。事実、かれは蜘蛛膜の内側を血だらけにして、また肺を血のかたまりのようにして死んだ。そのように危険きわまりない日々をなんとかかさねるようにして、かれは不治の難病を生きた後、急激に死をむかえたのである。かれがその妻の注意を聞き流すようにして、病室の高い天井を見あげつつ、僕にむけて語るべき次の言葉を舌にころがすようにして、なんとなく微笑している。内部から自発する光に、すみからすみまで照し出されているような、不思議な澄明さのかれの眼を見て僕も微笑するが、しかしいまこの友人との間には、このような会話ではない、もっと切実な、つまりはわれわれの生き死ににかさねて切実な話柄《わへい》があるはずだし、いったん口火を切りさえすれば、それは自然に進行するはずのものなのだがとも、僕は感じていた。

あの最後の病床でも、それが不治の病患であることに気がついていたにちがいない友人は、宇宙のへりの巨大な鷲と、その羽ばたきの小説を頭に浮べていただろうか？いまにも血管が破けて、それも破けてしまえばもうとりかえしのつかぬ、危険な均衡をやっとたもっている頭に。僕はあれらの日々を思いだすたびに、いいようのない痛恨にとりつかれる。そしてそれと同時に、書かれなかった小説の構想としての、宇宙のへりの巨大な鷲、その羽ばたきと交感する現代人というイメージには、あらためて友人を、文学をつうじて本当に同時代に生きた、そのような人間として再認識する思いがある。端的にいえば、ほかならぬ僕にとっても、小説の構想とは、まずそのようなかたちのものであったからだ。しかも僕として、憧憬と嫉妬をこもごも感じざるをえぬほどに、それは僕が夢見つつ決してそこに到りえぬ、はっきりした高さを持っている小説の構想であるからだ。宇宙のへりの巨大な鷲、その羽ばたきと交感する現代の人間、おそらくは友人自身……

友人は、生前とくに語ることをしなかったのであるが、かれの祖先は鹿島神宮の神裔であって、維新後の神仏分離の際、鹿島を離れたが、なお神職にある家系である。友人は文化人類学に深い関心を示して、この分野の秀れた学者を、ジャーナリズムに登場させる産婆役でもあった。かれ自身、若い頃にレヴィ＝ストロースの論文を訳出したこともある。そのかれがオランダの文化人類学者アウエハントの、構造主義的な

「鯰絵」解釈に関心をひかれなかったはずはない。安政震災を機におびただしく流布した「鯰絵」の主題を、雷神＝水神としての鹿島の神と、幾重にも両義的な鯰との闘いに見てゆくアウエハントは、友人にその家系が古代からよりそってきた鹿島の神を、新しく意識化させるものであっただろう。

そのように考えると、宇宙のへりで羽ばたく巨大な鷲という普遍的なイメージが、神道と深くかかわる家系という、友人の個人的な環境のうちに、根をおろすさまが想像される。空間的には宇宙のへりまで拡大し、時間的には神道の、あるいはその向うまで民俗的に延びる、雷神＝水神の古代にまで延長して、その空間・時間の大きい構造を覆うように、巨大な鷲の羽ばたきが、現代の都市に生きる男を鼓舞する。これはすでにいかにも明瞭な、小説の構想ではないであろうか？

われわれが小説を構想する。それを僕の小説論にそくしていえば（そのようでない小説にひきつけられぬというのではないが、読み手としても書き手としても、僕はこれから定義しようとするような小説に、やはりもっとも動かされるのであるから）、その構想のきっかけは、どのように些細なものでも良い。友人の小説の構想についていえば、その端緒はおおいに、あの民芸品とも美術的創作ともつかぬ、不恰好な鷲の木彫りだったかもしれぬのだが、あるいはそれは鷲という言葉のみでもよいわけだ。友人の好んだスタンダール、あるいはソール・ベローから、鷲のイメージがやってきたということであったかもしれない。それとも羽ばたきという喚起的な言葉、鳥の肢体の運動の呼び名でもあれば、それがひきおこす空気の振動そのものでもある、ダイナミックな言葉の印象が、まず友人を動かしたのかもしれぬ。つまりはそのように、小説の構想へのきっかけは微細なものだ。または微細なものの積みかさねでありうるのだ。

その微細なものを、全体的な構造のうちに位置づけて行く。微細なものの、それも方向性のことなったふたつ、あるいはふたつ以上のものを組みあわせてユニットとする。そのユニットが、全体的な構造の、確固とした一部となる。そしてその増幅。そのような手つづきによる小説を読む時、それを僕は書き手としての自分と小説観を共有するタイプの小説だと見なす。しかもその全体的な構造が、ついには宇宙的なひろがりを内包する方向へと拡大される時、そこにもっとも望ましい小説の構想を見出す。友人の構想が、その窮極のところに宇宙論的なもの、宇宙論的なイメージを置くものであったことは、宇宙のへりでの巨大な鷲の羽ばたきという、その核心のイメージが、端的にあかしだてているだろう。

しかし宇宙的なものを小説の構想の窮極に置くという考え方、宇宙論的なイメージをもって小説の全体を覆うという小説観は（それは小説の実際に書かれたものが、その構造の根本的な方向づけとしての全体の一部分、しかし構造的な骨組の一部分である時にも、読み手にありうべき全体を思い描かせることで、全体を覆うことになる)、かならずしもわが国の文学的状況になじみやすい考え方ではないであろう。友人が小説の構想を早くから練りながら、実際に着手することをためらっていたのは、そこに原因のひとつを見出しうるのであったかもしれない。

かれはついに書きあげることのなかった小説の構想の、宇宙的なもの、宇宙論的なイメージへの契機を、さきに見たように、その家系の古代的な神とのつながりを幼時から実感しつづけたことに負うだろうし(戦争末期には、いまその家系の長が宮司をつとめている笠間稲荷で、疎開生活をおくりもしたのだから)、身近に置いていた木彫りの鷲に触発されることもまたあったにちがいない。

しかし文学の領域のこととして、あらためてかれが意識的に、宇宙的なもの、宇宙論的なイメージの、小説における意味を考えはじめたのには、かれ自身早くからフランス語への翻訳を介して読者であった、ラテン・アメリカ文学が直接の契機をなしていよう。ラテン・アメリカ文学は、いかにもそのラテン・アメリカ的な風土と状況に根ざしながら、普遍性をもつ宇宙的、宇宙論的な構想とイメージにみちみちている文学だから。それは現実的な風土の観察のこまかな細部に、宇宙的、宇宙論的なユニットをひとつずつ見つけだしては、それを限りない自己増殖の場に移して、ついには小説全体を、作家の宇宙観のモデルとするような文学だから。

しかしラテン・アメリカ文学によるヒントが強ければ強いほど、なおさら友人にとって、この日本の風土と今日の状況のなかで、そこに具体的に根ざすものとして、かれ固有の宇宙的なものへの見方、宇宙論的なイメージの感じ方を、小説に実現することは難かしく感じられたにちがいない。僕もまた友人と同じように、強く喚起するものをラテン・アメリカ文学に見出す。それに励まされて、日本の風土と状況に立つ小説に、自分の宇宙観のモデルをつくりだそうとする試みを、(それはそのようにして自分の宇宙観をさぐりつづけ、かたちのあるものにまとめあげてゆくということでもあるが、その)試みをおこなっては、苦しい困難を経験する。そのような同時代の作家として、友人の苦渋を実際的に想像することができるのである。

宇宙的なものの表現、宇宙論的なイメージの表現を、構想のレヴェルから小説の細部のレヴェルに押し出して、さてどのように達成するか？　そのために民俗的な伝承のイメージ・システムを借りること、それはラテン・アメリカの作家たちが効果的にやりとげた手法だった。われわれの民俗的伝承にも、宇宙的なものを表現する契機となるものを見ることは難かしくない。われわれの神話は、そのまま宇宙論的なイメージとなしうるものを多くはらんでいる。しかも柳田国男を介して、われわれには、天皇制文化＝神道世界の単一な流れの外に、多様な民俗的伝承の系列を掘りおこし、それをわれわれの文学の、宇宙論的な源泉とする道が開かれている。また文化人類学者が、様ざまな国の文化のうちに発見して綜合する、神話的な人物像や事物を、われわれの神話、民俗的伝承につきあわせて、新たに自国の文学のものとしての、宇宙論的な原型をみがきあげることもできよう。さきのアウエハントがトリックスターの一典型としたスサノオや、民話のうちにしばしば探りだすことのできる宇宙樹。友人はかれの宇宙のへりの鷲を、天皇制文化系の神話のなかの、黄金の鳶に対比して、神話的想像力における両者のむすびつけをはかり、そして結局は、黄金の鳶に打ち克つ鷲を表現することもできたのではなかっただろうか？

宇宙的なものの表現、宇宙論的なイメージの表現のために、言葉によって原理的な空間の構成づけをおこない、宇宙的な空間のモデルにかさねる方法もありえただろう。われわれにとって宇宙のイメージは、まず巨大な空間のイメージであって、その超越的な空間に、個の生の息づきのまま属しているという仕方で、われわれは自己にとっての宇宙を思いえがくのではないだろうか？　したがって基本的な空間の構造をみがきあげて、それにシンボルの役割をあたえうる時、その過程をつうじて、自分の宇宙的な空間をよく把握し、かつそれを表現しうる筋みちを獲得することはできるはずだ。たとえばフォークナーが生涯の最後に到達した、宇宙観のモデルといっていい表現は、スノープス三部作のしめくくりの巻にあらわれる。ひとりの無知な犯罪者が、一生をかけて報復をなしとげた後、かれの把握する空間のかたちにおいて。それは水平軸としての地面と（そこにかれとおなじく現世の労苦をなめた人びとすべてがひそんでいるとかれには感じられているのだが）、幼年期の至福の思い出がまつわっているヒッコリーの樹が（それは一種の宇宙樹である）媒介する、天上の星にむけての垂直軸でなりたつ空間である。それは当の地面に横たわって星を見あげつつ死にいたろうとしている、報復をなしとげた老人の、宇宙観の実体として表現されており、かつフォークナー晩年の宇宙モデルとして伝達されてもくるのである。

友人においても、しかしこの空間としての宇宙モデルは、よく把握されていたのではなかったかと僕は想像する。それというのも、宇宙のへりに巨大な鷲がいて、その羽ばたきが、現世の人間に聞きとられるという構想自体に、ある空間の構成要素を、宇宙規模で考える態度がよく反映しているからだ。しかもこの巨大な鷲が住む宇宙のへりが、羽ばたきを聞く人間の内部の暗がりに実在して、しかもそれが、かれの外部のわれわれみなをふくみこむ、宇宙そのものと照応するという構図も、自然に思い描きうるからだ。内なる宇宙と外なる宇宙とを、鷲の羽ばたきが媒介するのである。それは友人の宇宙モデルの、小説におけるダイナミックな表現のために、実際的な手つづきとなりえたのではないであろうか？

もっとも小説を書く作業においては、この大きいレヴェルの宇宙論的な構想を、つづいていちいちの言葉のレヴェル、暗喩やイメージのレヴェルで具体化してゆくことこそ困難なのだ。友人が幾度も草稿を書きはじめては、それを廃棄してしまった模様であることは、かれがその妻に小説の構想を語りつづけた日々の永さと、彼女が見てきた深夜の書斎でのかれの仕事ぶりとをつきあわせて、おしはかることができる。そこで実際にその過程において、友人がおなじく小説を書く者としての僕に助言をもとめたとして、僕には具体的な方法についての答がありえたろうか？　むしろそれは僕自身が新しい小説にとりかかろうとしては、いつもあらためて経験しなおすことになる困難についてではないか？

そうだとすれば、僕は武満徹の作曲した雅楽『秋庭歌一具』を友人とともに聴き、そこに達成されている宇宙的なもの、宇宙論的なイメージの表現が、つまり武満徹の宇宙モデルが、この作曲家自身の言葉では、どのように構想されたものだったか、そしてそれがどのように音楽として実現されているかということを、二人で検討してみただろうと思う。ちなみにこのレコードは、友人の死の後、もっとも根本的なところで僕を慰撫してくれ、かつ奮起させてくれる音楽であったのだが。

そのジャケットに武満は書いている。《この雅楽のように特殊な形態のオーケストラは世に類例を見ない。それはかならずしも特殊な生を永らえたと謂うことに由来するばかりではない。純粋に物理的な見地において特殊であり、寧ろそれは奇異ですらある。だがそれがあの非現世的な魅惑に満ちた音響世界を創出しているのだ。凡そ高音に偏った楽器群、その極度に制限された機能、異質の音色の集合。雅楽は、西洋の調和《アンサンブル》の概念からは遠く隔たっている。だが、あの永遠や無限と謂うものを暗示する形而上的な笙の持続――それが人間《ひと》の呼吸と結びついていることの偉大さ――に対して、楔のように打ちこまれる筝や琵琶の乾いた響き――それは笙や篳篥《ひちりき》等とは全く異る時間圏を形成する――。そして、管楽器の、殊に篳篥の浮游する異質性《ヘテロジエニティ》は、私たち（人類）にとってはけっして古びた問題ではない。》

武満徹が、ひとつの平面の上に注意深く配置した雅楽のオーケストラ員たちを、演奏会場の舞台に広く見わたしながら（それはヨーロッパ的なオーケストラよりも、お互いの距離をあけて位置し、はっきりした指向性にのっとって舞台の両翼にまでひろがり、それらの楽器と楽人のいちいちの位置が、これからはじまる音楽の空間構成の骨組の、平面への投影図をまず呈示するようだったのだが）、冒頭、お互いに離れた位置にいる複数の鞨鼓奏者の打つ木鉦の、鋭く硬く澄みわたった音色を聴き、そして武満自身のいう、笙の永遠のまた無限の持続の音が、この平面の配置から垂直に立ちのぼってゆくのを聴く時、たちまち僕は、武満の宇宙モデルがそこに現出するのを見たのだった。しかもそれは小宇宙《ミクロコスム》としての人間たる僕の、有機的な肉体の構造の全体と、呼吸に媒介されて照しあうようでもあったのだ……

すなわち友人の小説も、具体的な細部の展開について、散文のつくり方やイメージのとらえ方、暗喩の選び方のいちいちに、言葉としての等、言葉としての篳篥の役割をはたす確実な要素をつくりだし、それらを自由に組みあわせながら、ついにはその綜合体が、宇宙のへりの巨大な鷲を現出して、その羽ばたきにより読み手の魂を震撼するところまで、工夫をこらすべきだっただろう。もとよりこれは僕自身が、自分の小説について、それもすでに書かれたものより、これから書くべきものについて、自己検討する際の指針とすべき着想なのではあるが。

さて宇宙的なもの、宇宙論的なイメージを小説において実現しようとする時、それが充分なしとげられるだけの、具体的な細部にわたる仕組みが発明された段階で、現代の小説としての、もうひとつの条件づけがあらわれてくると僕は思う。友人は僕の現代の小説としての条件づけという考えに、文学をめぐる会話をつうじて同意をあらわしてきたのでもあったから、もしかれがその小説の第一稿を新たに始める際、僕に激励をもとめるということがあったとして、次のような忠告に反撥することはなかったのではないかと思うのである。——きみの出発点の構想、宇宙のへりの巨大な鷲の羽ばたきというイメージは、申し分なく宇宙論的だし、その羽ばたきに鼓舞される現代のひとりの人間を考えて、かれを媒介に小説を進展させる仕組みもまたすぐれている。つくづく僕はそう思うよ。しかしこの小説が、いま現にきみによって書かれねばならぬ必然性を考えよう。それはこの小説の言葉を、現にきみの手が書きつけてゆく。

そのきみの肉体の熱と重みが読み手に感じとられ、呼吸の気配までつたわってくるということで、はじめて納得されるものだと思うね。私小説とそれにつらなる書き方の小説において、これはもっともやさしく呈示されうるものだ。しかし宇宙論的な構想というように、極大のところから出発して架空の物語をつくり出そうとする場合（それがきみ自身の家系とおおいにからみあっているにしてもさ）、いったいその小説は、現にいまこの時代を生きている書き手の、状況にかかわっても、本質にさかのぼっても、決して他の人間といれかえ可能でない、その肉声をどうすれば響かせることができるのか？　それが一番の問題点だと思うね。きみ自身それが乗りこえがたい問題点だと感じるからこそ、この小説を実際に書き出すまで、永くためらってきたのじゃないか？　さて、この宇宙論的な構想と、現実のきみ自身のいまのありようとを、どのようにして読み手の眼に、一挙に呈示するように書き出すことができるか？　それを考えて見ようじゃないか。

友人が脳のなかを血だらけにし、肺もまた空気よりは血でみたすようにして昏睡状態に入って以後、僕はまったく役に立たぬ人間の辛い心で、幾たびも病室のすみに立ったものだ。人格としての友人が生きているというより、その有機体としてのメカニズムのみが生きているようであり、いまとなってはすみやかな死こそ望ましいことなのに、そのメカニズムを死にむけて沈黙させるためには、具体的な大きい暴力が必要だと感じられる。そこで僕は、やがてくるものとしてあらがいがたい僕自身の死の時の、恐怖の叫び声を肉体に予行演習するようにして、病室のなかでもっとも確実に生きている、無益な呼吸を援助する空気ポンプを見つめていた。

しかし、あらためてその病室での経験を思いかえすうちに、じつはあの時、ついに書かれなかった友人の小説を、かれの肉体の上に読んでいたのだという気がしてきたのだ。空気ポンプに強制されるまま、あわただしく苦しい呼吸をする友人の、その頭脳がなお生きていたとするならば、恐しい発熱にうかされるようにしてであれ、それならばむしろさらに濃密に、かれは宇宙のへりで巨大な鷲がおこなう羽ばたきを聞いていただろう。そして鹿島の雷神＝水神につらなる家系について、おそらくは幼年から少年にかけてのかれがおこなった、様ざまな夢想を思い出してもいただろう。われわれは自分の幼・少年時をくぐりぬけて、自分の属する血の古代を訪れることがあるのだから。そしてまたフランスでの青春時に経験した愛や、そのほか帰国して編集者として働きながら、その胸のうちに花ひらかせ、あるいはわだかまらせたことにいたるまで、さらに明日にたくした思いについてもまた、それを宇宙のへりの巨大な鷲の羽ばたきごとに、ひとつひとつ明確なシーンとして思いえがいたことだったろう。そしてしだいに加速しつつ近づく死に対峙している、ベッドの上の男、そのようなあり様の友人そのものに、かれの小説は実現していたはずではないか？　その時たれが、この宇宙論的な構想に立つ小説は、確かに規模として壮大だが、きみ自身の肉体の熱と重さ、息づかい、また現にきみが生きてきた運命と状況に密着していないと、友人にむけて否定しえただろうか？

……僕が死んだ友人の小説について、それもついに書かれなかった小説について、批評としての文章を書くこと、それはもとよりゲームとしての試みにすぎない。しかしその僕は、なお生き延びて小説を書きつづける人間である以上、このゲームのような試みが、自分として新しくとりかかるべき小説のための、宇宙的なもの、宇宙論的なイメージの構想を整備するために、有効な試みであるとも感じているのである。すなわち僕は、死んだ友人がついに書かなかった小説について、もうこれ以上、幻を追いもとめるようなことはしないはずだと思うのだが、しかし自分の小説にむけて永くつづく仕事の、その一夜ごとをすごすたびに、おそらくそのいちいちの夜一度ずつは、宇宙のへりからの巨大な鷲の羽ばたきを聞くはずだろうとも思うのだ。当の巨大な鷲の背には、高校でフットボール選手だった面影をなおのこしている、若かった時分の友人が、宇宙のへりの暗黒からくっきりと浮びあがる、たくましい肩つきをあらわして微笑しながら乗っていよう。

大江健三郎（おおえ・けんざぶろう）　一九三五（昭和一〇）年〜。小説家。

愛媛生まれ。「飼育」で芥川賞、『個人的な体験』で新潮社文学賞、『万延元年のフットボール』で谷崎潤一郎賞、『洪水はわが魂に及び』で野間文芸賞を受け、一九九四年にノーベル文学賞を受賞している。「宇宙のへりの鷲」は一九八一年一月に『新潮』に発表された。底本は『大江健三郎同時代論集』第一〇巻（一九八一年、岩波書店）を用いている。天体を描いた他の作品に、「火星人の威信」「月の男」がある。

宇宙人

倉橋由美子

目をさまして片脚をベッドからたらしたとき、ぼくは床ではないものに足がふれるのを感じた。いつもそこにあるはずのスリッパがないのもおかしかったが、それよりも、足の裏でなでまわしているものの一種独特の足ざわりがぼくを不安にした。まるで大きな卵にさわっているみたいだ。卵！ とぼくはほとんど叫びそうになったほどである。堅くてなめらかだが、じつに脆く、足に力をこめると黄味のなかへ腿までふみこんでしまいそうな感じは、まさしく卵だった。でも卵だとすればこれはとほうもなく大きな卵にちがいない。しばらく眼をあけたまま、ぼくはベッドからおりる決心のかたまるのを待った。しかし床にとびおりた瞬間に、床だとおもっていた殻が破れ、卵のなかふかくおちこんでいくかもしれないというばかげた心配がなおもぼくをしっかりととらえていた。

もちろんこれは子どもっぽい夢のつづきみたいなもので、なにも卵をおそれることはないのだとおもい、毅然として床をみわたしたそのとき、足もとでじっさいに大きな卵がゆらりと動いたことにはもう大して驚かなかった。たしかに卵だった。それはぼくの枕よりひとまわりも大きく、ついさっきぼくが生みおとしたかのように、ベッドのわきにころがっていた。

「L、卵を生んでるよ」とぼくは叫んだ。そして主語をつけくわえようと思案してみたけれど、こんな卵を生みそうな動物をおもいつくこともできなかった。ぼくはむこうの壁ぎわでまだ眠っているらしい姉のLをおこしにいった。Lをおこすのはよく眠っている猫にいたずらでもするようなものだ。やわらかい肉のあいだから爪でも出すように脚をつきだし、不機嫌な光のたまった眼をゆっくりとあけるところはまったく猫だ。そのあたたかい足を両手にとってくすぐっていると、ふいにLは起床ラッパをきいた少年兵のように、さっと身をおこした。

「卵だよ」とぼくは多少弁解がましい声でいった。Lは片手で長い髪をととのえるとまっすぐに卵をみつめ、笑いもしないでいった。

「宇宙人の卵ね」

「宇宙人の？」

「そうよ、きまってるじゃないの。宇宙人の卵よ」

ぼくはこの断定にすっかり気をのまれて曖昧な笑いをうかべていた。二つちがいの姉がけさは急に母親ほどの年になっており、ぼくだけが玩具箱のなかから大人の世界をながめているようなぐあいだった。なによりも、Lの顔に感激や驚愕の色がみえないのは、Lがこうしたことについてはすでに充分大人の知識をもっているからにちがいない、とぼくはおもった。そう判断すると、ぼくはいっそう自分にがっかりした。いつもとちがって、ママの大きな声がきこえてくるまでベッドのなかで二匹の猫みたいにくすぐりあってふざける気にもなれなかったほどだ。

「どうしたらいいかな」とぼくは自信のない声でつぶやいた。Lがなにかいい知恵を出してくれることを期待していた——たとえばLはものを隠したりこわしたりするのが上手だった——が、彼女はまじめな顔でいった。

「わかってるでしょ、孵《かえ》さなきゃいけないわ」

「だからどうやって孵すのさ」とぼくはとっさにそうききかえし、学校の先生がやるようにしかつめらしくひきしめられているLの口もとをみつめた。

「ベッドにいれてあたためるといいわ」

それはもっともな考えだとぼくはおもった。そこでさっそく卵を自分のベッドのうえにもちあげにかかった。卵をかかえおこして床に立てると、Lに手を貸してもらってそれをベッドにおしあげた。意外に軽かったけれども万一不注意から割るようなことがあるといけないとおもい、汗をかいた。

　朝目をさますたびにぼくとLはきょうこそ卵が孵ってぼくたちのみたこともない動物が床のうえにはいだしてねそべっているにちがいないという期待にみちびかれて床をみわたすが、リノリウムの清潔な床のうえにはなにもない。二人でベッドの下ものぞきこみ、両側からさかさまにたれさがった顔と顔をみあわせたのち、パジャマとともに裏切られた期待もぬぎすて、毛布にくるんだ卵を点検した。まったく異常はない。こんなに孵化しにくいところをみると、生まれてくる動物はよほど気むずかしくて高等な動物ではないかとおもい、Lもそれに同意していた。「まあ気長く待つべきね」と彼女はおちつきはらった親鳥の声でいい、夜は自分の腹を卵におしつけたりしていたが、ぼくは心配でたまらなかった。ぼくたちの孵化法が根本的にまちがっているのではないだろうか？　たとえばあたためるかわりに冷やすのがこの珍しい卵には有効かもしれない……常識に反することはいくらでもありうるわけだ。なにしろ宇宙人の卵だから。Lはそれでも依然として確信にみちた態度で卵にのぞんでいた。毛布を剝ぎとって卵を陽のあたる場所に移すと（Lの意見で日中は太陽を利用してあたためることにしていた）、殻を指ではじいてみたり、耳をつけてなかの物音をきいたりするのだった。

「なんにもきこえないわ。孵るのはまださきのことね」

「いつごろになるんだ？」

「まず最低一週間さき」

　つまり、ぼくが計数工学の授業でおそわったハートリーの法則がこの卵にも働いているらしく、フォン・ノイマンの定数は一週間で、いつきいても、孵化するのは一週間後という答がえられるわけだった。Lのまじめな顔をみるとこの冗談みたいな法則がほんとに卵を支配しているような気がしてくる。

「あわてることはないわ。きっと孵るから」

　だがぼくはすでにわるい予感の脳腫を頭からとりのぞくことができない段階に達していた。卵のなかではとっくに逆転がおこっていて、このままいくら太陽を浴びせてみても、いやそうすればするほど卵のなかの死は大きくなり、たまりかねて殻を割ってみると、ものすごい死と腐敗の塊があらわれるのではないか？

　Lはぼくの心配を一笑に付して学校へでかけていった。そしてすぐ帰ってきたのは、ぼくがLの留守中に卵をどうにかするおそれがあると感づいたからにちがいない。こんなときにLが発揮する直観力は驚くほど的を射る。じっさいぼくはきょうこそLには無断で卵を割ってみようと決心し、登山用の小型手斧や金鎚を用意すると、夢のような光のうぶ毛に包まれている卵をおもいつめた眼でみつめていたのだった。引返してきたLはそれを扉のすきまからのぞいていたにちがいない。「やめて、はやまったことをしないで！」とまるで自殺者でも制止するように息も荒くとびこんできてうしろからぼくのわきの下に腕をさしこんだが、それでもぼくはなんの成算もなく斧の刃を卵にうちおろしてしまった。

じつに脆い割れかただった。卵のなかみを傷つけないように、ほとんど力をこめずに一撃しただけなのに、殻は薄い氷のように割れて、勢あまった斧は吸いこまれるように卵のなかふかく切りさげられていた。Lは悶絶する直前の悲鳴をあげた。そのときぼくの手は卵のなかのくらやみで斧を失った。どうして手放したのだろう。すぐさま割れめからなかをのぞきこんだが、なにもみえなかった。

「どうしたの？　あなた、なかの仔に切りつけたんでしょ」とLは非難がましくいい、ぼくを押しのけてなかをのぞきこんだ。「なんにもないわね」

なかはまっくらだった。ふつうなら光の侵入をうけてなにかをみせるはずなのに、この暗黒は稠密な物質のように光を拒んでいる。といってどろどろした液体や堅牢な固体がそこにあるわけではなく、じつはなにもない。稀薄なガスさえない感じなのだ。手をさしいれてさぐるのも不安だった。「弱虫！」とLはいい、かいがいしく家事にとりかかる主婦のように腕をまくるといきなり肩のところまで腕をつっこんでしまった。Lのどこにこんな鈍感な勇気があったのだろうとおもいながらみているうちに、

Lは顔色をかえ、声にならない叫びをあげて助けをもとめるそぶりになり、一瞬ぼくは卵のなかにひそんでいた動物が、Lの手のきびしい追求に逆上して窮鼠のようにがぶりと咬みついたのではないかとおもったほどである。力まかせにひきずりだすと、Lはたわいなく尻もちをついたが、このとき卵のなかの暗黒に溶けたか未知の動物に喰いちぎられたかしてその腕を失っていたわけではなく、いつものようにしなやかな腕がちゃんと肩からぶらさがっているのでぼくはひとまず安心した。

「どうしたんだ？　なにがいたの？」

「なんにも」とLはひどく拒絶的な表情をして首を振った。「なんにもいない。というよりなんにもないのよ。宇宙空間みたいに」

　これはたしかにただのから
っぽではないとぼくもおもった。ちっぽけな真空とはちがっている。もう一度のぞいてみると、べつの宇宙でもみるようなめまいをおぼえた。そしてわけもなくこの暗黒の穴からどこかへ消えてしまいたいという誘いがぼくの身をふるわせるのだ。たぶんLもおなじことを感じていたのだろう。もう迂闊に手をつっこんだりすべきではなかった。Lは姉の威厳をとりもどすと断乎としてそう主張し、ことさらぼくを子ども扱いして、純潔な少年がこんな誘惑に吸いこまれることをけっして許さないというかまえだった。

「こうなったら」とLは工事現場の責任者の口調でいった。「叩きこわすよりほかに手はないわ」

いったいなにを、と問いかえすまもなかった。Lが小型のハンマーをとりあげてつづけさまに卵を叩くと、殻は脆くもひび割れ、ぱらぱらとくだけおちた。それがいままで包んでいたくらやみのなかへおちてしまうのだから、殻の破片はハンマーの一撃ごとに消えてなくなるというわけだった。

「近よっちゃだめ」とLはいい、たちまち三分の一ほど殻をうちこわした。いまや包皮を失った卵形の暗黒が、そのむきだしの頭をあらわしていた。なんというばかばかしさだろう。ふつうなら光に食われて消えうせてしまうはずの暗黒が、もとの形のまま、なめらかなつやをもつ亀頭のように光のなかにつきだし残りはまだ白い殻におおわれている光景に、なにを連想したのかLはふいにけたたましく笑いだし、気でも狂ったようにとめどがなかった。しかしげらげら笑っている場合ではなかったのだ。ぼくは息をのみ、Lも涙をうかべたまま声を凍らせた。卵のなかから、というより卵の形をした暗黒のなかから宇宙人があらわれたのだった。どうして宇宙人だとわかったのか、ぼくにもわからない。でも宇宙人であることにまちがいなかった。じつにくったくのない姿勢で、両手と両膝をついてはいだしてきた。もう暗黒はなかった。宇宙人のうしろで出入口がしまるようにとじてしまったのだろう。一部始終をみていたぼくたちにもこうした事態はひどく曖昧で、どういう仕掛けが働いたのか、うまく説明することができない。とにかく宇宙人ははうことをおぼえた赤ん坊の姿勢でそこにいたし、どこか別の世界からやってきたというより、ずっとそんな姿勢でそこに存在していたとしかみえなかった。背中に卵の殻の破片をくっつけたまま、裸で。しかし宇宙人が裸であることに気づくまでにはかなりの時間がたっていたかもしれない。どんな動物にしろ生まれてくるのは赤ん坊にちがいないし、赤ん坊がきちんと服を着て生まれてくるとはだれも期待しないだろう。それにこの宇宙人にはおよそ毛というものがなく、頭髪さえなかったので、裸の印象がいっそうつよかったのかもしれない。最初からぼくは毛むくじゃらのモンキーみたいな動物を予想していたわけではなかった。といってこんなマヌカンみたいな動物があらわれるとはおもってもみなかった。なんとなくおかしくてにやにやと顔をゆるめていると、Lはきつい眼でぼくをにらんだ。まるで痴漢でもにらむようだった。なにか誤解していたのだろう。裸の宇宙人に必要以上の関心をしめすのははずかしいことだと気がついたので、ぼくはてれかくしに笑い、「もうパパが帰ってくるころだな」といった。「それまで宇宙人をベッドの脚に縛っておいたほうがいいとおもうけど」

Lは色をなして反対した。そんな失礼なことはできないというのだった。そういわれてみるとそのとおりかもしれないが、その理由はわからない。とにかくぼくには宇宙人をどうしていいかわからなかった。

「さあ、産湯をつかわさなくちゃ」とLがいった。そういうLは若い妻みたいで、ぼくが若い夫で、ぼくたちははじめて子どもをもった若い夫婦のような気分になり、さっそく宇宙人を浴室へつれていくことにした。宇宙人の手をとって握りしめると、それは姉の手と大してかわらない感じだった。そしてぼくはそのことに多少こだわったが、いまはこの宇宙人を逃がさないことが第一だと自分にいいきかせ、力をこめて浴室のなかにひきずりこもうとした。犬なんかも入浴をいやがるものだから、とぼくはひとりで合点していたのである。じっさい、宇宙人の頑固なしりごみを手に感じてぼくはおもいきりひっぱったが、そのとき濡れた床に足をすべらせたのか、宇宙人ははげしくころんだ。「気をつけて！」とLは叫んでその膝のうえに宇宙人の頭をだきあげ、ぼくも心配になって宇宙人の顔をのぞきこんだ。でもなんの表情もない。なにしろ眼も口もないのだから、どう判断していいかわからなかった。といってもこの顔はのっぺらぼうではなく、ちゃんと形のととのった顔なのだが、ただ、眼も口もまっくらな穴にすぎないのだった。あの卵のなかにあった暗黒にそっくりだった。義眼や義歯をいれてやればすこしはましになるだろう、とぼくは考えた。あんな穴をみているとなんだか不安になる。

Lは宇宙人のからだを洗うことに熱中していた。まず腕から洗いはじめ、つぎに首を洗って、それから胸にたっぷり石鹼を塗っているところだった。それは女の胸の形をしていた。どうしていままでそのことに気づかなかったのだろう。この宇宙人は女性らしい。ぼくはそれをLにいおうとしたが、ちょうどLは宇宙人のうえに身をかがめていたので、スリップのすきまから西洋梨の形にたれさがった乳房がみえた。ぼくはなんとはなしにそれを宇宙人の乳房とくらべながら、Lのには小さい乳首が頭をだしているのに、宇宙人のにはそれがなく、まるで林檎のおしりのようになっていることを発見した。そこにもくらやみにつづく穴があいているらしかった。そしておヘソもふかい穴だった。しかしそれをよくみようと首をのばしたとき、Lの軽蔑したような眼がぼくを刺したので、あわてて両手に石鹸をつけ、「手伝おうか?」といってみたが、Lは鼻を鳴らし、「いいわよ。男の子はあっちむいてて」と冷たくいった。そういわれるとはずかしさでたちまちからだが熱くなり、一方では好奇心が硬くふくらんでくるのを感じて困惑しながら、Lの手が宇宙人の股のあいだへすすんでいくのを盗みみた。突然Lは立ちあがった。なにかに驚いたというより憤慨しているようにみえた。

「どうしたの?」

「いいから、あんた、やってちょうだい」

みると、宇宙人の下腹の泡のなかから薔薇色の円柱が直立していた。たったいまLの掌を傷つけた兇器のようにみえた。ぼくのもっているあれと同じものにちがいない。

でもそれがぼく自身の恥のようにあかあかと輝いて立っているのはどうしたことだろう？　ぼくは息をつまらせたが、あまりのこっけいさに、舌を巻きあげるようにしてげらげら笑いだしたのはまずLのほうだった。ぼくはもう笑いだすこともできなかった。

「さあ、まっすぐに立ってごらんなさい、いい子だから」

Lは笑いやめると妙に母親じみた調子でそういい、宇宙人の男の部分から脚にかけて、こだわりのない手つきで洗っていったが、柱でも洗うようだ。ぼくはこのふしぎな柱を正面からつくづくとながめた。ふくらんだ胸はあきらかに女性のものだったし、股間の剰余は男性のものだった。だがこの奇妙な姿にもかかわらず、宇宙人はすこしも怪物的にはみえなかった。それどころか、もともとこうした両性具有こそ宇宙人にふさわしい属性のようにおもわれるのだった。ぼくの頭のなかに完璧な人間ということばがうかび、そのエチル・エーテルのような揮発性の観念がぼくを酔わせた。

「ちょっと、みてごらんなさいよ」とLが熱い声でぼくを呼んだ。宇宙人はLの手で両足首をつかまれ、おむつをとりかえられるときの赤ん坊の姿勢でじっとしていた。もちろん宇宙人は赤ん坊のように小さくはなかったので、このあられもない光景にぼくはひどいショックをうけた。Lは、「ほら、みて」といいながら片手でぼくをまねきよせた。ぼくも熱心そうに顔をよせた。解剖実習の学生みたいにぼくたちはそれをみつめた。緊張と興奮のあまりぼくはギラギラ光るコンタクト・レンズを眼にはめたような感じだった。最初、その部分はひどく複雑な形にみえた。とても理解できそうにないとおもうと、眼は狼狽の不透明な膜で包まれ、ますますわけがわからなくなる。「ここにも毛がないんだね」とつぶやいたら、「ばかねえ」とLの手が蟹の鋏のようにぼくのわき腹をつねった。「よくみとくといいわ、ちゃんと眼をあけて」

「グロテスクだな」とぼくはなにげなくいったが、Lは一瞬不機嫌になり、「まあね」といったまま立ちあがった。そこでぼくは多少気を楽にして観察することができた。依然としてそれは複雑怪奇な形をしていて、まるで咬みつきそうだ。みなれないせいだろうとぼくはおもったが、いくらみてもけっしてみなれることのないものもあるかもしれない。女のひとの性器なんかそうだけれど、いまぼくがみていたものはまさにその女の性器なのだった。しかしそれをみるのは生まれてはじめてだから、確信はもてなかった。ひょっとすると、この宇宙人の性器は畸型なのかもしれない。ぼくはLの顔をみあげた。

「どう?」とLがいった。

「Lのもこんなふうなの?」とぼくはきいた。

「ばか。あんたなにをみてるの?」

「つまり」とぼくは口頭試問に失敗した生徒のように度を失っていいなおした。「女のひとのあそこって、こんな形をしてるんだろ？」

「ああ、それなら」とLは口ごもりながらいった。「……たぶんね」

「知らないのかい、自分でもってるくせに」とぼくは図にのっていった。

「だって」とLは自信を失った声でいった。「自分じゃみえないんだもの」

「だめだなあ、そういうことじゃ。来月にはお嫁入りだというのに」

「関係ないわ」

　Lはタオルを振りまわしてぼくに襲いかかってきた。いつもやっていることだが、いまここでとっくみあいをはじめるのは考えものだった。ぼくはおちついた声で、「けんかはよそう」といい、猫を呼びよせるときにする邪心のないやさしい眼をしてLをみた。するとLのほうは、忠実な犬の眼にであったかのように心をやわらげ、自分が愛されているとおもって上機嫌になるのだ。たしかにぼくはある意味ではLを愛していた。

　Lは気をとりなおすと両手をひろげて大げさに宇宙人をつかまえた。

「はやく洗っちゃいましょうよ、パパやママが帰ってこないうちに」

　それにはぼくも賛成だった。パパやママにこんなところをみられたら、どう説明していいかわからない。第一、ぼくたちはまだ卵のことさえ話してなかったのだ。でもこうしてぼくとLとを算術平均したくらいもある宇宙人が卵から生まれた以上、いつまでも隠しつづけるわけにはいかないだろう。育児についてはママの経験が役にたつだろうし、餌その他に要する費用についてはパパの了解が必要だ。

「でも」とぼくはいった。「あのことはいわないほうがいいとおもうよ」するとLは乱れた髪のあいだから魔女のような眼でぼくをみた。それはいままで額のまんなかで眠っていた第三の眼のようにみえたほどだった。そしてぼくが男女両性の性器をそなえた宇宙人のその部分を指さすと、彼女はうなずき、呪文めいた調子でいった。「ああ、ヘルマフロディト！」


「だれかいるの？」とママの声がした。夜の講義を休講にして帰ってきたのだろうか？　ママはぼくの大学の比較文学の助教授だった。Lがすばやくドアに掛金をかけながら答えた。

「いま宇宙人をお風呂にいれてるところだけど」

宇宙人なんていっちゃまずい、とぼくはLにささやいたが、ママは講義をするときの太い圧力の強い声で、「Kもいっしょですか？」といった。

「ええ。二人がかりでないと……けっこう図体が大きいもんだから」これはあまり意味をなさない返事だった。

「なんですって?」

「つまり、宇宙人なんです」とぼくはやけくそになってどなった。ママがしばらく黙ったのは、きっと宇宙人について想像しているのだろう。

「兇暴じゃないでしょうね?」とママがたずねた。

「とてもおとなしいわ」とLが答えた。そして彼女は宇宙人の胴をバス・タオルでくるむと、ドアをあけてママにみせた。「これよ、ママ」

「まあまあ」とママは意味もない声をあげ、「そんなかっこうじゃ風邪をひくわ。Lのガウンでも着せてやりなさい」というと、もうエプロンをして台所にはいってしまった。

ぼくはがっかりしてLの顔をみた。Lも肩をすくめた。ママのような年齢の大人には宇宙人なんかかくべつ珍しくはないのかもしれない。それにしても、ママは宇宙人をほとんどみもしなかったのではないか?　あの目つきは首を切りおとされたニワトリの眼にそっくりだった。悪いことやばかげたことにであったときママはそんな眼をする。それをみると、ぼくは四十歳をすぎた女というものに殺意を感じるほどだ。もうすこし説明する必要があるとおもって、ぼくは台所にはいっていった。ママは象のように広い背中をこちらにむけて腿肉の塊を角切りにしているところだった。それをみるともうなんにもいえない気分になった。

「Lを呼んでいらっしゃい」とママがいった。「今夜はSさんがいらっしゃるというのに、料理くらい手伝ったらどうでしょうねえ」

Sはしの婚約者で、経済史の講師だった。そのうちにパパも帰宅した。パパは地検の検事だった。ぼくが宇宙人のことを話すと、パパはむずかしい顔をした。

「そんなものがどうしてうちにやってきたのかね?」とパパは疑わしげにいった。

「どこかで飼っていたやつだろう。まさか野生の宇宙人がこんな街なかにあらわれるはずはないからね」

「それが」とぼくは次第に自信のうすれていく声で説明した。「じつはぼくたちの部屋で卵から生まれたんです。これくらいの卵から」

「ずいぶん大きい卵だな。それで、殻はあるだろうね?」

「みんな穴のなかにおちてなくなってしまいました。つまり、なんといったらいいか、その殻が包んでいた無限のくらやみ、みたいなところへおちて消えうせてしまったんです」

「そんな話を世間のひとが信用するとおもうかね?」パパは検事の口調できびしくいった。「証拠の殻もないじゃないか。とにかく、だれかが飼っていたやつだろうから、さっそく警察に届けを出しておきなさい。遺失物拾得届けだ。もし飼い主が不明でうちで飼う場合は、保健所に登録する必要がある」

「そういう種類の動物じゃないとおもうんですが。ちょっとみてくれませんか?」

「まあ待ちなさい。ひと風呂浴びてからのことだ」

パパもママもどうしてこう冷淡なんだろうとおもいながら食堂にはいっていくと、Lが宇宙人を食卓につかせ、牛乳を飲ませているところだった。ベルが鳴った。

「Sだよ。どうする?」

「いいわよ。みんなに宇宙人を紹介すればいいじゃないの」

それももっともだとおもった。しかしSもパパやママと同様に、宇宙人にはほとんど関心をしめさなかった。まるで、まじめにみることさえしないで自分たちのあいだの挨拶ばかり熱心にとりかわしているので、宇宙人を紹介するひまもないくらいだった。

婚約した男というものはなんとなくこっけいにみえる。頭も靴もピカピカに光らせ、礼服を着て、その背中に正札をぶらさげて歩いているようなところがある。Lの婚約者もそうだった。おまけにかれの場合は大学の構内に迷いこんだ豚という印象があった。三十歳なのにふとりすぎている。そのことはしょっちゅうLにいってやるのだが、するとLも心から同感し、でも結婚するにはそういう男がいいというのだった。そしてL自身もSのまえでは日曜日に教会へ行く娘たちのひとりのようにきまじめにふるまい、皿のうえでフォークが跳ねたといっては笑う娘になりすましている。ぼくからみるとおかしなお芝居にすぎない。Lは猫に似ているので、けっして笑わないでいるほうが魅力的なのだ。

食事が始まるとSはあらあらしく鼻を鳴らして食べはじめた。ふとっているので、ものを食べるとき息切れがするらしい。餌を食っている豚とおなじことだ。それをLに目くばせで知らせようとしたが、彼女は足もとにねそべっている宇宙人に食物をやるのに夢中だった。

「おとなしい宇宙人ですね」とSがお世辞をいった。犬か猫をほめる調子なのでぼくはおもわずむっとしていった。

「ただの宇宙人じゃないんです。両性なんです」

「ほう、両性?」とSはいった。「つまり畸型なんですね」

「ヘルマフロディトのことでしょう? 法医学の本で写真をみたことがありますよ」とパパがいった。「あれはたしか、ギリシャ神話のヘルメスとアフロディテからきたことばだったね?」

「そうですわ」とママはきびしい顔をしていった。話が性に関係してくるのは断じて許さないという顔だった。つぎの瞬間ママは比較文学の助教授ではなく主婦として、愛想よくいった。「Sさん、このフライド・チキンをもうひとついかが？」

「宇宙人にもちょうだい」とLがいった。みると彼女は大きな宇宙人を膝のうえにだきあげていた。

「まあ、L！　なんてお行儀のわるい」

しかしLは険悪なママの声にはおかまいなしに宇宙人の口のなかにどんどん料理をおしこんだ。

「ほらね、よく食べるでしょう」

Lは感動したようにそういったが、ぼくはそのときふと遠い危険の徴候みたいなものが頭のなかでぶんぶんと翅音をたてるのに気づいた。つまり、この宇宙人はいくらでも食べるのではないかということだった。たちまちぼくはあの卵のなかにひろがっていた薄気味わるいくらやみのことをおもいうかべた。あれとおなじ暗黒の空間がこの宇宙人のなかに封じこまれているとしたら、なにをどんなに投げこんでもはてしがないだろう。ばかばかしい話だが、宇宙人は無際限に食うのではないか？　たとえば、この世界のあらゆるものをのみこんでしまうこともできるのではないか？

「大した食欲ですねえ。でも元気があって丈夫そうで結構ですよ」とSはいい、自分の皿からフライド・チキンをとって宇宙人の口にいれようとした。その瞬間、操り人形の動作に似た唐突さで口がひらき、口のほうからはげしく襲いかかったのか、手のほうで吸いこまれたのか、Sの腕は手首を失っていた。いや、宇宙人の口のなかに隠れてしまったのだ。いくつかの悲鳴のなかでぼくはにやりと笑い、Lもぼくにウィンクした。きっとLが宇宙人をけしかけてSの手首をくわえこませたにちがいない。Sはみるみる血の気を失い、薄いゴム製品みたいにしぼんでいくようにみえた。

「だめよ、おいたしちゃ」Lは歌うようにそういうとSの腕をひきだしてやった。Sは鰐の口からでてきた腕でもみるように自分の腕をながめ、切断されないで残っていることをほとんどいぶかしがるふうだった。

「弱虫ね」とLが笑った。ぼくは溜飲をさげた。

「人畜に危害を加えるようだと保健所で処分してもらわなきゃだめだぞ」とパパがかんだかい声でいった。「警察に届けて一時保管してもらうほうがいいかもしれない。いずれにしてもうちで勝手に飼うわけにはいかんな」

Lは腹立ちまぎれに、もっていたフォークを宇宙人の口のなかに投げこんだ。みんなあっけにとられたが、ぼくはフォークがポストにでも投げこまれたように、うつろな音をたてるのをきいたような気がした。でもほんとうは音もたてないで消えてしまったのだ。フォークはどこへ行ったのだろう?

「はやくどこかへ捨てておいで」とママがいった。

「ばかなことをいうんじゃない。危険物遺棄および道路交通取締法違反で罰せられる」

「捨てたりするもんですか」Lはすごいけんまくでそういうと宇宙人と腕を組んで立ちあがった。

「どこへ行くんです？」

「散歩よ」

「散歩ならS君といっしょに行きなさい」とパパがいったが、Lは「宇宙人といっしょに行くわ」といい、食堂から出ていった。SのまえでLがこんな態度をみせたことはかつてなかったとぼくはおもう。

「すみませんね、気まぐれな子で」とママがいった。「それより、おけがはありませんでした？」

「いや」とSはややぎごちなくいった。「大丈夫のようです。歯で咬まれたわけではありませんから。それにしても……」とSはその皮膚が味わった虚無のなごりをこすりおとそうとするかのように、しきりに腕をこすった。「あれは危険だとおもいますね」

　ぼくはLと宇宙人を追って外へ出た。大通りに出たところに交番があり、案の定Lはそのまえでひきとめられていた。中年の巡査が訊問していたが、ほとんど宇宙人をみもしないで直立不動の姿勢をとっているのだった。

「散歩のときは丈夫な鎖をつけないといけないね。それに未登録のようだな」

「どこへ登録するんです?」

「保健所だ。予防注射はすませたかね?」

「狂犬病のですか?」

「そうです。それから、裸はいかんなあ。腰のあたりに布でもかけたほうがいい。糞便その他は飼主が責任をもってしまつするように」

パパとおなじようなことをいうじゃないか、とぼくたちは笑った。

そのパパは翌日からしばらく出張だった。ママは毎日研究室で忙しかったし、ぼくたちは鎖もつけず、登録もせずに、裸のままの宇宙人といっしょにくらしはじめた。

だがほんとうのところ、一週間もたつとぼくたちはもう宇宙人をもてあまし気味だった。といっても、宇宙人が、あたりかまわずおしっこをしたり不潔な瘡をこしらえたりひとを嫌っててこずらせたりしたというわけではない。そんな種類のやっかいは全然なかったということができる。たとえば排泄については、ひとりで便所に行けるようになるまでは仔猫の場合と同様に砂箱を用意するつもりでいたけれど、宇宙人はいくら食べても排泄することがないとわかったので、この手間ははぶけたのだった。また、このことにはもっとはやく気づいてもよかったが、そもそも宇宙人には食物を与える必要がなかったのだ。食べさせれば牛一頭でもトラックでも食べてしまうだろう。でもそれは宇宙人の口をとおして底なしの地獄にものを投げこむようなもので、あのかぎられた体積しかない身体のどこにおさまるのか、おびただしいものがきれいに消えうせてしまうのだ。最初は退屈しのぎにいろんなものをほうりこんでみたが、じきにやめた。もしも宇宙人が兇悪な食欲の持主だったとしたら、ぼくたちの世界は遠からず喰いつくされるという危機に直面したことだろう。ところがさいわい宇宙人はなにひとつ要求しなかった。そして完全に従順だった。それは当然のことだ。自分のほしいものもなくしたいこともないわけだから。ぼくたちはおもいどおりに宇宙人のからだを動かすことができた。かりに意識とか霊魂とかいったものが宇宙人にあったとすると、それをつうじて宇宙人のからだを自由にしていた、というべきかもしれないが、よくわからない。ただ、犬にそのしっぽを振らせるような働きが犬の意識だとすれば、宇宙人には意識がなかった。主人に甘えたりすることはけっしてない。その意味で、宇宙人の従順さは家畜のそれよりも人形のそれに似ていた。ぼくたちがいささかとまどってしまったのも、そのことに関係があった。宇宙人はぼくたちが望むように動く。そこでぼくたちはたえずなにかを望まなければならなかった。そのうちにぼくたちは面倒くさくなり、部屋の隅へ蹴とばして、二、三日そのままにしておいたこともある。するとそのあいだおなじ姿勢でころがっているのだが、そんなとき、宇宙人はこわれた人形というより、図太いナマケモノという感じを与えた。あまり埃がたまったので、ぼくはひきおこして叩いてやった。叩いているとなんとなくボクシングになり、ぼくは相手をサンドバッグがわりに殴りつけたが、すぐやめてしまった。肉に拳がめりこむときの異様な感覚が薄気味わるかったからだ。それは肉のむこうになんにもないという感じだった。

それから数日後、Ｌはデパートでかつらを買ってきた。Ｌの髪よりやや赤味がかった髪でできており、Ｌはそれを宇宙人の頭にかぶせるつもりらしかった。この捲毛のかつらをかぶると、宇宙人はデパートのマヌカンみたいにみえた。しかしその顔はギリシャの彫刻に似ていた。つまり男性化したアフロディテの彫像という印象を与えるのだが、それは生きた眼球をもたないためでもあったようだ。Ｌは宇宙人を三面鏡のまえに坐らせ、気むずかしい美容師の手つきで、丹念に髪の形を整えはじめた。まもなくそれがＬのたのしみとなった。髪のつぎはお化粧だった。それからＬはありたけの衣裳をだしてきて、宇宙人に着せてはぬがせることに熱中しはじめた。ときどき、彼女は宇宙人をつれて外出すると、セーターやブラウス、ネックレス、ブレスレットなどの買物をしてかえり、宇宙人と共用するのだった。「あんたのシャツやセーターも貸してよ」とLはいった。もちろん、宇宙人には、胸のふくらみさえ隠せば男装もよく似合うわけだった。こんなふうにしてLは宇宙人を自分のマヌカンにしてしまい、「あたし、宇宙人で遊ぶわ」というようになった。でといわれるのがぼくには妙に気にくわない。小さい子どもでも、「にゃんこたんとあそぼ」というふうにいうものだ。Lは宇宙人のことを犬や猫のたぐいよりもむしろ着せかえ人形と考えているらしかった。小さいときから人形なんかで遊んだことのないLが、二十歳にもなって人形に熱中しているのは合点のいかない話だった。ぼくはLの人形遊びにいらいらした。そしてなによりも、Lが、夜、ネグリジェを着せた宇宙人をだいて寝るのはがまんできなかった。

ぼくがはじめてあのことをしたのは、四月のある土曜日のけだるい午後のことだった。パパもママも、それにLも留守だった。Sの家族たちと食事をしながら結婚式の最終的な打ち合せをしていたはずだ。そのころ、ぼくはといえば、まえからパパとママの公認でつきあっていた女の子とはじめてキスをして、さらにそれ以上のことをしたいとおもったが軽くあしらわれてしまい、意気沮喪していたのだった。舌をいれてきたのはまちがいなく女の子のほうだ。それで心づよくなってどんどん先へすすもうとしていると、イマハダメにケッコンという二つのことばが耳もとで虻のようにうなり、顔をはなすと女の子はぼくをためすようにじっとみつめた。それは四十歳のママの顔と寸分のちがいもなかった。おまけにぼくのことを「あんたって、子どもね」ともいった。あのときあいつの舌を嚙み切ってやればよかったのだ。こんなわけでぼくは折られた欲望の傷口に熱っぽい樹液をにじませながら家に帰っていった。そして男の子ならだれもが知っているやりかたで自分を慰めにかかった。腹立たしいことにあの女の子をおもいうかべながら。そのとき宇宙人は裸のまま毛布にくるまってLのベッドに横たわっていた。ぼくは宇宙人がみていることにこだわった。みられたってかまやしない、どうせ人形みたいなもんだから、と気をとりなおそうとしたがうまくいかない。その原因はあの眼にある。Lが宇宙人の眼にはめた安物の義眼がこちらをみているのだ。眼をえたその顔は純潔な天使の顔だった。しかしそれはやっぱりにせの眼にちがいない。ぼくは残忍な指で二つの眼をえぐりだした。するとくらやみにつうじる二つの穴があらわれ、虚無の匂いがめらめらとたちのぼって、天使の顔は悪魔の顔にかわった。それはぼく自身の顔だった。ひらいた口にぼくは接吻した。歯と歯が音をたて、舌がわりこみ、唾液が逆流するあの生臭い接吻ではなく、それはぼくを吸いこもうとする虚無にじかに口をつける接吻だった。ぼくはのびのびと舌をだして別の世界を泳がせた。いつのまにかぼくの手のなかには宇宙人の、そしてかれの手のなかにはぼくの陽根があり、ぼくたちは男同士として愛しあっていた。それからぼくたちは男と女として愛しあった。宇宙人のアフロディテの部分の裂けめにはセロテープが貼ってあったが、Lのしわざにちがいない。

気がついたとき、ぼくたちをみおろしてLが立っていた。その夜からLはぼくにものをいわず、宇宙人はぼくのものとなって、ぼくとおなじベッドで眠った。

しかしLが宇宙人を奪いかえすのもわけないことだった。ある日、今度はぼくがLと宇宙人の交わりを目撃する番だった。朝の果汁のような光のなかで、ぼくはぼくの腕がからっぽになっていることに気づいた。そのとき、壁にうつったLの細長い影は、馬にまたがってかぎりなく疾走していたのだった。

ぼくとLは二つのベッドをくっつけ、宇宙人を両側からだいて眠るようになった。そして宇宙人の肩ごしに眼のなかをのぞきあいながら、ぼくは宇宙人の女性の部分で、Lは男性の部分で、宇宙人を共有するのだった。ぼくとLのあいだにはにせの肉で包まれた虚無が横たわっていた。いわばこれがぼくたちの宇宙だった。それはヘルマフロディトの、完全な人間の形をしており、ぼくたちの渇望は、二人でそのなかにはいって完全な存在になることだったはずだ。それなのにずるいLは、いつのまにかぼくを裏切り、パパやママやSや世間という網の目を利用して蜘蛛のように生きていく準備をすすめている。たまりかねてついにぼくは血迷った。宇宙人もろともLをだこうとしたのだが、宇宙人のなかの無限のくらやみをおしつぶすことは不可能だった。そこでぼくはそれをおしのけ、直接Lを襲った。でも失敗だった。なぜあんなことばを口にしたのだろう。愛シテイル！　その瞬間に現実は爪をむきだしてはげしくひっかき、ぼくたちは傷だらけになっただけだった。

「あたしが結婚したら、この宇宙人はどうする？」とLはいった。

「ほしかったらもってっていいよ」

ぼくにはもうどうでもよかった。


朝からひどくむし暑い日で、ぼくはなかなか目がさめず、もう眠ってはいないつもりなのにまぶたのあいだに黄色い膠のような夢がねばりつき、頭には砂のような無力感がぎっしりつまっていた。ゆうべも宇宙人とあんなことをしたからだろうか？　すこしずつ頭の砂が耳からこぼれでていくにつれて、家のなかがなにやら騒然としているのに気づいた。ベルの音、いりみだれる話声、バタバタ歩きまわる音。それにときおり祝祭のラッパが鳴り響く。いや、それは自動車のクラクションだった。たくさんの車が家のまえに止っているけはいだ。ずいぶん大勢きてるんだなとおもいながら、ぼくは横着をきめこんで眼をとじたままでいた。すっかり忘れていたが、それはLの結婚式の日だった。Lを迎えにきてるんだな、とぼくはぼんやりした頭で考えたが、「みなさん、そう勝手に部屋をひっかきまわさないでください！」というママの金切声がこの三階までつきあげてきたりするのはただごとでなく、まるでLの身柄ひきわたしをめぐってひと悶着おこっているかのようだ。「これで三回もご説明申しあげることになりますが」と男の声がいっている。充分慇懃ではあったが、それでもママの応対に業を煮やしてかなりいらだっているようすだった。そしてママの大声のあいだから、「売却」とか「契約」とか「引渡し」といったことばがききとれるのだが、ひょっとすると動物園から宇宙人をひきとりにきたのではないか？　あるいは、ひとびとの険悪なやりとりから判断すると、宇宙人の不法飼育の件で、家宅捜索をうけているところかもしれない。ぼくはベッドのなかでしっかりと宇宙人をだきしめていた。絶対にひきわたすつもりはなかったし、こうやって情事にふけっているふりをすれば、警官もつい、「あ、失礼しました」といってみのがすだろう。それはばかげた考えだとおもいながらもぼくは宇宙人をだいていた。するとぼくのものが硬くなるように宇宙人のものも硬くなり、それはすくなからず邪魔になったが、またしてもぼくは宇宙人の女性の部分に侵入して男が女にすることをしているのだった。血も肉も別の世界へ吸いとられていくようだ。これ以上こんなことをつづけていると死んでしまう、とぼくは身をふるわせて考えるがどうにもならない。もうどうなってもいいとおもった。しかしLの「売却」とか「引渡し」にはぼくも立ち会わなければいけないようだ。下の客間へおりていくと、棺のようなものが目につく。そのなかでLは手足を折り曲げられてひどく窮屈そうだった。ママはなにやらくどくどとたずね、それに対して黒い服を着た仲介人が細くかんだかい女のような声で説明していた。まるでおくやみでも述べているみたいだった。そのとき、黒鬼に似た人夫たちがLのからだに荒い布をかけた。「現場までできて立ち会いますか?」と仲介人がたずねると、「いや」と威厳をつくってパパが答えた。ママは涙をしぼりだすようにして泣いていた。人夫たちはLのはいった箱をもちあげた。ぼくはどうしていいかわからなかった。おもわず、「すぐ逃げてかえっておいでよ。宇宙人はちゃんと面倒みてるから」と叫んだ。……

「おい、おきなさい」といったのはパパの声だった。「Lの結婚式は正午からだぞ。おまえもはやくおきてママといっしょにLにつきそっていてやるとよかったのに。ママたちはもうホテルのほうに行ってるんだよ」

「そうですか」とぼくは不安になっておきあがりながらいった。「宇宙人はどうしましたか?」

「わたしはそんなものは知らない」とパパはいい、法廷の机のうえの「検事」と書かれた三角錐のようにつっ立っていた。ことさらわたしはということばを使ったところをみても、パパの堅い武装は容易ならぬものがあるとおもわれた。

「Lがつれていったのかな? まさか、ぼくたちの知らないまに動物園か警察にひきわたしたんじゃないでしょうね?」

「おまえに訊問されるすじあいはないぞ」そういうとパパは頰の肉をひきしめ、いまはパパであるよりも検事であることをおもい知らせようとするかのようだった。「どうしてあんなものに執着するのかね? おまえもいつまでも子どもではない。Lだってそうだ。宇宙人を飼うのはいいが、まともな生活を忘れるほど熱中すべきではないな。Lもきょうから結婚生活にはいるわけだが、ちゃんとした家庭をもって、子どもをりっぱに育てたら、それから趣味として宇宙人を飼うのもよかろう。そのころなら宇宙人も各家庭に普及して健全なペットになっているだろうからな」

ぼくは怒りに近いはずかしさで眼のなかがまっかになり、ほとんどきいていられなかった。なにかいいかえそうとしたが、いまだにパパのほうがぼくより背が高く、刃物のような鼻をして眼鏡を光らせていることに気づくと、なにもいえない。パパはやさしくいった。

「さあ、はやく用意しなさい。宇宙人は縛って屋根裏の物置にいれてある。その処分については帰ってきてからゆっくりおまえと相談しよう」

結婚式には大勢のひとがきていた。川のように長いテーブル（それがまたいくつもあった）の両側には黒い服を着たひとびとが並び、全体としてみると数百羽のカラスに似ている。おくれて式場にはいったので、Lに別れのことばをいおうとしたけれどその機会もなく、LとSはすでに正面の席についていた。パパとママ、それにSの両親もその近くに坐っているようだったが、ぼくの席はLからずっとはなれたところにあり、そこからではLの表情もみわけがたい。Lはうつむいており、Sはそのにこにこと光沢のある顔をあげて来賓たちをみわたしているようにみえた。オルガンが鳴りひびき、二人が手を重ねてウェディング・ケーキにナイフをいれたり、かわるがわるひとびとが立ってスピーチをしたりするあいだも、Lは顔をふせたままだった。それはきっと、顔をあげたら、そして万一ぼくと眼があったりすれば、狂女のようにけたたましく笑いだすことをおそれていたからにちがいない。じっさい、すべてがひどくこっけいだった。いつもなら不謹慎な笑いとなってふきこぼれずにはいない悪意を、Lはきょうにかぎってどうやっておさえているのだろう？　でも、ひとびとは厳粛でものがなしげでさえあった。LやSの同級生たちがこっけいな失敗談をいくつも披露するのに、笑うのは話し手だけで、大人たちはますますかなしそうに黙りこみ、話のきれめがくるといっせいに料理を食べにかかるのだった。やがてあちこちで来賓同士の陰気な会話がきこえはじめた。「失礼ですが御新婦さんのほうのお知合いですか？」と隣の紳士がきいたので、ぼくは「そうです」といい、エビフライを食べた。まだのみこまないうちに、拍手がおこり、司会者がぼくの名を呼んでいた。Lの弟としてスピーチをするようにというのだった。ぼくは困惑のあまり床に穴があいて吸いこまれてしまうことを期待したが、気がつくと脚のうえでぼくのからだは高い塔のようにせりあがっていく。ぼくは高貴でわがままな猫を愛するようにLを愛していた。でもそんなことはここでいうべきではないとおもい、これについてはなおさらそうだとおもいながら、いつのまにかぼくは宇宙人のことを話しはじめていた。するとぼくの舌はとめどもなく走りはじめ、Lとぼくの宇宙人がいかに感嘆すべきものであるかを説明し、また宇宙人が大宇宙のような暗黒の虚無をその体内にもっていて、ありとあらゆるものを、排泄もせずに無限に食べることができる、ということも話した。話しながらぼくは愉快になって笑いだしたが、だれも笑わなかった。みんなものおもわしげにからの皿をみつめており、隣の紳士は「そんな話は関係ないぞ」というふうに首を振った。ぼくはまったく場ちがいで不吉でさえあるようなことをしゃべっていたのかもしれない。

「それで」とぼくは涙のような汗をふきふきいった。「ぼくはこのさいお祝いに宇宙人をさしあげようとおもいます。どうかお二人でかわいがってやってください」

ここでさかんな拍手がおこるかとおもったが、曖昧な沈黙があるだけだった。やがてもっと曖昧なざわめきがおこり、それはぼくの話の意味を掻き消すためにまわしているテープレコーダーの音に似ていた。隣にいた若い女が(たぶん女子学生だったらしい)、

「その宇宙人って、どんな形をしてるんですか?　脚は何本あるの?」とたずねた。

ぼくはむっとしていってやった。

「手足合計四本ですよ。人間に似てるんです」

「まあ!　じゃ、猿みたいなもんですね」

「ちがいますね。毛は一本もないんです。それにしっぽもありません」

「ほう!」と隣の紳士がいった。「もし人間だとしたら、精神病院から脱走してきた患者かもしれませんな」

その夜、ぼくはLのいなくなった部屋で宇宙人をだいてベッドにはいった。式のあ

とはパパもママも疲れはてていたので宇宙人の処分を相談するどころではなかったのだ。でもあすになればそのことが問題になるのは避けられないだろう。パパも今度は断乎とした処置をとるにちがいない。それを考えると、不安のあまり全身の血が逃げだしていきそうだった。いつかLがいったように、宇宙人をつれて家出するのもひとつの手だ。しかしこんな考えはあまりにばからしくて、ぼくはくすくす笑いだしたほどだった。だがとにかくどこかへ行かなければならないのだ。ぼくは宇宙人の口にキスした。そしてふいに、ぼくの吸っている虚無の匂いに酔った。このくらやみの宇宙にはいっていくことを、ほかの人間たちが「死」とよんでいることをおもうと、笑止千万だった。ぼくはかれらとは別の世界へ移るだけだ。おそらく、かれらにはわからない入口をとおって……

真夜中近くにやわらかい足のうらがぼくの顔を踏んでとおるようだった。ベッドのうえにLが坐っていた。かつてみたこともないようなやさしい顔をしていた。なにかすさまじいことをひきおこして逃げてきたにちがいないのに。

「かえってきたの?」とぼくはいい、ずっとまえから波立っていた予感が啓示にまで高まるのを感じながら手をさしのべた。

「ここではだめよ」とLは意味ありげな微笑をうかべていった。そして宇宙人の股をひらき、驚くほど大きくみえる穴をなおもひろげると、足のほうから宇宙人のなかへはいっていこうとした。「あたしが先に行くわ」

「まるで、生まれるときの逆だ」とぼくは冗談をいった。Lはほんとにはいりはじめた。

「腕が邪魔になるわ。手伝って」

ぼくは果物ナイフですこしばかり穴の周囲を切りひろげた。すると嘘のようにLのからだは宇宙人のなかへ吸いこまれていった。なかをのぞきこんだとき、ぼくは暗黒の空間にちらばる無数の微細な星や星雲と、そのあいだを彗星のように尾を曳いて墜ちていくちいさな裸形をみた。

倉橋由美子（くらはし・ゆみこ）一九三五～二〇〇五（昭和一〇～平成一七）年。小説家。高知生まれ。カフカやカミュ、サルトルの実存主義の影響下に『パルタイ』を発表し、女流文学賞を受賞する。反リアリズムの小説家で、観念や抽象を構成して、独自の作品世界を構築した。一九六三年にそれまでの業績を対象に、田村俊子賞を受けている。「宇宙人」は一九六四年一一月に『自由』に発表された。底本は『倉橋由美子全作品』第四巻（一九七六年、新潮社）を用いている。天体を描いた他の作品に「真夜中の太陽」がある。

星碁

小松左京

「あたり！」と先番はいった。

「おや！」と相手は体をのり出した。「これは手きびしい」

「待ちませんよ」先番はうれしそうにいった。

「待ってくれとはいいませんよ」相手は、うたれた手をにらみながらつぶやいた。「待ってくれとはいいませんがね……こう行く、こうやる。こうのびると征《しちょう》のあたり、と……。ハネだして、ふりかわると……」

「お早く、お早く」と先番はニヤニヤ笑いながらいう。

「いやいや……」と相手はいった。「そうは簡単に手を出せませんな。ここは一つ、長考一番……」

「それじゃ、まあ、せいぜいごゆっくり」と先番。

「みなさん……」ガランとだだっぴろい、天文台のドームの下で黒いガウンを着た、顎《あご》ひげの学者が、子供たちにむかっていった。「これからみなさんに、宇宙の神秘をお目にかけましょう。――そこにあるのは、三〇インチ（約七六センチ）の赤道儀です。これで宇宙をのぞいていただけば、この宇宙がいかに広大なものであるかおわかりになるでしょう。何十億光年のかなたにひろがる、何億兆もの星……」

子供たちはドームの天井を見あげた。

細長くひらいた天井から、つぶやくように輝く無数の星屑が見えた。――あるものは白く、あるものは青く、あるものは赤く……。そのちらばりかたは、無秩序のように見えて、じっと見ていると、なにか神秘的な秩序にしたがってならんでいるように見える。

「先生……」と子供の一人がいった。「星ってどうやってうまれてくるんですか？」

「いい質問です」と老人はいった。「星は星間物質という、宇宙のこまかい塵のようなものがあつまり、どんどんふくれあがると、それ自身の重みで、内部が燃え出すと考えられています。――もっともその星間物質――原子自身は、どうやってできてきたのか、まだわかりません」

「あのう……」別の女の子がきく。「星も、うまれたり死んだりするんですか？」

「そのとおりです」老人はうなずいた。「星は進化の道をたどり、大変な長い時間ののち、やがてほろびます。——大爆発によって消えうせたり、暗くひえきった小さな——だがおそろしく重い星になって、死んでいくのです」

「死んだでしょう」と先番はいった。

「まだまだ……」と相手はいった。「こうやって、——攻めあいにもっていくさ」

「あッ！」と先番は叫んだ。「いっぱいくったな」

「さあこい」と相手はいきおいこんでいった。「攻めあいならまけないぞ」

石はたちまちもつれあいながら、のびていった。


「ここ数万年の宇宙の特徴的なことは……」とアルデバラン第三惑星植民地の天文台の中で、ロボット教師は無表情にいった。「宇宙の非常に遠いところで、星が大変ないきおいでふえていることです」

「ふえているって、なぜ？」背の高さ一メートル八〇もある、子供たちがきいた。

「わかりません」とロボット教師はいった。「学者は、星のあたらしさからみて、ふえだしたのはせいぜいここ数万年の間だといっておりますが、その現象が発見されたのは、つい最近ですし、それまでは望遠鏡の性能がわるく、あんな遠くの星は見えませんでしたから……」

「ふえてるようすをみせてよ」

「こちらにうつします」とロボット教師はいった。「ふえるスピードがはやいといっても、これは何十年、何百年に一つのわりあいですから、微速度撮影になってます」

主体スクリーンの上に、はるかに遠い宇宙のはての部分がうつりだした。それはまるで、もくもくもりあがる煙のように、二種類の星――青い星と赤い星がからみあいながらのびていくのだった。

「ふしぎなことです」とロボット教師がいった。「人間の知恵がすすめばすすむほど、ますますわからないことがふえてきます」

「劫《こう》ですな」と先番がいった。「あたしゃどうもこのとったりとられたりがきらいで……」

人類はすでに、銀河系宇宙をとびだして、遠い星雲や島宇宙の間にひろがり、自分たちのうまれた地球の記憶さえ、あいまいになっていた。――そんなころ、細い、ムチのようにしなうアンドロメダ星雲系地球人の学者が、熱意のない調子で発表した。

「私は辺境宇宙で、奇妙な星を発見した」と学者はいった。「一種の三重食変光星かと思われるが――赤色巨星と青色巨星が接近してならび、数十年周期で、交互に明滅する」

「寄せですな」と先番はいった。

「そこはうち上げでしょう」と相手はいった。


満天に、昼をあざむくように、びっしりと星がならび、赤く、また青くかがやいていた。そして、見ているうちに、その一角の星がゴソッと消え、ぽっかり穴があいたように、なにもない暗黒の空間がのぞいた。

「宇宙の終りだよ」すっかり退化して、原始人みたいになってしまったかつての地球人の老人が、裸のまま地面にうずくまって、孫にいってきかせた。

「なぜ、星がきえるの？」と孫がきく。

「宇宙の終りの時は、空が星でいっぱいになって、それがはしから消えていく、とむかしむかしのいいつたえにあるよ」

星は、切りとるようにゴソリと消えていく。それにつれて、老人と孫を照らす、赤と青の光も暗くなった。

宇宙は太初の暗黒にかえった。そこには星もなく、光もなく、なんの物質もなく、ただ茫々たる虚無だけが果てしなくひろがっていた。

「もう一局しますか?」と先番の声がいった。

小松左京(こまつ・さきょう)一九三一~二〇一一(昭和六~平成二三)年。小説家。大阪生まれ。日本を代表するSF作家で、日本SF作家クラブを創設し、世界最初の国際SFシンポジウムを組織した。『日本沈没』で日本推理作家協会賞、『首都消失』で日本SF大賞を受賞している。「星碁」は一九六四年一二月二一日に『サンケイスポーツ』に発表された。底本には『小松左京全集完全版』第二五巻(二〇一七年、城西国際大学出版会)を用いている。天体を描いた他の作品に『さよならジュピター』や、多数のショートショートがある。

星位と予言

澁澤龍彥

あるとき、わたしがフランスから届いたばかりの古本の包みをがさがさと開けて、饐えたような臭いのする革表紙の大型の本をとりあげると、そのページのあいだから、薄っぺらな虫食いだらけのパンフレットが、ぱらりと落ちた。おや、こんな本は註文した覚えがないぞ……そう思って、表紙をみると、「フランス気象学協会員V・ルッセル夫人よりマルセイユ病院医師長S博士に宛てたる、コレラに関する手紙」とある。出版は一八六八年。そんなに古いものではない。

おそらく、古書のページのあいだに偶然にまぎれこんだのが、どうした風の吹きまわしか、そのままわたしのところに送られてきたのであろう。短かいものだから、さっそく目を通してみると、どうやらその内容は、占星学にイカレた狂信的な婆さんが、疫病の発生はすべて天文学的事実に原因を有するものであるぞよ、と、病院の医師に向かって、綿々と訴えたものであるらしい。かなり博学な婆さんで、パラケルスス流の星辰医学のウンチクをひけらかして、意気軒昂たるものがある。どうやら公開状を自費出版して、病院側に一考をわずらわそうという、これは彼女の純粋な善意から出たポレミックであると見た。病院側が彼女の意見を尊重したかどうか、さあ、そこまでは知らない。

いま、その手紙の内容をいちいち紹介するのは煩瑣になるから、やめておくが、これをもってしても、占星学的信仰が、いかにひろくヨーロッパの民衆の魂に染みこんでいるかを知ることはできようというものだ。では占星学とは、いったい何か。

占星学とは、いわば宇宙を精密な一個の時計になぞらえて、天界の歯車装置を動かす法則を発見しようとする秘術である。この時計の文字盤は、星々をちりばめた天球であるから、まず何よりも星の運行の観察が大事である。天界の秩序は一定不変であるけれども、人間の運命はつねに変転きわまりないように見える。しかし、はたしてそうであろうか。人間の運命も、宇宙の歯車装置と微妙な連関があり、その誕生も、その死も、時計のように正確に、数学的に、あらかじめ決定されているのではなかろうか。——これが占星学的認識の成立する第一歩である。

ところで、星の運動を数学的に算出する方法は、文明の起源と同じくらいに古い。カルデア人も、エジプト人も、アッシリア人も、ギリシア人も、ペルシア人も、みなこの点で器用な数学者であった。彼らは計算器も望遠鏡もなしに、すでに重要な天文学的事実をたくさん発見していたのである。眼鏡がはじめて出現したのが十七世紀初頭であり、望遠鏡が一般に使用されるようになったのが一六六三年であることを思えば、あのアレクサンドリアのプトレマイオスの稚拙な天体図も、何気なく眺めるわけには行かなくなるにちがいない。

ルネサンス期の天文学者たちは、おどろくべきことに、モノサシと定規だけで星を観察しながら、あれほど高度な理論にふけっていたのである。もちろん、肉眼で眺めていたのだ。コペルニクスやティコ・ブラーへの業績も、こんな環境から生まれたのであった。わたしたちは、ともすればコペルニクスが望遠鏡をのぞいているところなんか想像しがちであるが、これは現代人の犯す歴史的時間の錯覚というものだ。

第1図　ノストラダムスの肖像　19世紀

だから、こんな錯覚におちいった十九世紀の画家が、中世の占星学者の肖像を想像して描くというと、ややもすれば巨大な天体望遠鏡だとか、その他の摩訶ふしぎな器械類にとりまかれた神秘的な人物像を描くことになる。必要以上に粉飾をこらし、古めかしい神秘感を出そうとして、かえって馬脚をあらわ

第２図　ノストラダムスの肖像
18世紀

してしまう。コラン・ド・プランシイの『地獄大辞典』（パリ、一八六三）に挿入されたノストラダムスの肖像画（第１図参照）は、こうした例のひとつであろう。

この絵のなかで、十六世紀随一の予言者ノストラダムスは、奇妙なトンガリ帽子をかぶり、袖のひろいだぶだぶの着物を着ているが、当時の占星学者は決してこんな手品師みたいな異様な恰好をしてはいなかった。彼らは当時の大学教授のような、質素な単純な服装をしていたのである。ノストラダムスのそばには、立派な天体望遠鏡が置いてあるが、もちろん十六世紀当時、こんなものはあるはずもなかった。

ノストラダムスの肖像画としては、これとは別に十八世紀の銅版画（第２図参照）が一枚残っているが、この方が本物に近いだろう。十六世紀の占星家の服装は、だいたいこんなものであったと想像して差支えない。同様に、黒いガウンを着た名高い占星家ウィリアム・リリイの肖像画（ロンドン、一六四七）は、十七世紀中葉のイギリスの学者の代表的な服装である。

さらにロバート・フラッドの『両宇宙の歴史』（一六一七）には、二人の占星学者のいる観測所をあらわした銅版画（第3図参照）が挿入されているが、このなかで、ヒゲをはやしたサンタ・クロースみたいな占星学者が毛皮つきの帽子をかぶっているのは、星の影響による磁力をおびた気流から、その頭を保護するためであると言われている。

これらの古い絵のなかに、望遠鏡がぜんぜん描かれていないのは特筆にあたいする。繰り返していうが、望遠鏡は一六〇四年オランダで発明され、ガリレオがはじめて天体観測に応用するまで、占星学や天文学の領域には一度も登場しなかったのだ。

第3図　占星術士
ロバート・フラッドの書より

第1図や第3図に見られるジャイロスコープみたいな球形の道具は、ギリシアの天文学者が考案した渾天儀（アストロラーブ）という一種の天体儀で、周囲に度盛りをつけ、盤面に天体の運行を配し、中心に地球を置いて、指針の廻転によって天体の位置を知るための道具である。渾天儀以外に道具といっては、コンパスと、砂時計と、十二区分図と、ペンとインクぐらいしか見当らないのは、何ともさびしい限りである。

当時、天文学と占星学とがいかに混淆していたかを示す好個の例は、あの「天文学者の王」といわれたティコ・ブラーへさえもが、コペンハーゲン大学における演説などで、古めかしいバビロニア風の占星術理論を得意然とぶっていたことだ。ティコは次のように言っている。

「星は人間にも直接の影響をおよぼすものであろうか。もちろんである。なぜなら、人間の体軀は星の四元素から組成されているのだから。たとえば、月と太陽の位置が不利で、火星がのぼりかけており、土星が獣帯の第八宮に坐する場合には、生まれる子供はほとんどきまって死産である」（アーレニウス『宇宙の成立』より）

こんな具合に、ティコは頑固な占星術の信者であったから、あるとき、決闘して鼻の尖端を切り落されると、これは自分の生まれたとき、星がこんな運命を予言していたからだと、あっさり諦めてしまったそうである。案外、占星術の効用とは、こんなところにあるのかもしれない。……

占星術の原理および方法は、黄道十二宮と七惑星によって構成される。十二宮は一名、獣帯（ゾディアック）とも呼ばれる。これらの名称とサインについては、「マギア・セクスアリス」の項で表示したから、忘れた方は参照していただきたい。

十二宮（獣帯）は、黄道を中心にして南北に八度の幅をもって、帯状に廻転している十二の星座群である。むろん、この帯は地球を中心にしてみた見掛けの位置によって、天球にとどまっている恒星を適宜の群に分類しただけのものであるから、あくまで想像上の産物である。主な惑星および月、太陽は、この帯内を運行し、その外には出ない。たとえば土星は運動が非常におそく、公転周期約二十九年半で黄道帯の十二宮を通過する。すなわち、それは地球の周囲を一巡したことでもある。火星は約六百八十日、太陽は一年、いちばん速い月は二十七日七時間四十三分五秒で、同じように地球の周囲の黄道帯を一巡する。つまり、ごく簡単にいえば、これらの惑星が一定時に黄道帯のどの宮を通過しつつあるかによって、もろもろの予言的判断が生ずるのである。

各惑星は、夜の宮と昼の宮と、二つの宮に住むことができる。太陽と月だけには一つしか宮がない。太陽は獅子宮に住み、月は巨蟹宮に住む。獣帯は太陽と月によって二分され、それぞれ六つの星座が月（夜）および太陽（昼）に支配される。月に支配される星座は宝瓶宮、双魚宮、白羊宮、金牛宮、双子宮、巨蟹宮であり、太陽に支配される星座は獅子宮、処女宮、天秤宮、天蝎宮、人馬宮、磨羯宮である。

これが占星学のもっとも基本的な区分である。大事なことは、各惑星が自分の宮に入ったときに、強い影響力を発揮するということだ。ちょうどマージャンにおける東《トン》南西北《ナンシーペー》の風のような作用をするものだ、と思っていただきたい。

しかし、事情はさらに複雑である。というのは、各惑星が最大の力を発揮するのは、それが各自の本来の宮に入ったときではなくて、別の位相にあるときなのだから。たとえば太陽は、その本来の宮は獅子宮だけれども、それがもっとも高揚するのは白羊宮（正確には白羊宮の十九度）にあるときであり、それがもっとも没落するのは、ちょうど前者と対蹠点にあるところの天秤宮（正確には天秤宮の十九度）に入ったときである。なぜ太陽の高揚と没落とが、このような正確な度数に決定されたかは、だれにも分らない。その他の惑星の高揚と没落も、それぞれ伝統にしたがって正確に決定されている。

　昼の宮、夜の宮、高揚、没落などによって、占星学者は十二星座と七惑星とのあいだの交感（コレスポンデンス）の理論を組み立てる。そして、惑星の有利な位置や不利な位置によって、よい影響、わるい影響を判断する。惑星にそれぞれ固有の性格があるように、十二宮にもそれぞれ特殊な効能がある。

　古代からの占星学者は、黄道帯の三六〇度を十二の均しい部分に分かち、まずその第一宮、すなわち太陽が東上昇線（アセンデント）に達するまでの部分を、ホロスコピウムと呼んだ。この名前は後に、一般に星位をさすために用いられ、さらに転じて、星占いそのものを示す言葉となった。東上昇線に対応するのが西下降線（デセンデント）であり、この線と垂直に交わって、南北につらぬかれているのが、南の天頂と北の天底とを結ぶ線である。

　第一宮はもっとも大切な宮で、もし土星のような不運星がこの宮に入れば、頭や顔にホクロとか傷などの痕跡が生ずる。この宮は体の上では、頭と顔を支配し、人間の運命の輪廓を示しているのである。第二宮は生まれつきの富や、財産や、特権の状態を示す。体の上では頸と咽喉を支配している。こんな工合に、第一宮から第十二宮まで、それぞれ占星学者がそこから判断を得るための、もろもろの人間生活の条件と肉体上の位置とが具体的に示されている。

第４図は古くは第５図のような四角形で構成された図表によってあらわされた。ロ

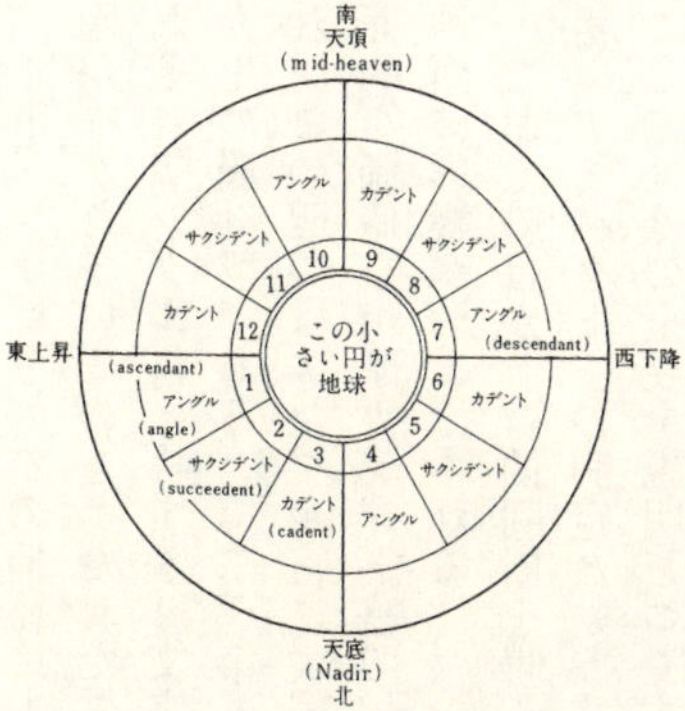

第４図　十二区分図　Ⅰ

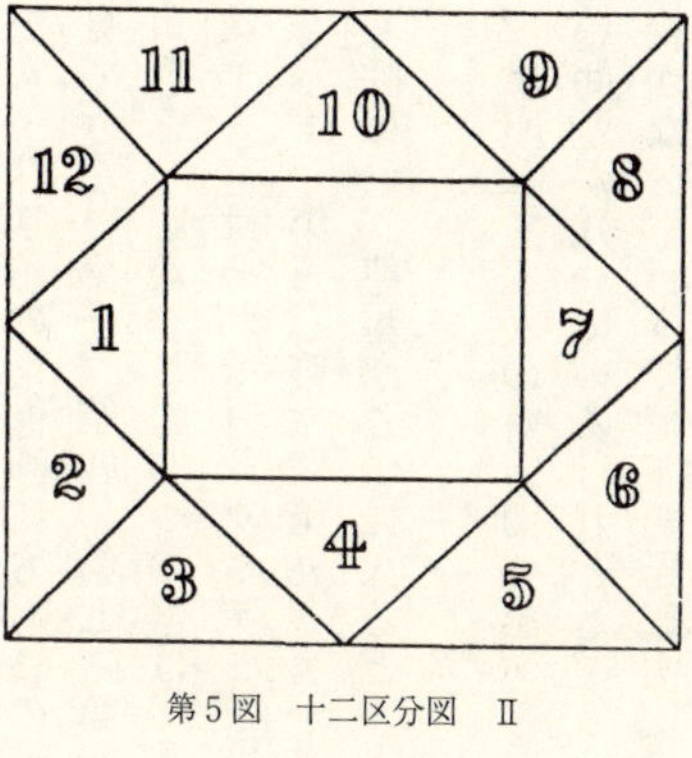

第５図　十二区分図　Ⅱ

バート・フラッドの本の挿絵にも、ウィリアム・リリイの肖像画にも、この十二区分図が描かれているのをわたしたちはすでに見てきた。第一、第四、第七、第十宮をそれぞれアングル宮と称する。文字通り正四角形をなした、この四つの宮は、基本的な人生の羅針盤である。第二、第五、第八、第十一宮はそれぞれサクシデント宮と呼ばれ、この四つはアングル宮に従属する運命を示す。第三、第六、第九、第十二宮は内面的な価値を示すカデント宮で、智能宮とも呼ばれ、惑星がここに入ると、人間の精神面に影響がおよぼされる。

なおそのほか、吉凶判断を得るためには、星座と星座との対応関係をあらわす視座相（アスペクト）の測定という、むずかしい問題が残っているけれども、とうてい、ここではその全貌を説明しつくすわけには行かない。日本では、門馬寛明氏の『占星学入門』が手ごろな参考書だから、興味のある方はじっくり読んでごらんになるがよろしい。そして、その結果、運命鑑定用の「出生天宮図」というものが作製されたならば、残るは判断あるのみで、ひとは誰でも占星学者になることができるのである。

誕生時の星の位置の確証から、その後の人間の運命を予測する方法は、プトレマイオスの『テトラビブロス』（四書）以来一般的になった方法で、これは「出生先天占星学」と呼ばれる。もっと簡単な方法には「日輪占星学」というのがあり、近時アメリカなどの俗流的な占星学が拠っているのは、多くの場合これである。

ここでは、しかし、そういった実践的な方面はしばらく措いて、史上でもっともすぐれた占星学者、予言者として知られた一人物の風貌を描き出すことに焦点をしぼってみよう。

ミシェル・ド・ノトルダム通称ノストラダムスは、一五〇三年、南仏はプロヴァンスのサン・レミイに生まれたユダヤ系の医者であり、占星学者であり、当代随一の予言者である。当時ようやく中世の暗黒から脱け出したとはいえ、フランスのルネサンスはまだ混沌としていて、思想の対立や宗教の紊乱や疫病や戦禍の土台の上に、魔術的な迷信や予言占筮の花があやしく咲き乱れていた。旧思想の牙城であったパリのソルボンヌ大学神学部が、「蠟細工のように簡単に異端者を製造」していた時代である。

そういう中で、占星学者と名のつく人物は、おそらく掃いて捨てるほど大勢いたにちがいないのであるが、ひとりノストラダムスのみ、その名が後世にまで伝わり、あらゆる文学作品のなかに引用されているという事実は、いかに彼の名声が高かったかを物語るものであろう。

ゲーテの『ファウスト』のなかにも「さあ、逃げんか。広い世界へ出て行かぬか。ここにノストラダムスが自筆で書いて、深秘を伝えた本がある。貴様の旅立つ案内には、これがあれば足りるではないか」(鷗外訳)とある通りだ。つまり、ノストラダムスの名は、あらゆる魔道の先達として後世の文学者に謳われ、民間の絵草紙にまで描かれて、今日にいたっているのである。

前にも述べたように、フランス王アンリ二世の王妃カトリーヌ・ド・メディチは、すこぶる魔道に関心がふかく、その宮廷に多くの占星術士や方士を招いたが、彼らのなかには妖術使のルジエリとか、天文学者のレーニエなどといった人物の顔も見えていた。とくにレーニエは、王妃に天文台を建ててもらったので、その跡は今でもパリの中央市場の近くに残っている。彼らにまじって、当時すでに好奇心の的になっていたノストラダムスも、宮廷に呼ばれ、王妃の絶大な信任を受け、晩年の一五六四年には「王付医師」の称号さえ与えられた。

そもそもの発端は、王妃がブロワに住んでいた三人の息子の未来を知りたく思って、ノストラダムスをパリに呼び寄せたことからはじまる。そのとき、ノストラダムスは「三人の息子は一つの玉座にのぼるであろう」と予言した。王妃がいぶかしんで、もっとはっきり説明してくれと言うと、「真実をすべて知ることは危険でございます」という返事だった。どんな場合でも、彼は明言をさけ、謎のようなことしか言わないのである。

しかし、この予言はその通り実現された。三人の息子、後のフランソワ二世、シャルル九世、アンリ三世は、相継いで同じヴァロア王朝の玉座につくことになる。……

ノストラダムスは宮廷に敵が多かった。とくに王妃が彼を信頼しはじめると、それを嫉視したり心配したりする者があらわれた。しかし、彼の予言の能力に疑念を抱くすべての者が、あっとばかりに驚いてしまうような事件が起こった。アンリ二世横死事件である。

一五五五年に上梓した『百詩篇、第一の書』という予言集のなかの、第三十五番目の四行詩に、ノストラダムスは次のような謎めいたことを書いたのである。

若き獅子は老人に打ち勝たん、
いくさの庭にて、一騎討のはてに、
黄金の檻のなかなる、双眼をえぐり抜かん、
酷き死を死ぬため、二の傷は一とならん、

これだけでは何のことか分らぬが、このふしぎな詩を裏書きするような、アンリ二世の不慮の死がそれから四年後の一五五九年に起った。

すなわち、王の妹マルグリット・ド・フランスとサヴォワ公との結婚式の折、王は若い近衛隊長モンゴメリイ伯をさそって、余興の野試合をしようと言い出した。伯は最初つつましく辞退したが、王の懇望にとうとう負けてしまった。そこで、試合をはじめたところ、どうしたはずみか、伯の槍が王の黄金の兜をつらぬいて、片目を突き

刺してしまったのである。槍は脳にまで達していた。それが原因で、王は九日間を昏睡状態ですごしたまま、まもなく死んだ。

しかし、まだまだ後日譚があるのである。『百詩篇、第三の書』の五十五番目の四行詩に、次のようなノストラダムスの記述があった。

フランスに片目の君臨する一年間、
宮廷はいたましい混乱に満たされん、
ブロワの殿はその友を殺害すべし、
禍と疑惑と二つながら王国を包むべし、

たしかに、片目の王が死んでから、フランス王家はいたましい運命をたどりはじめた。三人の王子はノストラダムスの予言通り、一つの玉座にのぼりはしたものの、三人三様のみじめな死に方をした。

まず長子は父のあとを継いで、フランソワ二世を名乗ったが、即位後一年にして、十六歳で死んだ。教会内で突然高熱に苦しみ出して、むごたらしく悶絶してしまったのだ。二番目のシャルル九世は十歳で王位につき、母のカトリーヌ・ド・メディチが摂政となった。ところが、彼女はノストラダムスの予言にあった「一つの玉座」という言葉がどうにも気になって仕方がないので、当時ペストで荒廃していた南仏サロンの町へ、息子をつれて、占星学者の意見を聞きに行った。サロンは一五四七年ペスト防疫のため出張して以来、ノストラダムスが住みついて、医者の看板をかかげた町である。ここで予言者がどんな警告を発したかは知られていない。

ともあれ、フランスは当時、新教と旧教との対立がようやく激化し、王国を真二つにする宗教動乱の嵐がたけり狂っていた。王母の指揮のもとに、血なまぐさい聖バルテルミイの大虐殺が行われ、恐怖と怨嗟の声が巷にみちみちた。

そんな最中、生来虚弱なシャルル九世は、原因不明の憂鬱病にとりつかれ、二十四歳で、王母の腕に抱かれたまま死んだ。医者は肺病だと言ったが、一説には、あまり瀉血をやりすぎて、貧血して死んだのだとも言われている。もしかしたら、聖バルテルミイ祭に殺されたひとびとの怨霊がとりついていたのかもしれない。

最後の王子はアンリ三世として玉座についた。これは王母に輪をかけた魔道の愛好家であり、奇妙な倒錯者で、女装していたこともある。「ソドム殿下」というアダ名があった。ヴァンセンヌの宮殿に住み、塔のなかに閉じこもって、降霊の術や黒ミサに熱中した。その不吉な噂は市民の口にまでのぼるほどであったから、王の政敵はパンフレットのなかで、彼の異端的、瀆神的な振舞をあしざまに暴露した。

アンリ三世がブロワに三部会を召集し、その席で油断を見すまして、政敵ギュイーズ公を暗殺させた事件は、映画にまでなった有名な歴史の一コマである。ギュイーズ公は斧でなぐり殺された。「ブロワの殿はその友を殺害すべし」が実現したわけである。王は母にも相談せずにやってしまったので、カトリーヌはショックのあまり、その後三週間で死んだ。

内乱がおこり、パリは「暴君」に対して起ちあがった。一五八九年、アンリ三世がパリの町を包囲するや、ドミニコ派の一修道僧ジャック・クレマンが、王のもとに伺候して、不意に王を刺し殺した。……

ヴァロア王家の運命に関するノストラダムスの予言は、こうしてついに完了した。まるで正確な運命の歯車仕掛のようである。

ところで、ノストラダムスの予言は、他人に対してばかり行われていたわけではない。彼は『百詩篇』のなかで、自分の最期をもちゃんと見通して、次のごとく歌っていたのである。

使命をはたし、王の贈与をたまわりては、
もはやなすことなく、神のみもとに赴かん。
近親者、友達、同胞《はらから》は、
寝台と腰掛の間《あわい》に死せる我をば見出さん。

彼が生涯の最後にシャルル九世に謁見したのは、一五六四年であるが、このときシャルルは「王付顧問」ならびに侍医の称号を彼に与えた。「王の贈与」とは、これを指すのであろう。

やがてノストラダムスは水腫を病み、歩行困難におちいり、寝台と書き物机の腰掛のあいだで暮らすようになった。

そして一五六七年七月一日の朝、机の前に腰かけたまま死んでいる彼を、家の者が発見したのである。享年六十三歳、十年以上前に自分で書いた四行詩の通りの死にざまであった。

伝説によると、彼は莫大な遺産を残したそうである。現金だけでも三千四百四十四エキュもっていたというが、これは当時としては目のくらむような金額だ。それも、すべて上質の古金貨でもっていたというから、いよいよもって、奇怪きわまる人物といわねばなるまい。

澁澤龍彥（しぶさわ・たつひこ）一九二八～一九八七（昭和三～昭和六二）年。小説家・評論家・フランス文学者。東京生まれ。美術・悪魔学など広範なジャンルで活躍。マルキ＝ド＝サド『悪徳の栄え』の翻訳でサド裁判の被告となった。『唐草物語』で泉鏡花賞、『高丘親王航海記』で読売文学賞を受賞。「星位と予言」は『黒魔術の手帖』（一九六一年、桃源社）に収録された。底本は『澁澤龍彥全集』第二巻（一九九三年、河出書房新社）を用いている。天体を描いた他の作品に「タルホ星頌」などがある。

二十億光年の孤独

谷川俊太郎

人類は小さな球の上で
眠り起きそして働き
ときどき火星に仲間を欲しがったりする

火星人は小さな球の上で
何をしてるか　僕は知らない
（或はネリリし　キルルし　ハララしているか）
しかしときどき地球に仲間を欲しがったりする
それはまったくたしかなことだ

万有引力とは

ひき合う孤独の力である

宇宙はひずんでいる
それ故みんなはもとめ合う

宇宙はどんどん膨んでゆく
それ故みんなは不安である

二十億光年の孤独に
僕は思はずくしやみをした

谷川俊太郎（たにがわ・しゅんたろう）一九三一（昭和六）年〜。詩人。東京生まれ。茨木のり子や川崎洋が始めた同人誌『櫂』に参加し、一九五〇年代詩人の一人と目される。絵本・写真・童話・ラジオドラマなど多彩なジャンルで活躍。『日々の地図』で読売文学賞、『はだか』で野間児童文芸賞、『世間知ラズ』で萩原朔太郎賞、『マザー・グースのうた』で日本翻訳文化賞を受賞する。「二十億光年の孤独」は『二十億光年の孤独』（一九五二年、創元社）に収録された。底本は同書を用いている。

宇宙について

埴谷雄高

戦前の青年がかかつた病気は、殆んど肺結核ですが、私も中学時代からはじまつて、刑務所のなかでも病監へ行き、戦争中も結核を再発しました。ところで、こんなふうに少年から青年期への入口へかけて結核が何度も再発するということは私達の精神のかたちの形成にせよ日常の習慣のかたちにせよ、ちよつと簡単には言い現わせないほど大きな影響を及ぼしますね。とにかく当時の療養法は、できるだけ営養になるものを食べ、そして、休養している時間を一日のうちの大半の時間にしているのですから、その長い時間の裡に、次第に、死と顔を直接見合わせているというより、漠とした虚無と無限に向きあつているふうな空漠たる時間のほうが主要な時間になつて、日常のなかの確実なものに対する考察などついにはいりこむ余地のないほど「漠とした思索」のなかにのみのめりこんでしまう習慣がついてしまうのですね。私は、そうした当時の結核病患者の、いわば、ひとつの典型でしよう。漠としたとりとめのないことばかりを考えていて、身体を動かさない極度の怠けものになつてしまつた。

戦後に四度目の結核で寝こんだとき、偶然、ストレプトマイシンが吾国の医者に使用許可になつた時期だつたので、結局、長いあいだ摑まれていた結核の長い手が私から離れることになつたのですが、満四年間、ベッドの上に寝ていたそのときの療法の基本は、嘗て少年時代から長くとりつづけてきた「安静」、「営養」、「大気」という三つの柱でした。この最後の「大気」というのは、解放療法といつて、夏も冬も、また、夜も昼も病室の窓をあけて、部屋の空気と外の空気を同じにしているなかでベッドに寝ているわけです。そして、この戦後における最後の長い病臥時代、だんだん、私が読む本についての興味の範囲がせばまつてきて、ついに、枕許から離さず最後まで読んだのは、探偵小説と天文学の本だけになつてしまつた。そして、天文学の本はつぎつぎと枕許に置かれるどれを読んでも、つねに、より深い興味をひきおこされて、いわゆる結核病患者特有の「とりとめもなく、漠とした思索」の内容は、そのとき、まつたく宇宙論的なものばかりになつてしまいました。というのも、戦後における天文学の発達は思いがけぬほど急速で、戦前私が読みふけつていた天文学の書物の内容とは、まつたく様相を異にしていたのです。

戦前はだいたい太陽系の説明が中心で、それのほかに恒星の世界がいわば満天暗夜のなかの手さぐりのように扱われていましたが、戦後の天文学の中心は星雲で、しかも、この星雲宇宙の探索はまことに目ざましいものでしたね。戦争中カリフォルニアの太平洋沿岸は燈火管制で、パロマ天文台の二百インチ望遠鏡は、その空のなかで実に多くの星雲を写しまして、それが、戦後の天文学の劃期的な発達をうながしたといわれるけれども、それに加えて、戦争中発達したレーダーが天文学の領域にはいりこんで新しい電波望遠鏡の時代をつくつたことも忘れられませんね。

さて、この星雲時代になると、勿論、宇宙の広さも奥行も深くなつて、私達がもつている無限感の奥行きもそのリアリティもそれ以前より深まつて、宇宙の無限感というものが実際にまざまざとわれわれの目の前に証明されて「ある」というような感じが覚えられたが、と同時にまた、「虚無と実在」についての考察が新しく喚起されたようなみずみずしい気分も覚えられましたね。ベッドに仰向けに寝たまま、空間に斜めに架かつたアンドロメダの美しい渦状星雲の渦巻きの長い腕を眺めていると、私の暗い頭蓋のなかに、何時も「虚無と実在」の問題が浮んでくるのでしたね。

天文学の書物を読むということは、ある意味では、最終ページのない探偵小説を読むのと似ている。それは極めて広大な探偵小説で、しかも、犯人はどこにいるのか、或いは、果たして真犯人がいるかどうかについても、最終のページが書かれないで伏せられているので解らない。そしてまた、敢えていえば、大きく自分流の勝手な推理ができる探偵小説が天文学の書物だというふうにもいえるのですね。私が寝はじめたころ、パロマ天文台の二百インチ望遠鏡が写した星雲は、十億光年向こうの星雲だったが、私が寝ている数年間のうちに電波望遠鏡の発達もあつて、私達の宇宙の地平はどんどん遠い向うへとさがつていつた。こうなると、私達がこれまでもつていたかたちの「無限」なるものもついにいわば本来的の無限に直面せざるを得ませんね。私達がいま偶然投げこまれているこの宇宙の広さも時間も「無限」と思われているけれども、しかし、「無限」の本来のかたちを考えると、私達がいま知つている「この私達の宇宙」は、実際は、私達のまだ知らない、或いは、永劫に知り得ない「無限な宇宙」のなかの「たつた一つ」の宇宙にすぎないと考えざるを得ないのですね。私達はその「一つの私達の宇宙」のなかでその宇宙だけにまさにぴつたりと適応したところの一つの生と思考の形式だけをもつている。「無限」について考えれば、そういうふうに、つまり、如何に「無限ふうに広大ふうに」仮装していても、実はちつぽけな、「いまのいま」だけの僅か一つだけの宇宙が「この私達の現在の宇宙」にほかならぬのだというふうに、ついには、考えざるを得ませんね。先程、私は、天文学の書物は、最後のページがないところの真犯人が伏せてある探偵小説だといいましたけれども、さらにつけ加えていえば、実は、被害者のみあつて、犯人のいない探偵小説ともいえるのですね。そして、つまり、その被害者とは私達生物のすべてで、私達生物は他の生物を食べねばならぬ仲間殺しの犯罪者という存在に仕立てあげられたばかりでなく、最後の帳を開いてもついに解らぬところのその真犯人は果たして誰だろうと、考えに考えて考えつめざるを得ないように、これまた、仕立て上げられてしまつた。

ところで、私達のこれまでのその「真犯人」の探索法は、或る意味ではかなり精密なもので、また、或る意味ではあまりに単純すぎて漠としているといつたものですね。その探索法を大ざつぱに整理してみると、その第一は、「暗黒と光」で、私達は、暗黒のなかに光を、そして、光の彼方に暗黒をもとめて、「真犯人」を追いつづけている。すると、私達の犯人なるものは、仮装の名人で、或るときは私達の目を眩ませるほど鮮やかに私達の前で輝きつづけ、また或るときは、黒マントを着て遁走しようとしているかのごとくですね。ところが、また、「闇と光」はこんなふうにもまた私達にその自身を思わせているのですね。暗黒の空間の何処かにぽつんと光が出現してくると、その自己燃焼している白熱者は、暗黒に対して挑戦しているところの暗黒の否定者というふうに見える。これを逆にいえば、光に対する否定者は巨大な暗黒であり、それはまた永劫の未出現を内包しているのであつて、さらにまた、その暗黒に対する最後のかぼそい挑戦と叛乱が光の自発形態であつて、このように絶えず拮抗作用をつづけている暗黒と光の対立は、巨大な暗黒の「全体」へ対する微小な光の「部分」の絶えざる抵抗と敗北がこれまでの宇宙史の悲しい内容をなしているかのごとくにも思わせるのですね。というのも、微細な一つ一つの物質が気も遠くなるほど長い時間をかけて凝集しつづけて、ようやく一つの塊になり、そして、それが巨大な塊にまでなつて自らの重さによつて自ら発光するということは、まさに、私達個人個人が長く担いつづけてきた悲しい努力の結局の敗北を聯想させるがごとくですからね。

ところで、私達のその探索法の第二の手がかりは、勿論、ニュートンが私達に開示したところの「引力と斥力《せきりよく》」にほかなりませんね。あらゆる物質に引力と斥力が内在しているという法則は、私達のなかに愛と憎が内在していてそれらがそこにあることによつて私達は必然的になんらかの罪人になるということとパラレルであるように思われ、どうやら犯人は「物質」というふうにまず思われてきたけれども、しかし、それだけではまだなんらの確証もありませんね。というのも、この「引力と斥力」をより大きなかたちで考えると、「収縮と拡散」という運動のかたちにまでなつて、その「収縮と拡散」そのものの現在の展開のなかには、宇宙の過誤史の真犯人がいるというふうには直ちにすぐは思えないからです。

私は、ここで、「宇宙の過誤史」という珍らしい言葉を使い、それは先程述べたように、兄弟殺し、仲間殺しの生物としてこの地上に投げだされた私達自身を或る種ののつぴきならぬ被害者として見立てた上での私達中心の自分勝手な言い方ですが、ただに兄弟殺しの犯罪者に仕立て上げられた点ばかりでなく、何処にいるか解らぬ真犯人をさらに窮極の弾劾として弾劾したい私達の気持をどうにか整理して、何かを悲痛に叫びあげるとしたら、それは私達が永劫のなかに、「単独者」として、また、「孤独者」として投げこまれてしまったということに対する窮極的な弾劾になるのでしょうね。「無限」と「永劫」がこの大宇宙のなかに潜みつづけている真犯人の特性だとしたら、その真犯人もまたついにそこから絶対に遁れ得ざる或る怖ろしい「過誤」のなかに投げこまれており、私はその真犯人にひたすら共感をもちつづけることによって最後決定的な弾劾をそれだけ強烈におこないつづけたいと思っていますけれど、そういう「全体」に対する私の「個」の窮極的な弾劾は、さて、どういうふうに手際よくおこなったら、真犯人はびくつとするのでしょう。

私達の銀河宇宙は、直径が約十万光年といわれていますが、私達の双子星雲とでもいうべきアンドロメダ星雲もまた殆んど同じ十万光年という直径をもつているのですね。そして、私がベッドのなかに寝たまま天文学の書物に読み耽つていた頃は、私達の銀河星雲とアンドロメダ星雲のあいだの距離は百五十万光年といわれていましたが、現在の観測では二百万光年以上離れているのではないかというふうに訂正されています。その距離がいずれにせよ、十万光年の直径をもつた銀河星雲とほぼ同じ直径をもつたアンドロメダ星雲のあいだは、自分の身体の長さの十五倍ないし二十倍しか離れていないということになる。これは、考えてみると、極めて不思議なことであつて、遠くから眺めて、私達の銀河星雲もアンドロメダ星雲も直径一寸の球とすると、僅か一尺五寸か二尺ぐらいしか互いに離れていない。もし私達の地球を約一寸の球とすると、約三分くらいの小さな球である月までの距離は約二尺七、八寸から三尺近くになるのですから、或る遠い空間から銀河星雲とアンドロメダ星雲の二つを眺めると、月と地球の関係より、銀河星雲とアンドロメダ星雲の関係のほうがより親しく密接で、まさに双子星雲と呼ばねばなりませんね。ところで、戦後の天文学は、思いのほかに急速に発達して、私がベッドに仰向けになっているあいだに、「ローカル・グループ」という考え方もでてきた。それは、銀河星雲の附近に十以上の小さな星雲が集まっているという事態が解つたのですね。そして、そのなかで特に有名なのは、大マジェラン星雲と小マジェラン星雲という二つの星雲ですが、私達の銀河星雲をいわば中心とする一つの家族、あるいは地域共同体といつたこの「ローカル・グループ」は、ところで、「或る知られざる一点を中心に旋回しているのではないか」といわれるにいたりました。これは、まことに衝撃的な考え方で、私達の一家族がもしそうだとすると、その考え方のさらなる大きな類推は、双子の星雲である私達の銀河星雲もアンドロメダ星雲も、また、「或る知られざる一点を中心として」旋回しているのではあるまいかというところにまで到達する。如何なる天文学者も、いまのところまだ、星雲についてはそういうふうに旋回していると述べていませんけれども、もし無限と永劫がこの大宇宙のなかで一つの特性をもつているとしたら、敢えて飛躍して、そう推定せざるを得ない。そして、これは、まことにまことに、怖ろしいことですね。

私の病気がかなりよくなつて、玄関のそとの道路へまで出られるようになつたとき、私は、毎夜、玄関のすぐ前で暗い天空を眺めあげ、天頂にあるアンドロメダ星雲を長いあいだ凝視めていたものです。アンドロメダ星雲は、ペガサスの平行四辺形のなかにあつて極めて探し出し易い一点の光ですが、オペラ・グラスで覗いても、それが恒星でなく、星雲であるという渦巻き状に拡がつたかたちは決して解らない。けれども、私は、親しい孤独な共感をもつてそのアンドロメダ星雲を絶えず眺めつづけていた。というのも、ちようど宇宙の鏡のなかに、私達の銀河星雲がそこに映つているように、そのアンドロメダ星雲のなかにも、「孤独な共感をもつた私と同じような何か」がいまのいまいて、それを眺めつづけている私をまた向うからも眺めつづけ、この大宇宙のなかを主宰している真犯人についてまつたく同じように考察しつづけているのではあるまいかと思つたからです。いつてみれば、私はアンドロメダ星雲のなかの何ものかに或る種の双子性を覚えて、虚無のなかの孤独を忽ち乗り越えたところの宇宙のなかのひとりの共感者をまず持ち得たのですね。これもまた、私にとつて貴重な出発点ですね。

先程、私達のローカル・グループが或る知られざる一点をめぐつて旋回し、また、私達の銀河星雲とアンドロメダ星雲もまた或る知られざる一点をめぐつて旋回しているとしたら、まことにまことに、怖ろしいことだ、と述べましたが、もしそれらが実際に旋回しているとしたら、確かに、名状しがたいほど怖ろしいことです。

私達は、アンドロメダ星雲や、さらに、より美しい大熊座の渦状星雲の渦巻きの腕のかたちを見知つています。ところで、この渦巻きの腕は、「なかへ捲きこんで」いるのでしようか、それとも、また、「そとへ捲き出て」いるのでしようか。その内部と外部への方向の差によつて、まことにまことに、怖ろしいことには、この大宇宙の運命はまつたく違つたものになつてしまう、と私には思われたのです。

現在支配的である膨脹宇宙論は、いつてみれば、膨らみつづける巨大な風船の上に星雲が位置して互いに遠ざかりつづけている、という考え方ですね。その考え方を支えているのは、ただ一つ、「赤色偏移」という事実によるだけの想定ですが、この「赤色偏移」についてはまだまだ仔細に精査されねばならない。ところで、この膨脹宇宙が膨脹しきつたあと、どうなるかというと、こんどは逆に収縮しはじめる、という考え方がまた現在支配的ですね。この振動宇宙論は、ひとつの大きなアコーディオンが不思議な音色を発しながら膨らんだり縮んだりする一種正確でリズミカルな運動を思わせ、ポオは、その宇宙の振動運動を極めて美しい言葉で、「神の鼓動」と呼んでいますが、アンドロメダ星雲を眺めあげている私の漠とした考え方からすると、どうもそうした振動運動は神の心臓に適わしくとも、或る種のひたすら隠れに隠れつづける永劫の真犯人には適わしくない、と思われたのです。

もし渦状星雲の渦巻きの腕が、その内部へ捲きこんでいるとすると——というふうに、私は、暗い天頂を眺めあげながら、自分の暗い頭蓋のなかで推測しつづけました、その「なかへの捲きこみ」の極限は、一点への苛酷厳密な収縮になる筈であって、換言すれば、それは、「実在そのもの」へのまぎれもない凝結である。それは、自己が自己に重なり得た実体の極点であって、それは、そこに、恐らく、永劫にとどまろうとするであろう。しかし——つかのまの充足はあっても、永劫の自己充足に安住することがあり得ぬことこそ、自己自身の原理である。換言すれば、「自同律の不快」の原理がそこでのつぴきならず働く。というふうに、暗い頭蓋のなかの私の推定は進んでいつたのでした。そして、その一点への凝集、自己が自己に重なつた自己充足は、そこにおこるのつぴきならぬ不快の幅だけ、それだけ「変容」しはじめなければならない。いまの「私達の一つの宇宙」は、まさに仏教のいう三千世界へ向つて踏みださねばならない。それが「無限」と「永劫」のなかの一宇宙の運命である。——まあ、こんなふうに、アンドロメダ星雲のなかのいわば私そつくりの分身に向きあつたつもりの私は考えつづけたのでした。

ところで、反対に、渦状星雲の渦巻きの腕が「そとへ捲き出て」いるのだとしたら、私達の宇宙の運命はどうなるのでしょう。もし渦状星雲の渦巻きの腕が「そとへ捲き出て」いるなら、遠心力によつて星は外へ外へと絶えず投げだされつづけなければならないが、私達はここで「一つの渦状星雲」のみを相手にしているのではなく、一つの宇宙のなかの「すべての星雲」のそれぞれがいわば渦巻きの腕となつて「そとへ捲き出て」いると仮定しているのであるから、それらの星雲の「すべて」は「宇宙のそと」へつねに投げ出されつづけるということになる。先程述べた円い風船が膨らんでゆく膨脹宇宙においては、それが膨らみきつた果てに、いわば宇宙の枠である壁にうちあたつたかのごとく収縮しはじめるのは円い風船として当然であつて、ポオのいう「神の鼓動」、つまり、振動宇宙論は膨脹宇宙論のひとつの必然的な帰結にほかならないのですね。ところで、「神の鼓動」のごとく膨脹し、収縮するのではなく、「絶えず」宇宙のそとへ投げ出されつづけるということは、いつたい、どういうことでしょう。それは、勿論、星雲をここかしこに散らばせていた私達の宇宙が、まさに、「空《から》」になるということを意味します。つまり、或る時間の幅のなかで私達の宇宙は、空虚な虚無の空間になつてしまう。ところで、と、アンドロメダ星雲のなかの私の分身も、私もそつと低く囁きあいます――ところで、私達の宇宙の「そと」へ投げ出された「すべて」の星雲は、いつたい、何処へ消えてゆくのだろう……。すると、同じように低く囁く声が何処からともなく聞えてきます。「ひたすら虚無のなかへ……」と。

アンドロメダ星雲のなかの私の分身も、私もそこでまつたく同じ意見に到達しましたが、それにしても、なんという奇妙な漠とした荒涼たる考え方でしょう。そこには、いつてみれば、「二重の虚無」があります。私達の宇宙のなかに「何もなくなつてしまう」虚無と、その宇宙のそとの「虚無」のなかへ私達の宇宙の「すべて」が消えこんでしまうという「二重の虚無」があるのですね。

渦状星雲の渦巻きの腕が「そとへ捲き出て」いるとすると、確かに、まことにまことに、怖ろしいことになりました。このアンドロメダ星雲のなかの私と銀河星雲のなかの私が互いに低く囁きあつた私達の考え方を、さらにもうすこし注釈してみると、私達の宇宙は「一つの宇宙」で、自己の枠をもつている点で空間的に「有限」で、また、時間的にも「有限」であるということが解ります。このような「有限な宇宙」は、いつてみれば、こちらの部屋の住人が立ち去つて空《から》になると隣りの部屋にひとがはいつてくるように、その隣りあわせの一つ一つの宇宙のなかに、いわば隣りから隣りへと或る存在のかたちが生じて、それらの一つ一つの部屋をもつた多様な宇宙の総体のかたちは、いつてみれば、見事な蜂窩《ほうか》状をしているといつていいのですが、その無限に生じてくるそれぞれ隣りあわせた一つ一つの宇宙が嘗ていまだ空間的にも時間的にも無限であつたことは一度もない。空間的にも時間的にも、まさしく「無限」なものは、そうすると、どうも困つたことに、私達の宇宙のなかのすべての存在が消えこんでゆくところの「そと」にある虚無にほかならなくなるのですね。私達の宇宙の星雲群がすべて消えこんでゆく「そと」の虚無は、いわば、窮極の入口であつて、そこにだけ「無限」と「永劫」の標識がある。いつてみれば、無限と永劫の虚無の海を私達の一つの宇宙のばらばらな部分があてもなく漂流しているのですが、その「虚無」のなかでは、この私達の宇宙のなかでのように、個々の小部分の凝集による再生という事態はあり得ないのですね。それほどすべての部分は無限のなかを無限に漂よつている。

こうなると、無限と永劫の特性を備えた過誤の宇宙史の真犯人は、蜂窩状に隣りあつて並んでいる個々の宇宙を無限につぎつぎとのみこんでしまうところの「大虚無」ということになりますね。私達の一つの宇宙が自身のなかのすべてを取り去られてしまつたあとの事態を「小虚無」とすると、この見渡すかぎり暗黒の海の「大虚無」こそ、ついに、私並びにアンドロメダ星雲のなかの私の分身が対抗すべき最後の相手となつたのですね。

さて、ところで、私達はどのようにして「そいつ」と対抗できるのでしよう。私達のすべてを苦もなくのみこんでしまう無限と永劫の大虚無をどのようにして、ぎよつ、とさせ得るのでしよう。それは、勿論、無限と永劫の巨大な全体に対する有限とつかのまの個体の優位性を、いわば逆転につぐ逆転を重ねて、どうにか、そしてまた、どうにか、取りだしてくることにほかなりませんね。これをさらに換言すれば、自由とは個体にのみ許される属性であるという証明をついに決定的にしおおさなければならない。そして、手品師がシルクハットのなかから兎や鳩を取り出すように、ただただ私達の暗い頭蓋のなかから、「無限と永劫」の原理に従わない何かをさっと鮮やかに取り出してくるのですね。ということは、無限と永劫の大虚無のなかへあらゆる宇宙存在が消えこむのと「まつたく違つたかたち」で私達はその暗黒の大海のなかへ無理やりはいりこんで、永劫に目覚めたこともない大虚無自体に不意と身顫いさせてぼんやり目を開かせようとするのですね。すると、それは、物言わぬ大暗黒のもつ不思議な必然への最初で窮極的な抵抗のかたちで、どうしてこんなことがついにできてしまつたのだろうと思われるほどの、この過誤の宇宙史のなかにまつたくはじめて出現したところの思いがけぬ是正の平手打ちになる筈です。そして、無限と永劫の大虚無が逆にそれに従わねばならないと否応なく思わざるを得ないところの無限宇宙はじまつて以来の「虚無の必然のなかへ消えこむ」ことへのこの思いもよらぬ拒否の仕方は、ところで、勿論、先程述べたように手品師のシルクハットのなかだけでしかできないのですね。しかも、私達の手品のシルクハットとは、一冊の書物にほかなりません。その一冊の書物のなかでだけ、無限と永劫の全体に対する小さな個体のつかのまの抵抗がついに優位して、過誤の宇宙史の全体が思いもかけぬまつたくの新しい飛躍として決定的に思いきり是正されてしまうというあらゆる生物がその始源からもちつづけていた「夢想の業《わざ》」がついにおこなわれるのですね。つまり、その「消えこみ方」が無限と永劫のまつたく思いもかけなかつた一種不思議な「呼び戻し」として「大虚無」を震撼させてしまう。

私は、先程、私達は何処へ消えてゆくのだろう、と怖ろしそうに囁きあつたと述べました。ところで、私は、ついに一冊の書物だけを武器にして、生と存在のなかの単独な思索者のまつたく最後の証明であるごとくに、無限と永劫の真犯人をぎよつとさせて、まさに「人間的な」消えこみ方をしてみせたのですね。ついに一冊の書物は、必然のみに支配されつづけてきた過誤の宇宙史のなかへいま自由を投げこんだのですね。

そして、それがただただ「一冊の書物」のなかだけでしかおこなわれ得ないということは、ただにアンドロメダ星雲のなかの私の分身と、私の宇宙論のみならず、私の文学論も、また、私の思索論も、根幹は同じということになりますね。私は、ただ一冊の書物を、無限と永劫の大虚無の入口から、その向うの果てもない暗黒目がけてはじめて頭を擡げた未出現の霊のごといきなり投げこんでみることになりました。だいたい、暗黒とは、未出現の生と存在についての永遠の妨害者兼保証者にほかならなかつたのですが、一冊の書物をもつた私達は、ついに頭を擡げた未出現の霊の思わざる出現のように、闇と虚無をぎよつとさせ得たのです。そして、たとえ一冊の書物のなかだけでも、生物史はじめての暗黒の大虚無へのまったく屈服せざる啓示的な入り方を、無限と永劫に向ってぎよっとするふうに示した以上、その後も、私達の相手を、ただひたすら「一冊の書物」を怖れに怖れつづけるといったふうにさせておきつづけたいものですね。

埴谷雄高（はにや・ゆたか）一九〇九～一九九七（明治四二～平成九）年。小説家・評論家。台湾生まれ。短篇集『闇のなかの黒い馬』は谷崎潤一郎賞を受賞。戦前に検挙され獄中で構想した『死霊』を、戦後に執筆して日本文学大賞を受賞した。「宇宙について」は『薄明のなかの思想――宇宙論的人間論』（一九七八年、筑摩書房）に収録された。底本は『埴谷雄高全集』第一〇巻（一九九九年、講談社）を用いている。天体を描いた他の作品に、「宇宙型と神人型」「宇宙の鏡」「宇宙のなかの人間」「木星人、北杜夫頌」などがある。

編者エッセイ　言葉が紡ぐ物語、計算が導く物語

和田博文

1　星に願いを――七夕／流星／星座

宇宙は一三八億年前に誕生した。現存するヒト族、すなわちホモ・サピエンスが、非現生人類から現生人類に進化したのは、二〇万年前〜一〇万年前である。宇宙の歴史を一年間に縮めたコズミックカレンダーを作成すると、二〇万年前は大晦日の夜、あと一時間余りで新年を迎える時刻に相当する。世界最古と言われるシュメール都市文明が誕生するのは、紀元前三五〇〇年〜三一〇〇年。これはコズミックカレンダーでは、新年のカウントダウンが始まる直前にあたる。つまりホモ・サピエンスは、宇宙の歴史にごくわずかな時間しか立ち会っていない。ヒトは出現した当初から、月が太陽と入れ代わり、闇が支配する時間帯に星空を見上げてきた。言葉や文字を所有するようになってからは、天と地をリンクさせる物語を作り続けている。

織姫星と牽牛《けんぎゅう》星（彦星）が七月七日に再会する七夕伝説は、物語の一つである。二

人は結婚してから、一緒に暮らす生活が楽しくて、織姫は機《はた》を織らなくなり、牽牛は牛を追わなくなった。そのため天帝が怒り、天の川の東と西に、二人を引き離してしまう。年に一回だけ会うことを許された日は、天の川にカササギが橋を架けてくれる。しかし雨が降ると水かさが増して、橋を渡ることができない。この物語は、七夕の風習を日本の各地で生み出した。野上弥生子は「たなばたさま」（本書三五頁）に、七日の日が近付くと、笹売りから笹を買って、色紙に歌を書き、それを枝に結び付けたと書いている。二人が会えますように、今夜だけは雨が降りませんようにと、彼女は祈った。

野上弥生子の記憶のなかの七夕は、東アジアに視野を拡げると、共通する行事というわけではない。七夕の物語は、中国で生まれ、朝鮮半島を経由して、奈良時代に日本にも伝わった。伝播の過程で、伝説や行事は変化する。私は勤務先の東京女子大学で、留学生の科目も担当している。中国・韓国からの留学生は、自国で七夕の日の行事を楽しんだことがある。しかしミャンマーからの留学生は、来日して初めて七夕と出会う。また中国や韓国では、願い事を書いた短冊を、笹にぶら下げることはない。さらに韓国では、七夕の日に雨が降るのは、織姫と牽牛が再会できて、うれし涙を流すからと言い伝えられている。

茨木のり子「七夕」（『鎮魂歌』一九六五年一月、思潮社）に、「わたし」と夫が天の川を眺めようと散歩していたとき、焼酎の匂いをぷんぷんさせた男が草むらから現れて、「アンタラ！　ワシノ跡　ツケテキタノ？」と問う場面がある。男は朝鮮語の喧嘩がしばしば起きる「あばらや」の住人だった。「漢民族のきれいな古譚／かつて万葉人の愛した素材も／もとはと言えば高句麗・百済経由ではるばると／伝えられたものではなかったか／文字　織物　鉄　革　陶器／馬飼い　絵描き　紙　酒つくり／衣縫い　鍛冶屋　学者に奴隷／どれほど多くのものが齎《もたら》されたことだろう」と、茨木は書いている。「古い恩師の後裔《こうえい》たち」が「夕涼みの者をさえ　尾行かと」恐れる場面に遭遇して、「わたし」の心は波立ち、「わけのわからぬ哀しみ」で一杯になる。

天体はゆっくりと動くから、夜空を見上げたときに、スピーディーに移動する光はすぐ目に入る。航空機を除くと、その代表的なものは火球と流星。明るい閃光を放つ火球は、小惑星に近い軌道のものが多く、大気圏突入後も燃え尽きず、隕石として落下することがある。それに対して流星は、彗星（太陽を焦点に、楕円や放物線などの軌道を運行する天体）が太陽に近づいたときに放出する、塵のような小物質が、大気の分子と衝突して発光するガスである。地上で見ると流星は、他の星と同じような大きさで、夜空を流れていく。一秒ほどの時間で消えてしまうが、その間に願い事を三回唱えると、願いがかなえられると言われている。

短く光るという流星の属性は、メタファーの機能に転化する。俳人の山口誓子は

「火星のことなど」(「随筆」一九五六年一〇月)で、「星流る身後《しんご》のわれの何ならむ」という自作に触れ、「人に示す句としては不適当」と記している。また伊勢の海岸で作った「死がちかし星をくゞりて星流る」という句について、「病重き日の自分さながらであるとは云へ、か丶るときに書くべき句ではない」と述べた。しかし「不適当」「書くべき句ではない」という否定の感情は逆に、流星が山口の心的世界にもたらした波紋を、鮮やかに示している。短い時間で流れて消える、光の軌跡を目にするとき、人はしばしばそこに、自らの生の軌跡を重ね合わせる。

高橋源一郎「星降る夜に」（『さよなら　クリストファー・ロビン』二〇一二年四月、新潮社）のなかで、流星は命が消える暗喩として使用された。山の奥にある「重病の子どもも専門の病院」で、動くこともできず、呼吸をするだけの状態になった子供に、本を読んで聞かせる仕事を「わたし」は引き受ける。ある日、手にした本はこんな内容だった。いま目にしている星の光は数千年前のもので、星がその後に暗く冷たくなっても、光は旅を続ける。すると子供は燃えるような大きい目を開いて、こちらを見つめた。「わたし」はさらに本を読んでいく。空を見上げた瞬間に、流れ星が音もなく空をすべり、みんなと自分に幸福が来ますようにと、少年はお願いをした。そこに看護婦がやってきて、子供はもう何日も起きていないと告げる。子供は翌日の明け方に亡くなった。

星座は個々の星への距離を無視した、地上で眺める星の平面的な配置図にすぎない。しかしそれは、さまざまな神話や物語と結び付いて語られてきた。星座は、太陽・月・惑星の動き、彗星や流星、日蝕や月蝕と共に、占星術の基礎になる。古代のメソポタミアやギリシアや中国では、多くの星座が命名されてきた。一九二二年に国際天文学連合の設立総会は、星座の数を八八に決定する。日本では宮古列島や先島《さきしま》諸島に行くと見られる「みなみじゅうじ座」が、その中に含まれている。北十字星と対になるように、南十字星と呼ばれた星座である。明治・大正・昭和戦前期に、ヨーロッパに赴く欧州航路の途中で、南十字星を目にした人は多い。岡本かの子は「星」(本書二〇二頁)に、「渡欧の船中、印度洋で眺めた南十字星の美しさは、いつまでも忘れ難い」と記している。

異国の星空を織り込んだ小説の一つに、岸田國士《くにお》の「緑の星」(『スタイル読物版』一九五〇年二月)がある。高原避暑地のホテルに勤める深草乃里は、二十数年前に欧州航路の客室係を務めていた。船が印度洋を過ぎて紅海にさしかかると、地平線の上に次々と、エメラルド色に瞬く星が湧き出てくる。「澄んだ夜空」は「エメラルドをふり撒いた」ような光景になり、星の群れはどこまでも続いている。星空の記憶は深草にとって、船中で出会う、生涯でただ一人の男性の記憶と結び付いていた。ホテルに宿泊中の男性が、客船で火夫として働いていた頃に、深草と一夜限りの関係を結んだことを思い出し、侮蔑的な言葉を吐く場面で小説は終わる。恋の思い出は、一方的な幻想にすぎなかった。しかし小説を読み終えた読者の脳裏には、日本とは異なる満天の星の光景が、印象深く残ったに違いない。

2　不吉な天体ショー――日蝕とハレー彗星

天空から飛来する小惑星や隕石は、地上に大きな被害をもたらすことがある。メキシコのユカタン半島に残る、直径約一六〇キロのチクシュルーブ・クレーターは、特に有名な隕石の痕跡である。衝突時の推定エネルギーは、広島型原子爆弾の一〇億倍。六五五〇万年前の地球で、恐竜などの生物を絶滅に追い込んだ。その場にもし立ち会っていたら、神の怒りが天から降りてきたと確信したに違いない。近年でも二〇一三年二月一五日に、ロシア連邦のチェリャビンスク州で火球が目撃されている。火球は数十キロの高度で分解し、大きな爆音が響いた。発見されたクレーターの直径は、一〇メートル以下にすぎない。それでも衝撃波のため、窓ガラスが割れる被害は広範囲に及んだ。

隕石の落下でなくても、天空の異変は、人間を含む動物に不安や動揺をもたらす。地球は太陽の周囲を公転し、月は地球の周囲を公転している。月が太陽と地球の間に来て、太陽全体が隠される現象が皆既日食。日食は古代から世界の各地で、凶兆として怖れられてきた。一八八二年二月一日の『大阪朝日新聞』は、同年五月一七日にフランス南部で皆既日食が起きることを伝え、現地新聞の次のような記事を引用している。「これある時には人畜ともに狼狽して不慮の災難を受け或は家雞《にはとり》は塒《ねぐら》に帰へり野鳥は木に栖む等の奇観を呈するものあり」と。「不慮の災難」が何を意味するのかは書かれていないが、鳥などの動物が不安に駆られても不思議ではない。

フランスで私は、皆既日食を見たことがある。『言語都市・パリ 1862-1945』（二〇〇二年三月、藤原書店）という本を書くため、一九九九年八月に四人の共同研究者とパリで実地踏査をしていた。そのときシャンパンで有名なランスに行けば、八月一一日に皆既日食を見られると耳にする。パリは部分日食だったが、太陽を見るためのグッズは、どこでも完売していた。ランスでは藤田嗣治が建てたフジタ礼拝堂を訪れ、まだ少し時間があるのでマックで休憩していると、一〇分前に店員が客を追い出し始める。彼らも世紀の天体ショーを楽しみにしていたのである。少しずつ暗くなってくると、異変に気付いた鳥たちが騒ぎ始める。やがて周囲は暗闇に包まれた。

一八八七年八月一九日に、日本の北関東から福島にかけて、皆既日食が到来する。福澤諭吉は「日蝕の思付」（『時事新報』同年八月一九日）で、都会では巾着切《きんちゃく》（すり）が闇に乗じて活躍すると述べて、「今日の午後市中往来の人は全く夜分の覚悟にて用心専一なる可し」と注意を促した。もっとも翌日の「日蝕に懲り〳〵」（『時事新報』同年八月二〇日）を読むと、噂に引きずられて、「往来もあぶない、泥棒が這入るかも知れぬ、戸締に気を付けよ、通筋《とほりすじ》瓦斯燈の用意は勿論、毎戸にランプを燈せ、老人子供は外に出すな、銀行などの取引は午後お休がよかろふ」と書き、巾着切の警告を発したことを恥じている。日食は確かに夜間のような闇をもたらした。しかし目のいいお婆さんはのんびりと蚤をとり、隠居したおじいさんは煙草をくゆらしている。平穏のうちに日食は終わり、周囲は明るさを取り戻したのである。

一九三六年六月一九日の皆既日食は、世界各地で観測が実施された。月が作り出す黒い影は、この日の朝にイタリアの地中海側からスタートし、ギリシア・トルコ・黒海・シベリア中央部を、毎秒一キロのスピードで東に進み、北海道の北部を通過して、太平洋に去っている。アメリカや日本の観測隊はソ連まで遠征した。オレンブルグ州では直前に蝗《いなご》の大群が空を覆ったが、三機の飛行機で駆逐して、無事に観測を終えている。北海道には道外から一万人が押し寄せて、日本放送協会は実況リレー放送を行った。世界各国の研究者は一カ月前から北海道入りして、観測の準備を進めている。「けふ二分間の決戦」（『東京朝日新聞』同年六月一九日）によると、観測各班の周囲には広く柵が設けられた。警官や青年団の警備の下で、研究者以外は立ち入り禁止となる。新聞記者も柵近辺での、自動車のヘッドライトや、カメラのフラッシュを禁じられている。

東京では部分日食が見られるので、多くの人が天体ショーを楽しんだ。「この好機を逃さず―素人日食観測法」（『東京朝日新聞』一九三六年五月二四日）という記事は、濃い色ガラスか、蠟燭でいぶしたガラスを用意するよう勧めている。梅崎春生は「ピンポンと日蝕」（『新潮』一九五〇年一月）に、この日の日食を織り込んだ。「侘しい一膳飯屋」で昼食を済ませると、そこで働く少女が「すすを塗った硝子」を渡してくれる。外に出てそれをかざすと、斜め下の部分が三分の一ほど欠けた、「血のように」赤い太陽が見える。その夜、「私」は居酒屋で酒を飲みながら、「あの壊れた太陽が、今の私とどんな関係があるのだろう。どこで結び合えばいいのだろう」と自問する。居酒屋を出てから歩き始めた「暗い道」は、長い戦争の闇へつながっていた。「壊れた赤い太陽」は、「暗い道」にいざなう道標のような役割を果している。

彗星は長らく、天変地異や疫病、戦乱の兆候として恐れられてきた。なかでも白い尾を曳くハレー彗星は、「凶なる星」と見なされている。約七六年の周期で地球に近づくこの彗星の記録は、紀元前から存在する。二〇世紀中に姿を見せたのは、一九一〇年と一九八六年の二回。前者の場合は、前年の秋から彗星のニュースが目立つようになった。「ハリー彗星出現（三）」（『東京朝日新聞』一九〇九年一一月一五日）は、一四五六年に起きた騒ぎをこう報じている。尾の部分が「九十度」近くまで折れて、「天空の半を截断する」ように見えたので、ローマ法王は彗星に親書を書き、「教敵たる土耳其《トルコ》人を調伏させ給へ」と祈りを捧げた。各地の教会には、正午に鐘を鳴らすよう命じている。

ハレー彗星の接近が大騒ぎになるのは、古代や中世だけではない。一九一〇年に内田百閒は旧制高校三年生だった。「ハーレー彗星あと二十年」（『小説新潮』一九六六年一〇月）によると、「今出てゐる彗星は幾日か後に地球にぶつかると云ふ噂」が流れて、岡山に住むお婆さんが「この歳まで生きて今更その様な恐ろしい目に遭ふのはいやぢや」と、縊死自殺してしまったという。丸山薫は一〇歳を少し超えていた。「幾日かののちにはその尾が／地球にふれるはずだと噂された／僕たちは瓦斯体につつまれ／みんな眠くなつて死ぬだろうと言われた／おお　世界中の人間がひとり残らず死ぬ！」と、「遊星の中に」（『青春不在』一九五二年八月、創元社）で回想している。

内田百閒が書いた衝突の噂は、新聞記事でたどることができる。『東京朝日新聞』は一九一〇年一月一四日の「彗星落下説」で、ほうき星が地に落ちるとき、霧雨に打たれた者は悪疫を患って死ぬから、赤飯を炊いて七社詣でをしないといけないという話が、千葉県から広まっていると伝えた。一月二一日の「人類亡滅の迷信」は、彗星の落下で地球上の人間はすべて死ぬという噂が茨城県で広まり、数百人が神社に赤飯を捧げたと報じている。また二月二八日の「彗星の迷信」によると、二つの彗星が天空で衝突して血の雨が降り、それに触れると死ぬと聞いて、埼玉県で先を争うように参詣が続いているという。三つのニュースに共通するのは、新聞があくまで「迷信」と捉えていることである。

しかし丸山薫の詩に登場するハレー彗星の尾の話になると、事情は少し異なる。『東京朝日新聞』が一九一〇年四月二三日に掲載した「ハリー彗星（上）」は、フランスの天文学者の次のような説を紹介した。五月一九日に彗星の尾が地球を包み、人類に危害を及ぼす危険性がある。尾に含まれる水素が、地球の酸素と化合すると、人類は窒息して死滅する。反対に空中の窒素が減ると、人類は踊ったり跳ねたりして死滅すると。記者は「恐怖する方が至当であらう」と結んでいる。四月二七日の「ハリー彗星（下の下）」は、少しトーンが下がり、尾に含まれる有毒ガスが濃厚でなければ、死滅することはないだろうと述べた。それでも「記者は其危険を唱道せねばならぬ」と付け加え、「隕石が落ちて来るとか電気的の作用が働く」可能性はあり、太陽の表面や光に「異様の現象」が生じるのは「疑ふべき余地」がないと断じている。

それから七六年が経過して、一九八六年にハレー彗星が姿を現したときの、人類の対応や反応には隔世の感がある。「ハレー探査機〝出番〟」（『朝日新聞』夕刊、一九八六年三月五日）によると、ソ連はベガ一号と二号を、日本は「すいせい」と「さきがけ」を、ＥＳＡ（欧州宇宙機関）はジョットを打ち上げ、ハレー彗星を間近で観測した。アメリカは惑星探査機パイオニア金星一号を接近させている。また各国の技術や情報を交換する、国際協力の態勢が組まれるようになった。探査機ベガのデータを解析した結果、ハレー彗星には二つの核があることが分かる。探査機「さきがけ」のデータにより、ハレー彗星の尾は、太陽の磁力線の向きの影響を受けて変形することが判明した。

七六年前のように風説と恐怖ではなく、一九八六年のハレー彗星は、宇宙観測ブームをもたらす。「ハレー」（『朝日新聞』一九八六年六月一二日）によると、四月半ばに電通リサーチが行ったアンケート調査では、一〇〇〇人中九九人がハレー彗星の地球接近を知っていた。実際に見たのは三人にすぎないが、人口の三％と考えれば、約三〇〇万人が目撃したことになる。ピアニストの中村紘子は、ハレー彗星接近直後に、夫が天体観測に興味を持つようになり、天体望遠鏡と星座早見表を携えて、真夜中に車で走り回っていたと、「天体望遠鏡が怪しい」（本書一九〇頁）に書いている。二〇世紀後半の天体ショーは、各国でにわか天体ファンを増やしたのである。

3　アヴァンギャルドと四次元――稲垣足穂と宮沢賢治

一九世紀後半から二一世紀の、天体を織り込んだ日本文学を読んでいくと、一九二〇年代に大きな変化が訪れたことが分かる。それまでの文学とは異質な、新しい領域が開拓されているのである。代表的な開拓者の一人は稲垣足穂だろう。何が文学に、新たな開拓を促したのだろうか。稲垣の「星を売る店」(『中央公論』一九二三年七月)を読むと、変化のコンテクストがよく分かる。作品の舞台は海港都市・神戸。山本通り・湊川新開地・山ノ手・中山手通り・生田などの固有名詞が散りばめられ、一九二〇年代初頭の神戸のモダニズムが、シルエットのように浮かび上がってくる。

もちろんそれは実在した神戸の都市空間ではない。「私」は街を歩きながら、「ふと頭に浮んだ童話」を早く書きつけておこうと思う。この機会を逃したら、それは「かかない物語」になってしまう。「おとぎばなし」をまとめるために周囲を見回すと、薄靄のように「ファンタジー」が拡がっている。自動車や電車には「非常にきれいな夢」が乗っている。辻の向こうの店のガラス窓を覗くと、きらきらした「金米糖」が一杯ある。店員はその「金米糖」を、世界中で最も天に近い、エチオピア高原の「ある奇蹟の地」で取れた「星」だと説明する。星を汽車の煙突に落すと、笛が鳴って動き出す。楽器のサウンドボックスに入れると、糸がひとりでに鳴り始める。

作中の言葉を使うなら、「私」は「表現派の街」「表現派めく都会」を歩き、海港の黄昏を見て、「ここはキユービズムに描けるぞ」と思う。第一次世界大戦はヨーロッパを主戦場として、一九一四年から一九一八年まで続いた。その前後に生まれるアヴァンギャルド(未来主義・立体主義・ダダイズム・構成主義・表現主義など)は、一九二〇年代前半の日本でほぼ同時に流行し、文学・演劇・美術など文化のさまざまな領域で、それ以前の規範性を破壊する。この作品に最も多く登場する表現主義は、客観性を退けて、主観性を拡大することにより、外界のフォルムを歪曲・変形させた。稲垣足穂の「星を売る店」は、デフォルマシオン（対象を変形させて表現すること）の方法に支えられた作品である。

ただ稲垣足穂が最も惹かれたのは、表現主義ではなく未来主義だった。日本で初めて動力付飛行機の飛行が成功するのは一九一〇年一二月。一九一三年五月には都市連絡飛行中の武石浩玻《こうは》が墜落して、民間航空界で最初の犠牲者となる。武石のチャレンジに感動した稲垣は、一九一九年に複葉機の製作に携わった。飛行機の黎明期の体験は、機械文明のスピードに美を見出す未来主義に、稲垣を近付ける。一九二〇年九月に開かれた第一回未来派美術協会展に稲垣は、「月の散文詩」を出品した。星と月を主な題材にする『一千一秒物語』（一九二三年一月、金星堂）は、その延長線上でまとめられる。地上からかけ離れたものへの関心は、飛行機への好奇心と、天体への好奇心として、顕現したのである。

一九二〇年代に天体を織り込み、日本文学の新しい領域を開拓したもう一人の文学者は宮沢賢治である。アルベルト・アインシュタインが現代物理学の基本理論となる特殊相対性理論を発表したのは一九〇五年、一般相対性理論を明らかにするのは一九一六年である。その三年後の皆既日食の際の観測で、重力レンズ効果（太陽の重力場で光が曲げられること）が証明され、アインシュタインの名は一躍、世界中に知れ渡った。改造社の山本実彦の招待を受けて、アインシュタインが来日するのは一九二二年一一月一七日である。四十日余りの滞在中に、慶應義塾大学三田講堂を皮切りに、各地で講演会が開かれた。賢治がいる東北でも、一二月三日に仙台市公会堂で講演会が催されている。『春と修羅』（関根書店）の刊行は一九二四年四月だから、ちょうど収録作品の執筆時期にあたる。

この詩集の「序」は、「すべてこれらの命題は／心象や時間それ自身の性質として／第四次延長のなかで主張されます」と結ばれている。「第四次」は宮沢賢治文学の、キーワードの一つである。ヘルマン・ミンコフスキーはアインシュタインの特殊相対性理論が、三次元の空間に時間軸を組み合わせた、四次元の時空によって、簡単に記述できることを明らかにした。「巨きな人生劇場は時間の軸を移動して不滅の四次の芸術をなす」（「農民芸術概論綱要」）という、ノートに記された一節に明らかなように、賢治は時間軸を意識して、四次元を作品に織り込もうとする。孤独なジョバンニが、友人のカンパネルラと一緒に、銀河鉄道を旅する童話「銀河鉄道の夜」は、その先に生成していくのである。

4　物理学が明らかにする宇宙と、言葉が拓いていく宇宙

一九三二年三月に日本プロレタリア文化連盟関係者の一斉検挙があり、日本共産党に入党していた埴谷雄高も起訴される。豊多摩刑務所の独房に収監されたときに読んだイマヌエル・カント『純粋理性批判』が、埴谷の思想形成に大きく関わったことは知られている。しかし埴谷の方向を定めたのはカントだけではない。「宇宙型と神人型」(『伝統と現代』一九七〇年一二月)によれば、午前中はカントの他に、ハインリヒ・リッケルトや、ヴィルヘルム・ヴィンデルバンドら、新カント派の哲学書に目を通した。しかしそれらの本は難解で、なかなか進行しない。対照的に午後の読書はスムーズで、そのとき手に取った一冊が、スワンテ・アーレニウス『史的に見たる科学的宇宙観の変遷』(一九三一年一〇月、岩波文庫)だった。「灰色の壁」と向き合う密室で、「無限の想像力だけをそそる」この本にのめりこんだ埴谷は、「「自己流の宇宙観」を組み立ててとめどもない「妄想」に耽っていた」と回想している。

アーレニウスのこの本は、インド・ペルシア・エジプト・ギリシアなどの、宇宙創造に関する神話や暦や占星術から説き起こし、古代〜中世の哲学者が、天体や無限をどのように捉えたのかという歴史を追いかけている。埴谷雄高が「自己流の宇宙観」を形成するための媒介としては、申し分のない本だった。ただ翻訳者の寺田寅彦は「訳者附記」で、「原著の最後の改訂以来物理学天文学の方面に於ける急速な進歩の為

「修補」についての、「宇宙空間に於ける光線の彎曲《わんきょく》」についての、「修補」が欠かせないと寺田が考えていたのは、「宇宙空間に於ける光線の彎曲」に原著中の叙説に明らかに若干の修補を加へる」必要があると指摘している。

第二次世界大戦後も埴谷雄高は、結核のために療養生活を余儀なくされた。「宇宙について」（本書三四五頁）で埴谷は、このときに読んだのは探偵小説と天文学の本で、後者はどれを読んでも深い興味を引き起こされたと書いている。その結果、埴谷の思索は「宇宙論的なものばかり」になっていった。埴谷の言葉を使うと、パロマ天文台の二〇〇インチの望遠鏡は、「戦後の天文学の劃期的な発達」を牽引する。また戦争中に発達したレーダーは、電波望遠鏡の時代をもたらした。戦後の天文学の世界は、埴谷が戦前に読み耽った天文学の本の内容とは、「まったく様相を異に」したのである。それは「無限」や「虚無」や「実在」についての、埴谷の思考を大きく育てることになった。

埴谷雄高と共に戦後の近代文学派の、評論家として活躍した荒正人は、埴谷と同じように天体に関心を抱いた。「地球外の生命」（伏見康治・他編『生命の科学』第五巻「月報」一九五六年七月、中山書店）は、次のように書き出されている。「今年の九月には、火星が接近する。これは、今世紀最後の大接近である。パロマ山の二百インチ望遠鏡などが、どんな収穫をあげるか、今からたのしみである。火星の話になると、今でも、火星の生物のことが話題になる。むかしは、たこのような恰好をした火星人の絵などがあった。現在では、そういった高等な生物を、本気で問題にしている人はいない。といって、生命が全く存在しないわけではない」。

火星の接近には、二年間隔で地球に近寄る小接近と、およそ一五年ごとに地球に近づく大接近がある。「火星32年ぶりの大接近」(『朝日新聞』夕刊、一九五六年八月二五日)によると、大接近は一九二四年と一九三九年に起きて、戦後は一九五六年九月七日に、地球から五六五四万キロの距離まで近づいた。小接近と比べると、大接近の際は、火星の大きさが二倍近くになり、明るさは四倍になる。「たこのような恰好」の火星人は、イギリスのＨ・Ｇ・ウェルズが一八九八年に発表したＳＦ小説『宇宙戦争』に登場する、火星人の古典的なイメージである。惑星のなかでも火星に注目が集まるときには、必ずと言っていいほど生物への言及が含まれている。

一九五六年九月に入ると、『朝日新聞』は連日のように火星の記事を掲載した。荒正人「火星を見る」(本書一五二頁)はそのうちの一篇で、九月四日の夜に上野の科学博物館屋上で行われた観測会の様子が描かれている。この日の空は「霧のような雲」に覆われ、火星はなかなか姿を現さない。ようやく雲が切れても、気流の関係で、火星は「線香花火の先の玉」のように揺れている。尾崎喜八は「湖畔の星」(本書一九六頁)で、諏訪湖畔の測候所の前で天文同好会が開いた、第一回天体観望に言及した。

反射望遠鏡はまず木星とその衛星を捉え、続いて射手座・ヘラクレス大球状星団・エプシロン二重連星・白鳥座ベータ星などの姿を見せてくれる。しかし夜空が次第に曇り始め、地上には薄い霧が流れて、観測会は終了となってしまう。

埴谷雄高は第二次世界大戦後の天文学の世界が、大戦前とまったく異なることに驚いていた。しかし一九九〇年代から二一世紀にかけて、天文学の世界は飛躍的に変化する。ビッグバンによって宇宙が誕生するのは一三八億年前と特定され、銀河系の向こう側が捉えられるようになる。また太陽系外の惑星が次々と見つかり、一〇〇億光年以上離れた銀河が発見される。荒正人や尾崎喜八がエッセイに書いたように、地上で観測しても、大気の状態により像は揺らいでしまう。また宇宙からやってくるX線・遠赤外線・ガンマ線・紫外線は、大気に邪魔されて、地上では観測できない。大気圏外の宇宙空間に打ち上げた宇宙望遠鏡は、まったく新しいデータをもたらすのである。

宇宙望遠鏡のなかで最も有名なのは、一九九〇年四月二四日にケネディ宇宙センターから打ち上げられたハッブル宇宙望遠鏡だろう。「米シャトルが宇宙望遠鏡打ち上げ」（『読売新聞』同年四月二五日）という記事によれば、これは口径二・四メートルの反射望遠鏡で、大気圏外に出ることにより、地上の望遠鏡の一〇倍以上の分解能力を獲得した。その後も宇宙望遠鏡の打ち上げは続く。二〇〇六年一二月にフランス国立宇宙研究センターとヨーロッパ宇宙機関は、太陽系外惑星探査衛星「COROT」を打ち上げ、二〇〇九年三月にはアメリカ航空宇宙局がケプラー宇宙望遠鏡を打ち上げた。日本もX線天文衛星「すざく」や、赤外線天文衛星「あかり」などで観測を続けている。

宇宙望遠鏡による新発見は、私たちが子供の頃に教わった宇宙の「常識」を次々と塗り替えていく。二〇〇六年二月二日の『読売新聞』は、「〝第10の惑星〟は冥王星より大」という記事を掲載する。前年に発見された冥王星の外側の軌道を周回する星の直径が、直径二三〇〇キロの冥王星よりも大きい、直径三〇〇〇キロであることが確認されたという。ただ直径三五〇〇キロの月よりも小さいので、惑星に含めるべきかどうか、天文学者の意見は割れた。同年夏にプラハで、国際天文学連合の総会が開かれる。「太陽系惑星9→12個に」（『読売新聞』同年八月一七日）は、国際天文学連合が「第10の惑星」＝「ゼナ」などの三天体を惑星に昇格させ、太陽系惑星は一二に増える見通しであると伝えている。

ところが総会では昇格案に対する反対意見が続出した。惑星とは何を指すのかという根本的な問題が、議論の中心になる。二〇〇六年八月二五日の『読売新聞』は、「冥王星、惑星から除外」という衝撃的な記事を掲載する。総会で採択された惑星の定義は、①太陽を周回し、②自分の重力で固まった球状で、③その天体が軌道周辺で圧倒的に大きいという、三条件を満たしていることだった。冥王星は海王星と軌道が重なるが、海王星よりも小さい。第三の条件を満たしていないという理由で、冥王星は「惑星」から「矮小惑星」に格下げをされた。教科書会社は大慌てで理科の内容改訂を検討し、博物館や科学館は展示の見直しを迫られている。

小説家の雪舟えまは、このニュースに動じなかったらしい。二〇一六年一二月に書き下ろしで出版した『恋シタイヨウ系』（中央公論新社）は、「月」「水星」「金星」「火星・太陽」「木星」「土星」「天王星」「海王星」「冥王星」の九章で構成されている。月と太陽が入り、地球は抜けているが、従来通りの「惑星」が順番に並んでいる。たとえば「金星―流星と見まごう船で」のカーマとヒュリは、地球から金星への移住手続きを行う。金星は「女性を愛する」という「個性」をもつ星で、女性しか立ち入りが許されていない。共に女性で、しかも実家に経済的格差がある二人は、カーマに縁談が持ち上がったとき、金星に駆け落ちをする。それは実在の宇宙の星ではなく、地上のセクシュアル・マイノリティの問題を反映させた虚構の星である。

天文学や物理学は、地球外の現象や信号を捉えて、計算による壮大な宇宙の物語を描き出す。宇宙の始原と終焉すら明らかになる物語は、目くるめくような感覚をもたらす。その成果を反映させたNHK衛星放送の番組「コズミックフロント」を、楽しみにしている人は多いだろう。ハレー彗星をめぐる、七六年を隔てた言説を比較すれば分かるように、天体を織り込んだ言説空間は、それぞれの時代の宇宙認識に規定されている。しかし雪舟えまが『恋シタイヨウ系』の巻頭に「これは、私たちの太陽系と似ている、べつの太陽系のお話です」と記したように、物理学の計算が導く物語とは異なる、言葉が紡ぐ物語を、文学は創造しようとするのである。

ちくま文庫

星《ほし》の文学館《ぶんがくかん》　銀河《ぎんが》も彗星《すいせい》も

二〇一八年七月十日　第一刷発行
二〇二三年三月五日　第三刷発行

編　者　和田博文（わだ・ひろふみ）
発行者　喜入冬子
発行所　株式会社　筑摩書房
東京都台東区蔵前二―五―三　〒一一一―八七五五
電話番号　〇三―五六八七―二六〇一（代表）
装幀者　安野光雅
印刷所　明和印刷株式会社
製本所　株式会社積信堂

ISBN978-4-480-43529-3　C0193